두 소녀
요코와 나의 이야기

실천문학 소설
두 소녀 – 요코와 나의 이야기
2025년 10월 13일 1판 1쇄 박음
2025년 10월 23일 1판 1쇄 펴냄

지은이	이순원
펴낸이·편집장	윤한룡
디자인	윤려하
관리 영업	이소연
홍보	고 우

펴낸곳	(주)실천문학
등록	10-1221호.(1995.10.26)
주소	남양주시 퇴계원읍 퇴계원로 52 405호
전화	02-322-2161~3
팩스	02-322-2166
홈페이지	www.silcheon.com

ⓒ 이순원, 2025

ISBN 978-89-392-3179-5 03810

이 책 내용의 전부 또는 일부를 재사용하려면
반드시 지은이와 실천문학 양측의 동의를 받아야 합니다.

두 소녀

요코와 나의 이야기

실천문학

아주 오랫동안 이 얘기를 들려주신
나의 어머니 김남숙 여사님께

함께 얘기를 들은
나의 형제 철원 선원 혜순 화원님께

그리고 이 얘기를 우리의 얘기로 함께 들어주길 바라는
미지의 일본 독자님들께 이 책을 드립니다.

작품에도 어떤 운명이 있다면
나는 이 얘기를 쓰기 위해 작가가 되었는지 모릅니다.

글을 짓는 예버덩문학의집에서 처음 생각을 떠올리고,
강릉 옛집 마당가에 농류*가 익어가는 여름에
이 글을 완성하였습니다.

작품을 연재할 지면을 내주시고,
책을 펴내 주신 실천문학사에 감사드립니다.

*농류: 녹리(綠李). 겉은 푸르고 속은 붉은 자두.

차례

9   나의 오랜 친구 요코
25   납돌마을의 용자라는 아이
42   우리는 성덕공립보통학교 1학년
68   오오모리 사부로 센세이
80   문학청년 작은아버지와 집안 할아버지 김해경
86   우리는 대일본제국의 신민입니다
109 조선 사람 이름을 일본식 이름으로
141 조선말을 쓰면 빼앗는 딱지
157 옛날에 옛날에
186 우리들의 가두행진

두 소녀
- 요코와 나의 이야기

210 천황폐하가 하사한 고무신
225 홍숙인, 난요 센세이
251 오늘은 우리가 헤어지는 날
266 떠난 사람 남은 사람
309 해방이 되었건만 돌아오지 않는 사람
324 친일 부역자의 화려한 변신
332 다시 나의 오랜 친구, 용자

337 해설 김나정

나의 오랜 친구 요코

내 나이 아흔다섯.

다시 세어보지 않아도 많이 살았습니다.

지금처럼 하루하루 넘기다 보면 우리 집 아이들이 내 기분을 맞출 때마다 하는 말처럼 백 살까지도 살 수 있을지 모릅니다. 그게 벌써 십 년 전의 일이니 어쩌면 그 이상이 될지도 모르지요.

우리 집 아이들은 언제나 내가 기품 있기를 바랍니다. 부디 그럴 수 있길 아이들보다 더 바라는 사람은 나예요. 그러나 나는 이미 조금씩 정신이 혼미해져 갑니다. 어제의 일은 자고 일어나면 어디에 흘렸는지 모르게 잊어버리고, 저녁이 되면 아침의 일도 깜박할 때가 많아요. 오히려 시간이 지날수록 새록새록 해지는 것은 내 머릿속 가장 밑바닥에 있는 어린 시절의 일들입니다.

일테면,

이런 것들이지요.

어느 날 소학교에서 돌아오니 아버지 어머니는 안 계시고, 넓은 집에 할아버지 혼자 벽장을 정리하고 계셨습니다. 한 손에는 촛불을 들고, 한 손으로는 더듬더듬 책을 정리하셨어요.

"도와드릴까요?"

"아니다. 괜찮다."

"너무 어두워요."

내가 빼앗듯이 촛불을 받아 들자 할아버지는 두 손으로 주섬주섬 책을 정리하기 시작했습니다. 가만히 바라보면 그런 정리를 왜 하나 싶게 이쪽에 있던 책을 조금 옆으로 자리만 옮기는 식이었어요. 촛불 아래 움직이는 건 할아버지의 손이지만, 한 권 한 권 책을 정리하는 것은 벽에 비친 할아버지의 그림자였습니다. 그건 마치 책보다 벽장 안의 고요를 정리하는 듯한 모습이었어요. 그러다 오래된 물건과 책들 가운데 가장 밑바닥에 눌려 있던 얇은 책 한 권을 꺼내 들었습니다.

"애야, 후더가……"

"예?"

"이게 여기 있었구나."

그때 할아버지 얼굴을 잊을 수가 없습니다. 늘 꼿꼿하고 근엄하기만 한 할아버지의 얼굴이 한순간 아이처럼 밝아졌습니다. 할아버지가 손에 든 책은 기름먹인 종이에 붓으로 써서 묶은 것이었어요.

"이게 내가 처음 글을 배우던 책이란다. 너희 증조할아버지가 나 공부하라고 손수 써주신 책이야."

벽장 정리를 하려고 전부터 마음먹었어도 그 책을 찾으려고 한 건 아닐 거예요. 무언가 다른 것을 찾기 시작했겠지요. 그러다 그 책을 보자 처음에 무엇을 찾으려고 했는지조차 잊어버리고 할아버지는 벽장에서 나오셨어요.

"이게 그대로 있다니……"

할아버지는 옛 책 한 권을 들고 나보다 더 어린아이처럼 감동하는 얼굴이었어요. 아마 아버지도 어머니도 할아버지의 그런 얼굴을 보지 못했을 겁니다. 나만 그 모습을 보았어요.

다들 어려워하는 할아버지도 저러시는구나. 할아버지는 책을 보고 그러셨지만, 나는 할아버지의 얼굴에서 마치 보석이라도 발견한 듯한 기분이었어요.

요즘 내가 그런 심정이랍니다.

그날 산책길에서 나의 둘도 없는 친구였던 요코를 만난 것은 정말 뜻밖의 일이었습니다.

나의 오랜 친구 요코　11

아니, 요코가 아닌 용자로군요.

점심을 먹고 볕이 좋아 동생의 손녀딸이 끄는 대로 집을 나섰던 것인데 거기에서 어릴 때의 친구를 만나게 되다니.

요코라고, 이름을 그런 식으로 부르던 게 언제 적의 일인데 아직도 생각 없이 그렇게 부르냐고 나무라지 않길 바랍니다. 내가 늙어서도 아니고, 남 탓으로 하는 말도 아닙니다. 무심히 나온 말이어도 우리가 마지막 헤어지던 날까지 안타깝고도 다정하게 부르던 이름이기도 했으니까요.

꼭 80년 만의 일이랍니다. 사람들은 흔히 말하지요. 오래 살다 보면 별일을 다 겪는다고. 하지만 우리 만남은 헤어진 세월이 길어 다시 우연히 만난 게 아니었습니다. 그때 용자는 먼 길을 떠났고, 기다려야 할 사람은 나였지요. 처음엔 애써 기다리던 마음이 조금씩 닳아 희미해졌던 것이겠지요.

그러다 우리가 갈 날이 가까워지며 인생의 마중처럼 언제부턴가 용자가 그 자리에 먼저 와 기다리고 있었던 것입니다. 열다섯 살과 열여섯 살 때 마지막으로 손을 흔들어 작별한 친구를 80년 만에 다시 만났던 거예요. 일부러 피한 건 아닌데, 가물가물 잊고 사는 동안 내 걸음이 늦었던 거지요.

토요일이었고, 볕이 참 좋은 날이었어요. 또 한 해의 봄이 내 몸 위로 지나가는구나, 앞으로 이런 봄을 몇 번이나 더 맞이할 수 있을까, 이게 마지막이어도 화창하기 그지없는 봄을 내 눈으로 보았으니 여한은 없겠구나, 한 사람의 생애가 지나가는 일이 이렇게 조용하구나, 절로 그런 생각이 들었습니다.

마당 가장자리 등나무에 파릇파릇 돋아나는 새싹도 새롭고, 그 아래 희고 검게 빛나는 자갈들도 그것들과 어울려 윤이 나는 듯했어요. 혼자 햇볕바라기를 하다가 점심을 막 먹고 났는데 동생의 손녀딸이 전화했습니다. 어릴 때부터 유난히 나를 따르고, 어른이 되어서도 붙임성이 좋은 아이였어요. 이 좋은 봄날, 집에만 있지 말고 저와 함께 경포로 바람 쐬러 가자는 것이었습니다.

이 아이는 언제부턴가 스스로 '사강'이라고 불러요. 강릉과 네 개의 인연으로 강릉에서 태어나, 강릉에서 자라고, 강릉에서 결혼해, 강릉에서 산다는 뜻이랍니다. 그렇지만 이 아이보다 먼저 나야말로 강릉에서 태어나, 강릉에서 자라고, 강릉에서 혼인하여, 강릉에서 여러 자식을 낳아 키운 사강 할머니인 거지요.

"갑자기 경포는 왜?"

"호숫가 벚꽃이 지금 한창이에요. 이러다 비 오면 다 떨어지고 말죠."

"너야 서두르지 않아도 볼 날이 흔하지."

"아무리 흔해도 그러면 안 되죠. 경포 벚꽃을 건너뛰면 그해 봄은 강릉에 살지 않은 거나 마찬가지예요, 할머니."
 말로는 이 아이를 이길 수가 없습니다. 사근사근하면서도 마음먹은 일에는 미룸이 없습니다.

 강릉 경포길의 벚꽃은 봄마다 장관입니다. 구름이 하늘에 있지 않고 뭉게뭉게 부풀어 모두 땅으로 내려온 듯합니다. 그걸 바라보는 늙은이의 마음이 구름보다 위에 있습니다.
"좋구나."
"거봐요. 나오길 잘하셨죠?"
 낮은 언덕길을 천천히 걸어 올라 경포대 정자도 한 바퀴 둘러보고, 손녀의 극성으로 정자 앞 댓돌에 신발을 벗고 정자 마루에도 올라갔습니다.
"할머니 그동안 경포대 많이 와봤어도 신발 벗고 마루에는 첨 올라가 보시죠?"
"그래."
"그러니 오늘 한 번 올라가 보세요."
 정자 마루 위와 아래의 차이가 그런 것인가 봐요. 그걸 아흔다섯에야 깨닫습니다. 막상 마루에 올라가 다시 몇 계단 위에 다락처럼 만든 누마루에 발을 뻗고 앉으니 난간으로 내다보는 경포호수 풍경이 같은 눈높이에서도 다르게 보입니다. 난간 가까이 다가와 속삭이듯 피어난 꽃가지의 느낌도 다릅니다.

경포대 누마루에서 호수와 흐드러진 벚꽃을 배경으로 사진도 찍었어요. 이 아이는 이런 것도 누구에게 부탁하지 않고 내 옆에 제 얼굴을 바짝 대고 앞으로 손을 쭉 내밀어 찍습니다. 다시 호수길로 내려가자 창포 잎이 물 위로 뾰족뾰족 올라옵니다. 처녀 때는 저걸 삶은 물에 머리를 감으면 그렇게 시원할 수가 없었어요. 아침에 감으면 그날 저녁까지 온몸에 창포 향기가 납니다. 호수 둑에는 능수벚나무가 우산살처럼 가지를 활짝 늘어뜨리며 꽃을 피웠습니다. 물결도 바람 없이 잔잔합니다.

호수 쪽으로 걸음을 옮기다가 작은 공원 한가운데 조금 높이 솟아있는 탑을 봅니다. 이따금 경포로 나와도 바다와 호수 주변만 둘러보았지 거기까지는 눈여겨보지 않아 처음 보는 것입니다. 그렇지만 만세운동 기념탑이라는 걸 금세 알겠어요. 탑 앞에 깃발을 펴들고 만세를 부르는 모습이 여럿 서 있습니다.

저 일은 내가 태어나기 10년 전에 있었어요.

강릉에도 만세를 부른 사람이 있었다고 할아버지가 말해줬습니다. 아마 그분들 모습을 새겼겠지요. 만세를 부른 것 때문에 이곳에 살지 못하고 만주로 떠난 집안 아저씨 얘기도 해줬어요. 형이 떠나니 어디 갔느냐고 매일 순사가 찾아와 닦달하니 그 등쌀에 못 이겨 바로 밑에 동생도 떠나고, 그다음도 떠나고, 결국엔 집안이 모두 떠나 소식이 없다고 했어요. 그 아저씨의 이름도 저기에 새겨져 있겠지요.

 그곳을 지나는데 기념탑 옆에 사람들이 모여 있습니다. 사람들의 모습이 시선을 끌었어요. 어떤 행사장에 온 것처럼 꽃을 든 사람도 있고, 제법 많은 사람이 웅성거리며 서 있습니다. 그 사이로 보이는 것 역시 어떤 동상 같은데 이제까지 늘 봐오던 동상보다 밝은색이었어요. 어쩌면 거기에 모인 사람들이 아니라 그 동상이 눈길을 끌었는지도 몰라요.
 그래요.
 그건 의자에 앉아 있는 조그마한 여자아이의 모습이었어요.
 그 아이를 텔레비전에서 보았습니다.
 그것이 서울에 처음 어떻게 세워진 것인지에 대해서도, 세워진 다음에는 어떤 일들이 있었는지, 사람들이 왜 그걸 지키고 또 한쪽은 없애지 못해 안달하는지 텔레비전에서 보고 들었어요. 그게 뉴스 속에 서울에만 있는 줄 알았는데 강릉에도 경포 만세운동 공원 안에 똑같은 모습으로 있다는 게 나하고 관계가 없는 일이라 하더라도 내가 모르는 사이 내 가까이에서 일어난 일처럼 신기하게 느껴졌습니다.

바로 옆 만세운동 기념탑 주변에 세워진 조각 동상들은 남자도 여자도 모두 짙은 갈색보다 더 진하게 검은색을 띠고 있는데, 사람들에 둘러싸여 있는 여자아이의 모습은 일부러 그런 색을 내려고 한 듯 아주 환하고 밝은 주황색의 금동 상처럼 보였습니다.

"가보실래요. 할머니?"

그때까지도 나는 그게 나하고는 아무 상관 없이 그저 텔레비전에 나오는 것인 줄만 알았습니다. 텔레비전에서 볼 때도 그게 세워진 내력보다 겉에 무얼 칠했나, 아니면 쇠붙이가 원래 저렇게 붉고 밝은 색깔인가, 그게 더 궁금했습니다. 그렇지만 어떤 내력으로 세워진 것인지 조금 알고 있었어요. 사람들이 겨울이면 유독 그 동상에만 옷을 입히는 것도요. 손녀딸이 가만히 내 손을 잡고 그쪽으로 이끌었습니다.

"자, 봐요, 할머니."

그날은 길고 긴 겨울을 보내고 경포호숫가에 벚꽃까지 만발한 다음 여자아이가 겨우내 입고 있던 겨울옷을 벗겨주는 날인가 봐요. 바다에서 호수로 불어오는 바람은 봄에도 정말 매섭거든요. 우리가 다가갔을 때는 두꺼운 겨울 목도리를 막 벗겨내고 있었어요. 먼저 갈색 모자를 벗기고 그다음 두툼한 털실로 짠 붉은색 목도리를 걷어내자 예전에 저 나이 때 우리가 했던 것처럼 깡똥하게 자른 단발이 드러났어요. 이제 여자아이는 의자에 앉은 모습으로 치마 아래 종아리 절반 정도 올라오는 회색 부츠만 신고 있습니다.

그때도 나는 별 감흥 없이 다음 순서를 바라보기만 했어요.

"가위 좀 줘."

행사 책임자인 듯한 여자가 옆에서 전해주는 가위를 받아들고 여자아이가 신고 있는 회색 부츠를 세로로 잘랐어요. 그러고 보니 그걸 신길 때에도 발끝부터 신긴 것이 아니라 밑창을 떼어내고 부츠의 뒷부분을 세로로 잘라 발과 다리를 감싸듯 신긴 것 같았어요.

"할머니, 저 소녀의 발을 잘 보세요."

손녀딸이 작은 소리로 말했어요.

"발이 왜?"

"발끝은 땅에 대고 있는데, 뒤꿈치는 아직 땅에 대지 못하고 있어요."

"왜?"

"멀리 떠났다가 돌아와 저 자리에 앉아도 세상은 아직 불안하니까요. 세상도 불안하고, 소녀를 바라보는 사람들의 눈도 다 다르니까요."

그 사이 또 한쪽 부츠를 마저 떼어냈어요. 내리쬐는 봄볕은 따뜻해도 여자아이의 두 발 다 아직은 시려 보이는 맨발로 드러났어요. 만세운동 기념탑 앞의 동상들보다 색이 연하고 밝은 것도 여자아이의 모습을 더 어리고 연약하게 보이게 했어요. 함께 있는 사람 중 누가 얼른 여자아이 발 옆에 색동무늬가 그려진 흰 고무신을 가져다 놓았어요.

그 순간 찌릿하고, 전기가 내 온몸을 훑고 지나가는 것 같았어요.

아……

'김후더기……
너, 이 아이를 잘 알지?'

누군가 내 안에서 그렇게 말하는 것 같았어요.
아뇨. 우리가 헤어질 때 부르던 이름으로 더 정확하게 말할게요.

'가네야마 고우도쿠
너, 이 친구를 잘 알지?'

정말 나는 왜 이렇게 무딘 걸까요.
모른 척한 건 아닌데, 이게 나이가 들어서 만일까요.
여자아이의 맨발을 보고, 아니 그 옆에 누가 고무신을 가져다 놓는 것을 보고서야 나는 저 아이가 내 기억 속의 누군지 알았던 거예요.

그러자 거기에 서 있는 사람들에게 막 소리쳐 말하고 싶었어요.

이봐요!

거기에 놓아둔 고무신은 흰 색동 고무신이 아니라 그때 내가 신었던 고무와 가죽을 섞어서 만든 검정 고무신이어야 해요.

서울에 있는 '경성고무공장'이나 '대륙고무공장'에서 만든 고무신이 아니에요. 황군[1]이 점령해 들어간 남방에서 가져온 고무와 황군이 먼저 지배해 들어간 만주에서 가져온 말가죽 가루를 섞어 일본 공장에서 일본식으로 만들어 몇 켤레씩 학교에 나누어주었던 그 고무신이어야 해요.

애초 그것은 내 것이 아니라 저 아이 것이어야 했어요.

제 것이어도 저 아이에게 양보해야 할 것이었어요.

그걸 끝까지 모른 척하고 내가 신은 거였어요.

그래서……

정말 그래서……

저 아이는 언 발에 신을 신발조차 없어 이제 한 해밖에 남지 않은 학교를 그만두고, 동네에서 반 품삯의 날품팔이를

---

1 일제 강점기 천황의 군대라는 뜻의 일본 군대

따라다니다가 열여섯 살 여름에 말로는 근로정신대에 스스로 지원했다고 하지만, 지원한 것이 아니라 어떤 어른의 함정 같은 꾀에 빠져 끌려갔던 거예요.

'요코야……
아니, 용자야……
너는 언제 온 거냐?
이제 아주 돌아온 거냐?
너 떠난 다음 이곳에서 어떤 일이 있었는지 아냐?
너는 모르겠지, 용자야.'
나는 친구를 향해 중얼거리듯 말했어요.

"할머니, 왜 그러세요?"
"아니, 아무것도 아니다."
"괜찮으세요?"
손녀딸이 내 팔을 부축하듯 잡았어요.
"좀 어지럽구나……"
"그럼 절 잡고 가만히 계셔 보세요."
"볕이 따가워서……"
"그러게요. 날이 금방 더워지네요. 벚꽃도 봤는데 그만 돌아갈까요?"

"그래. 그러는 게 좋겠구나."

돌아오는 차 안에서 손녀딸에게 물었어요.
"아까 그건 언제 세워놓은 거냐?"
"소녀상요?"
"그래, 소녀상⋯⋯ 소녀들이 끌려갔으니."
"거의 십 년 됐어요."
"한참 되었는데 나는 몰랐구나."
"몇 년 전 겨울 여기 강릉에서 올림픽을 했잖아요."
"그래."
"그때 올림픽을 하는 도시에 소녀상을 철거하라고 난리가 났어요."
"일본 사람들이 와서?"
"일본 사람들도 그러고, 한국의 엄마부대라는 사람들도 와서 그러고요."
"엄마들이 왜?"
"하여간 그런 사람들이 있어요. 나라 망신이고 수치라고."
"사람도 나라도 염치를 잃으면 그러지. 저런 아이들을 붙잡아 정신근로대로 보내는 보국대 앞잡이를 하다가도 애국자 행세를 하고."
"누가 어떻게 할까 봐 소녀상 또래의 아이들이 밤에도 나와 촛불을 켜고 지켰어요."

서울에서 그랬다더니 여기 강릉에서도 그랬나 봅니다.

"지금은 좀 괜찮으세요?"

"괜찮다. 아까는 할미가 좀 어지러웠어."

그러고 보니 인사도 제대로 못 하고 돌아온 것이었어요.

'용자야……

내 그냥 돌아와서 미안하다……

꼭 다시 나갈게.

네 신발, 그때 내가 양보하지 못한 신발, 꼭 들고 나갈게.'

그때 내가 양보했더라면, 그래서 그 신발을 신고 학교를 마저 다녀 우리가 같이 졸업했더라면, 강릉 어디 점방에 점원으로 취직이라도 했더라면 용자가 거기에 앉아 날 기다리고 있지 않아도 되었을까요. 그때 나도 공부를 계속할 수 없을 만큼 우리를 둘러싼 세월은 너무 거칠었고, 나쁜 어른들의 간계도 극에 달했으니까요. 그래도 그 신발에 대한 아쉬움과 회한은 내 인생에 너무 오래 남아 있었어요.

그렇게 이 봄에,

용자를, 내 친구 요코를 그곳에서 다시 만났던 것이에요.

이제 몸도 늙고……

시간도 많이 늦었지요.

아쉬움도 회한도 늦고요.

그렇지만 이제라도 그때의 일을 천천히 얘기해 보려고 합니다. 돌아보는 기억에 가물가물한 일도 많고, 말까지 어눌해져 제대로 얘기할 수 있을지 모르겠어요. 내 말이 바르게 잘 전달될 수 있도록 이어지는 얘기는 잠시 예의를 내려놓고 서로 전하기 편한 말로 고쳐서 하려고 하니 이 점도 두루 이해해 주시길 바랍니다.

납돌마을의 용자라는 아이

집에 와 곰곰이 생각하니 그랬다.

이번에도 내가 아니라 용자가 먼저 나와서 기다렸다. 우리 사이에 늘 먼저였던 건 용자였다. 학교길에 집 앞에서 기다리는 것도 용자였고, 돌아오는 길에 뛰어가다 서서 기다리는 것도 용자였다. 내 앞에, 이제까지 내가 몰랐던 새 세상을, 사람 마음속 사랑의 세상까지 먼저 펼쳐 보여주거나 얘기해주었던 것도 용자였다.

우리가 한마을에서 태어날 때도 그랬다.

용자가 나보다 한 해 먼저 태어났다.

옛날에 어떤 임금이 이곳 어느 절에 목숨 같은 은혜를 입고, 대관령 동쪽에서 가장 기름진 우리 마을의 논 절반을 뚝

떼어주었다. '왕이 은혜를 갚은 땅'이라고 해서 '납은평'이라고 불렀다. 그것이 '납들'에서 '납돌'로 변하여 마을 이름이 되었다.

   그런들 무슨 소용일까. 나라를 빼앗아 들어온 일본 사람들이 납돌이라는 말조차 저희 식으로 신석(申石:납신, 돌석)이라고 바꾸어버렸다. 제대로 뜻을 살려 쓰자면 납평이거나 은평이라고 써야 했다. 그걸 두고 납돌에서는 드물게 서울과 일본에까지 가서 공부하고 온 작은아버지는 게다[2] 아래로 강토의 내력이 사라져간다고 했다.

   "나라말에서 가장 중요한 게 땅 이름, 사람 이름인데, 그걸 저희 맘대로 바꾸다니."

   그러면 아버지가 조심스럽게 말했다.

   "집에서는 얘기하더라도 어디 가서 사람들 듣는 데서 말하지 마라."

   오히려 작은아버지 말에 고개를 끄덕이는 사람은 할아버지였다.

   "그렇지. 그것이 강토의 숨결이거늘."

   쇼와 3년(1928년).

---

[2] 일본 사람들이 신는 나막신

납돌마을에서 용자가 태어났다.

마을에서는 용자네를 우툴집이라고 불렀다. 우리가 태어나기 훨씬 전, 용자네 집에 불이 났다. 새로 집을 지어야 하는데 한겨울에 하루라도 빨리 바람 피할 곳을 마련하느라 제대로 된 재목을 구하지 못하고 아무렇게나 자란 나무를 베어 지었다. 기둥도 제각각으로 우툴우툴하고, 기둥 사이를 싸바른 흙벽도 우툴우툴해서 집 이름도 우툴집이 되었다.

용자라고 이름 지은 건 첫딸이기 때문이었다. 이미 일본식 이름처럼 여자아이 이름에 아들 자(子) 자를 쓰는 게 흔한 모습이 되었지만, 용자네는 이 아이 다음에 용(容) 자 돌림의 아들을 낳게 해달라는 뜻으로 그렇게 지었다. 효험이 없었는지 용자 아래로 다시 아들을 바란다는 뜻의 용남이를 낳고 나서야 아들 용태를 낳았다.

다음 해에 태어난 나의 이름도 그랬다.

나도 납돌마을 웅개집의 첫딸로 태어났다.

후득(後得).

용자처럼 내 뒤에 아들을 얻게 해달라고 지은 이름이었다. 동네에서는 다들 '웅개집 후더기'라고 불렀다. 나도 어려서는 내 이름이 후더기인 줄 알았다. 이름을 지어준 할아버지까지도 후더가, 후더가, 부르고, 어머니도 방에서든 마당에서든 그렇게 불렀다.

　나는 내 이름이 후더기가 아니라 후득인 걸 글자를 배울 때 알았다. 그런 점에서 할아버지는 손녀를 사랑하면서도 공평하지 못했다. 동네 사람들이 나를 후더기라고 부르는 것은 아무렇지 않게 여기고, 이름을 지은 당신까지도 그렇게 부르면서 우리 집을 웅개집이라고 부르는 것에 대해서는 늘 언짢아하였다. 원래는 웅개집이 아니라 웅교집이었다. 할아버지가 입버릇처럼 하는 말을 그대로 하면 이랬다.

　"왕명을 짓고, 역사를 편찬하는 예문관의 요직이야. 동네 뉘 집 개 이름을 부르는 것도 아니고 웅개라니. 나 원 참."

　할아버지가 세상일에 가장 어처구니없거나 경우 없을 때를 두고 하는 말이 '나 원 참'이었다. 어느 해 홍수에 우리 논 한 자락이 떨어져 나갔을 때도 그렇게 말하고, 강릉 읍내 단오장에 사람이 많이 모이는 걸 막기 위해 허리에 칼을 찬 일본 순사가 말을 타고 놀이판을 휘젓더라는 얘기를 듣고도 '세상이 어찌 돌아가려고, 나 원 참' 하였다.

　할아버지가 아무리 그런들 마을 사람들에게는 웅교나 웅개나 다른 집과 헷갈리지만 않으면 되었다. 내 이름도 동네 다른 아이들과 헷갈리지만 않으면 되어서 나는 웅개집 후더기고, 할아버지는 길에서고 어디서고 붙들리면 이것저것 묻고 따져서 다들 저만치 피해 다니는 동네에서 가장 깐깐한 웅개집 어르신이었다.

 거기에 비해 용자의 이름은 똑같이 아들을 바라고 지은 것이어도 일본식으로 부르면 요코였다. 학교에서도 조선 이름 대신 일본 이름으로 부르라고 했다. 요코 라고, 소리 내어 부르면, 봄이면 매화꽃 살구꽃이 바람에 사르르 흩날리듯, 겨울이면 하늘하늘 눈이 날리듯, 일부러 나긋나긋 부르지 않더라도 성에 낀 유리창에 요코, 요코, 하고 따뜻한 입김을 불어 넣는 것 같았다.

 나는 그게 부러웠다.

 마을 한가운데 제법 큰 개울이 흘렀다. 납돌 논에 물을 대기 위해 개울 중간에 돌과 나무로 큰 보를 막았다. 그 논은 절의 논이고, 중이 주인인 논에 물을 대는 보라고 해서 '중의 보'라고 이름 지은 게 부르다 보니 중이보가 되었다.

 "절의 논이면 그냥 절의 보라고 해도 될 걸 굳이 스님을 끌어내려 중이논 중이보라고 했을까요?"

 언젠가 막냇삼촌이 묻자 작은아버지가 말했다.

 "생각해 봐라. 바로 내 집 앞에 있는 논인데, 내 논이 아니라 절의 논이란 말이지. 은근히 화도 나고 샘도 나지. 그러니 앞에서는 뭐라고 말하지 못하고 뒤에서 그런 식으로 조롱하는 거지."

작은아버지는 사람들이 말속에 뼈를 넣은 것이라고 했다.

내가 용자를 처음 본 게 바로 중이보에서였다.

봄이 되면 지난해 큰비에 무너지고 떠내려간 보를 다시 막았다. 주저앉은 돌도 다시 쌓아 올리고, 그 위에 물을 가둘 가림막으로 나무 섶도 다시 베어와 차곡차곡 쌓았다. 그 일을 중이논을 소작하는 마을 사람들이 나와서 했다.

한 해 농사의 시작이 논에 물을 대는 일이라 절에서도 스님이 나왔다. 여름에 호미씻이를 할 때와 가을에 추수를 앞두고도 스님이 나와 푸짐하게 음식을 냈다. 이럴 때는 절대 중이라고 부르지 않았다. 다들 스님, 스님, 하면서 중이논도 절의 논이라고 말속의 뼈를 거둬들였다.

보를 막는 날엔 중이논을 짓는 사람과 짓지 않는 사람을 가리지 않고 모였다. 노인과 아이들까지 나왔다. 나오면 먹을 것도 주었다. 그게 구경거리이기도 하고 한 해 농사의 시작을 알리는 축제와 같았다. 할아버지도 음식을 나눠주는 점심때를 피해 잠시 나와 둘러보고 가셨다.

봄이어도 바람이 쌀쌀한 날이었다. 햇볕 아래 개울의 물비늘이 수백 마리의 고기떼가 헤엄치는 것처럼 반짝여도 갑자기 겨울이 돌아오려는 것처럼 입술과 턱이 덜덜 떨리는 날씨였다. 두 손을 가슴에 올리고 저고리의 반대편 소매 속으로 손이 저절로 들어갔다. 그래도 다들 참고 새참이 나올 때를 기다렸다.

전날 무너진 보 아래에서 겨우내 어른 손가락보다 더 굵게 자란 미꾸리와 버들치를 몇 바구니 잡았다. 아주머니들이 아침부터 나와 된장 고추장 시래기를 함께 넣어 가마솥에 끓였다. 그 옆에 밥솥 가마도 걸었다. 점심으로 추어탕에 밥을 말아 먹고, 오후에는 그걸로 어탕국수를 끓였다. 섬돌다리 양조장에서 받아온 술도 단지째 나왔다.

동네 아이들도 여럿인 자리였다. 아주머니들이 떠 주는 어탕국수를 먹을 때였다. 내 또래거나 조금 더 큰 여자아이 대여섯이 냇둑에 바람을 등지고 나란히 앉았다. 옷은 춥고 험하게 입었지만, 나보다 키도 조금 크고 얼굴도 희고, 목도 갸름한 아이가 옆에 앉았다. 마을 앞길에서 몇 번 본 적은 있지만, 말을 붙여보지는 않았다.

"맛있다."

그 아이가 오른손에는 붉은 나무젓가락을 들고, 사기 사발에 담긴 국물을 마저 마시고 나서 입맛을 다시며 말했다. 어른들 입맛에 맞춰 내게는 무척 매운데 그 아이는 아무렇지 않은 것 같았다.

"안 매워?"

내가 처음 건 말이었다.

"응."

"이름이 뭐야?"

다시 조심스럽게 물었다. 이름이 후더기인 나는 누구에게나 그게 제일 궁금했다. 이 아이는 어떤 이름을 가지고 있을까.

"용자. 남용자."

그 아이는 방금 입맛을 다신 입술을 동그랗게 모으며 대답했다. 말은 맵지 않다고 했지만, 입술을 동그랗게 말고 호호거렸다.

"어디 살아?"

"웃말. 너는?"

"응교집."

"아, 저기 응개집?"

그 아이는 잘 안다는 얼굴로 들판 건너 우리 집 쪽을 가리켰다.

나는 가만히 고개를 끄덕였다.

"이름은?"

그건 금방 말하지 않았다. 다시 물어서 원래 이름은 김후득인데, 다들 후더기라고 부른다고, 그 아이만 듣게 작은 소리로 말해주었다.

"후더기? 후더기……"

그 아이도 뭔가 이상한 듯 두 번 그렇게 말하다가 다시 내게 물었다.

"몇 살이야?"

"일곱 살."

"나는 여덟 살인데. 느 집은 점심 먹지?"

반 넘게 남은 내 국수 그릇을 넘겨다보며 그 아이가 물었다. 돌아보면 아픈 말인데 그때는 몰랐다. 우리 집은 해 짧은 겨울과 초봄에도 점심을 챙겨 먹지만, 마을에는 그러지 못하는 집들이 더 많았다. 열에 일곱 집은 느직이 아침을 먹고 일찌거니 저녁을 먹은 다음 잠자리에 들었다. 그런다는 걸 나중에 알았다. 일도 별로 없는 겨울은 해도 빨리 지고 밤도 빨리 왔다.

"이거 더 먹을래?"

내가 말하자 그 아이가 얼른 내 국수 사발 아래로 자기의 사발을 가져왔다.

"너는 맵구나. 나는 하나도 안 매운데."

국수를 덜어가는 것도 매운 걸 못 먹는 나를 위해서인 것처럼 말했다. 어려도 아래에 댄 사발의 자존심 같은 것이었는지 모른다. 그게 용자와의 첫 만남이었다.

할아버지는 멍석에 밤을 한 말 흩어놓아도 먼저 눈에 들어오는 게 있다고 했다. 용자를 두고 한 말은 아니지만, 용자가 그랬다. 낡고 해진 옷을 입어도 용자는 유난히 흰 얼굴과 큰 눈이 다른 아이들보다 먼저 눈에 들어왔다. 그런 건 하나도 안 부러운데 용자라고, 입술을 동그랗게 모아 말하던 이름은 그날 집에 와서 잠을 잘 때도 부러웠다.

용자. 남씨 성을 가진 동그란 입술의 용자……

여름이 시작되었다.

마을 호미씻이 때에도 용자와 함께 있었다. 동네 사람들이 다시 중이보 냇가에 커다란 밥솥과 국솥 가마를 걸었다. 그날은 어른들이 새벽부터 냇가에 나와 손질해 종일 끓인 소머리국밥을 먹었다. 마을 사람들이 장난으로 스님들에게 말했다.

"아이구, 스님들도 이쪽으로 와서 머릿고기 좀 같이 드셔요."

그러면 스님도 장난으로 대꾸했다.

"그건 산에 더 흔해요. 우리는 산에서 많이 먹고 왔으니 얼른 드셔요."

스님들은 중이보 냇가가 아니라 마름 집[3] 사랑에서 점심을 먹었다.

---

3 동네에서 절의 논을 관리하는 사람

그날도 용자는 내 국밥을 받아갔다.

"나도 배가 불러. 그렇지만 이거 버리면 안 되잖아."

국밥을 덜어가면서도 내가 다 먹지 못하는 걸 도와주는 것처럼 말했다.

한 번 길을 낸 다음 용자는 가끔 우리 집에 놀러 왔다. 아직 걸음을 떼지 못하는 용태를 업고 오기도 했다. 오면 그냥 있지 않고 나보다 어머니를 더 잘 도와주었다. 어머니는 감자를 깎을 때 자루가 부러진 놋쇠 숟가락을 썼다. 나는 아직 손에 익지 않은데 나보다 한 살 많은 용자는 그런 숟가락으로 척척 감자를 깎아냈다. 밤톨만 한 감자도 손끝에 단단히 쥐고 떨어뜨리지 않고 껍질을 벗겨냈다. 밭에서 캘 때 다른 감자와 함께 딸려 온 참새알만 한 것도 버리지 않고 꼼꼼하게 껍질을 벗겼다.

"너무 작은 건 애쓰고 깎지 마라."

"아무리 작은 감자도 콩보다 크면 다 입으로 들어가는 거래요."

"너는 말도 재미있게 하는구나."

"우리 할머니가 그랬거든요. 흉년엔 감자 아홉 톨이 숟가락 위에 올라간대요."

"네가 누구를 닮아 말을 이렇게 재미나게 하는가 했더니 할머니를 닮았구나."

용자는 그러는 틈틈이 옆에 눕혀놓은 동생 용태를 챙겼다. 어머니는 용자가 어려도 일손이 야무지다고 칭찬했다. 용자가 마루 끝에 앉아 감자를 깎다가 감자 숟가락을 들어 보이며 물었다.

"이게 다 닳을 때까지 감자를 얼마나 깎을까요?"

"나는 모르겠다. 너는 알겠느냐?"

"가마니로는 안 되고요, 동네 감자 다 깎아야 이게 닳을 것 같아요."

용자는 또 어머니에게 말했다.

"감자를 깎는데도 쇠붙이가 닳아요."

"오래 쓰면 뭐든 닳지."

"그럼 돌과 쇠붙이는 어느 게 더 단단할까요?"

"우리 후더기는 어느 게 더 단단할 거 같냐?"

어머니가 옆에 있는 내게 물었다.

나는 쇠붙이라고 대답했다.

"왜?"

"중이보 막을 때 보면 커다란 망치로 돌을 깨잖아요."

"그렇기는 하지. 용자는?"

"돌을 깰 때 보면 쇠붙이가 더 단단할 것 같은데요, 숫돌에 칼을 갈고 낫을 갈 때 보면 돌이 더 단단해 보여요."

밖에 나갔다가 들어오던 아버지가 그 모습을 보고 너는

어디에 사는 누구냐, 몇 살이냐, 여덟 살인데 왜 학교를 안 다니냐고 물었다.

"저는 집에서 일하래요. 아버지가요."

"보내달라고 하지."

"우리 아버지가요, 여자는 들어가기 어렵대요."

"왜?"

"여자는 많이 뽑지도 않는대요."

"그렇긴 하다만."

아버지도 그렇게 말하는 걸로 봐 용자가 그냥 하는 말은 아닌 것 같았다.

"그래. 너도 학교 가고 싶으냐?"

"가고는 싶죠. 글도 배우고 창가도 배우고요. 마름 집 덕선이 언니처럼 난도세루(란도셀)[4] 메고 섬돌 다리까지 뛰어가고요."

"난도세루도 알아?"

"덕선이 언니가 볼 때마다 자랑하는걸요."

"가고 싶으면 너도 갈 준비도 해야지."

---

4 배낭 모양의 일본 초등학생 가방. 에도막부 말기 네덜란드에서 가져온 군용 배낭이 기원으로 어원도 네덜란드어 ransel이 일본어 발음으로 변형되었다. 다이쇼 천황이 어린 시절 초급학교에 입학할 때 이토 히로부미가 육군 배낭을 본뜬 가방을 선물했는데, 이것이 황족과 귀족들 사이에 퍼져나갔다. 1930년대엔 란도셀 가방을 멘 여자아이의 사진을 내세워 신문과 잡지에 광고해 일본뿐 아니라 조선에서도 서울과 지방의 부잣집 아들딸들이 이 가방을 메었다.

"준비하고 싶어요. 나도 좀 가게 해주세요."

용자는 어른들과도 얘기를 잘했다. 어머니는 데리고 얘기하면 심심하지 않다고 했고, 아버지는 어린애가 어른같이 말한다고 했다.

용자는 아직 글씨를 모르지만, 나는 글씨를 다 익혔다. 학교 갈 준비로 익힌 게 아니라 작은아버지가 교원으로 있는 강릉공립농업학교에 다니는 삼촌이 틈틈이 가르쳐주었다.

"후더가. 네 진짜 이름은 후더기가 아니고 김후득이야. 사람들이 후더가, 후더가, 불러도 이렇게 글자로 쓸 때는 두 글자로 후, 득. 한자로 쓸 때는 또 이렇게 뒤 후, 얻을 득."

"그런데 내 이름을 왜 이렇게 밉게 지었어?"

"할아버지가 네 뒤에 아들을 낳으라고. 그래서 남렬이가 태어났잖아."

"내 이름 때문에?"

"이름 때문이든 아니든."

이름 쓰는 것을 가르쳐준 다음 삼촌은 조선말을 읽는 것과 쓰는 것을 가르쳐주었다. 아버지, 어머니, 하고 낱말을 하나하나 가르쳐준 것이 아니라 조선말은 자음과 모음이라는 게 있고, 그게 합쳐져서 글자가 되는데, 그게 바로 가갸거겨, 나냐너녀라는 걸 글자 놀이처럼 알려주었다.

"조선말의 모음은 똑바로 서거나 누워 있어. 서거나 누워서 한쪽 팔을 내밀거나 두 팔을 내밀어. 그때마다 아야, 오요 하고 소리가 달라져."

그렇게 배우니 글자 읽는 것과 쓰는 것이 쉬워졌다. 소리만 잘 들으면 저절로 글자 모습이 떠올랐다.

그다음 일본말로 글자 읽는 것과 쓰는 것을 가르쳐주었다. 조선말은 어떤 글자도 자음과 모음이 합쳐져야 글자가 되어 소리를 내는데, 일본말은 한 글자가 한 소리를 낸다고 했다.

"그럼 일본말이 더 쓰기 쉬워?"

"한 글자가 한 소리를 내다 보니 말, 밥, 잠, 김, 같은 소리를 똑 부러지게 못 하지."

"그럼 어떻게 해?"

"마루, 바부, 자무, 기무 이런 식으로."

"그건 좀 이상해."

"그래서 나라마다 말이 서로 다른데, 우리는 조선말 일본말 다 배워야 해."

"왜?"

"우리는 사람은 조선 사람인데, 나라는 또 일본이 강제로 차지하고 있어서."

"왜?"

"그런 건 나중에 알게 되니까 지금은 그냥 글자만 배워."

선생님은 또 었었다. 사랑에 계시는 할아버지가 설이 지난 다음부터 다섯 살 된 남렬이와 나를 앉혀놓고 하루에 천자문 네 글자씩 가르쳐주셨다. 삼촌이 남렬이에게 천자문을 가르치는 건 너무 빠르다고 하자 할아버지는 옛날 어른들도 그렇게 하고, 할아버지도 그 나이에 글자 공부를 시작했다고 말했다. 하루하루 배워 가을이 되니 천자문 끝부분에 닿았다. 남렬이는 모르는 글자가 쌓여도 나는 자꾸 써 봐서 다 알고 넘어갔다.

내가 조선말과 일본말로 한자가 섞인 삼촌의 책을 읽고, 구구단까지(이것도 삼촌이 어차피 알아야 할 거면 일찍 배워놓는 게 좋다고 해서) 외는 모습을 보고 작은아버지가 칭찬했다.

"이다음 우리 집 서울 유학은 후더기를 시켜야겠네."

나는 다른 칭찬보다 그 칭찬이 제일 좋았다. 아버지와 작은아버지가 했다는 서울 구경을 나도 꼭 하고 싶었다. 할아버지도 늦가을에 꼭 한 번 서울 작은집에 제사를 지내러 갔다. 아버지가 할아버지를 모시고 갈 때도 있었다. 서울에는 한여름에 얼음으로 만든 과자를 파는 곳도 있다고 했다. 거짓말 같다고 하니 경성역과 종로라는 곳에 가면 정말 그런 곳이 있다고 했다.

작은아버지는 어릴 때 서울에 올라가 공부했다. 먼저 서울에 가서 공부한 사람은 아버지였다. 아버지는 작은집 가까이에 있는 보성고등보통학교를 다니던 중 열일곱 살 때 갑자기 할머니가 돌아가신 다음 할아버지가 여기에 참하고 마땅한 규수가 있으니 혼인하라고 불러 내렸다. 그러고는 다시 서울로 공부하러 가지 못하고 어머니와 이 집의 살림을 맡았다. 뒤를 이어 작은아버지가 서울로 올라가 휘문고등보통학교와 연희전문학교를 졸업한 다음 일본에 있는 대학까지 유학하고 돌아와 지금은 강릉공립농업학교 선생님을 하고 있었다.

"강릉에서 서울 유학이 쉬운 건 아니지."

할아버지가 자랑스러워 마지않는 응교집의 작은집이 서울 종로에 쉰 칸 넘는 큰집을 쓰고 있기에 두 자식을 차례로 보낼 수 있었다. 삼촌도 지금 다니는 공립농업학교를 졸업하면 서울로 가게 될지 모른다. 아버지와 작은아버지가 자랄 때는 대관령 동쪽에 보통학교 위의 상급 학교가 없었다. 더 공부하려면 삼촌보다 어린 나이에 서울로 가거나 평양으로 가야 했다.

우리는 성덕공립보통학교 1학년

쇼와 12년(1937년) 4월 1일.

용자와 나는 강릉 성덕공립보통학교에 입학했다.

입학한 다음에야 지난해 가을에 용자 아버지가 여자는 학교에 들어가기 어렵다고 하던 것이 무슨 얘긴지 알게 되었다. 우리가 들어간 성덕보통학교는 아직 5학년과 6학년은 없고, 1학년에서 4학년까지 한 학년 한 학급으로 한 해 80명을 뽑았다. 학교는 작고 배우려는 사람은 많아서라고 했다. 남자 60명, 여자 20명이었다.

성덕면에 14개의 크고 작은 리가 있었다. 여자 입학생은 면내에 사람이 많은 마을은 두 명, 적은 마을은 한 명 뽑았다. 납돌은 넓은 들판 마을이어도 중이논이 반나마 차지해 오히려 사람 수가 적었다. 지난해에도 납돌의 보통학교 여자 입학생은 다른 마을에 빼앗겨 없었다.

그만큼 들어가기 어려워도 4학년을 보면 입학할 때 스무 명이었던 여학생이 열네 명 남아 있었다. 학교가 처음 문을 열 때 그동안 공부할 기회가 없었던 나이 든 학생을 받아들였는데, 집안 사정으로 중간에 그만두거나 한 해 두 해 나이가 들며 시집간 사람도 있었다. 이상하게 어린 학생보다 나이 든 학생들이 그만둔다고 했다.

우리가 들어갈 때는 납돌의 여자 입학생이 나하고 용자 둘이었다. 들어가고 싶어 하는 아이는 훨씬 많았다. 여자는 공부할 필요가 없다고 아예 가르치지 않거나, 입학 전 학교에서 치르는 구두시험이 까다롭다니까 지레 포기한 집들도 많았다. 여자 가운데 납돌에서 같은 날 똑같이 학교에 가 시험을 본 사람만도 용자와 나까지 다섯이었다. 모두 나보다 한 살 많거나 두 살 많았다. 납돌만의 경쟁이 아니었다.

용자와 나는 꽤 여러 달 준비했다. 입학하려는 사람은 많고 자리는 부족해 교장 선생님이 지켜보는 가운데 두 선생님 앞에서 치르는 구두시험이 쉽지 않다는 건 작은아버지도 말하고 삼촌도 말했다. 멀쩡히 답을 알아도 선생님 앞에서 바짝 얼어서 입이 떨어지지 않는다고 했다.

용자도 우리 집에 와서 아버지와 삼촌이 일러주는 대로 이름을 조선말로도 쓰고(이건 써보라고 시키지도 않지만) 한자로도 쓰고, 아버지와 어머니의 이름, 우리 집이 있는 곳을 말하고, 10 안의 수를 더하는 것과 빼는 것까지 모든 문답을 일본말로 알아듣고 대답하는 연습을 했다. 이런 건 기본으로 다들 준비해 오는 것이었다. 그보다 더 잘해야 들어갈 수 있었다.

아버지보다 삼촌이 더 쉽고 조리 있게 가르쳐주었다. 삼촌도 성덕면에 학교가 세워지기 전에 아버지와 작은아버지가 다닌 강릉보통학교를 다녔다. 그 학교는 남대천 다리를 건너서도 한참 더 가야 하는 곳에 있었다.

나는 앞으로 들어갈 학교를 생각해 미리 삼촌과 일본말 글자도 익히고 연습도 많이 해 막힘이 없었다. 일본말은 조선말과 말하는 순서가 똑같아 그 자리에 들어갈 조선말을 일본말로 바꾸면 되어서 자연스럽게 익히게 되었다. 삼촌이 예전에 배웠던 책을 펼쳐놓고 그림을 보며 글을 읽는 것도 재미있었다.

"여기 읽어 봐."

삼촌이 머리띠를 둘둘 감은 것 같은 모자를 쓴 사람이 어떤 나무에 촘촘하게 홈을 내서 진을 받는 그림을 가리켰다.

"고무로 자동차와 자전거의 다이야(タイヤ)를 만듭니다. 공과 신발과 풍선도 만듭니다."

"고무는 조선말로도 고무고 일본말로도 고무야."

"어, 이건 왜 같아요?"

"예전에는 없다가 같은 때에 들어온 물건에 같은 이름을 붙이니 그렇지."

용자도 가을부터 우리 집에 오면 나를 따라 하고, 삼촌이 시켜서 일부러라도 일본말을 많이 해 어떤 얘기도 나눌 수 있었다.

'기미가요와 치요니 야치요니' 하고 부르는 기미가요[5]도 연습했다.

"이건 어차피 배워야 해. 학교에 가면 하루에도 몇 번씩 불러야 해."

구두시험도 잘 봐야 하지만, 학교 쪽으로는 나하고 함께 다닐 짝으로 용자도 함께 입학할 수 있도록 아버지가 애를 썼다. 명분은 그동안 납돌이 다른 동네에 많이 양보했다는 것이었다.

입학한 다음에 보니 대부분 아홉 살이거나 열 살이었다. 학교가 문을 연 지 몇 해 되지 않아 모두 제 나이에 입학하지 못하고 위에서부터 한두 해씩 차례로 밀려서 들어왔다. 선생님이 일곱 살 손들어, 여덟 살 손들어, 할 때 일곱 살에 손을 든 사람은 면소 거리에 사는 남자아이 하나뿐이었다. 저 아이는 어떻게 나보다 일찍 왔을까. 가장 나이 든 사람은

---

[5] '임의 시대는 천 대에 팔천 대에 조약돌이 바위가 되어서 이끼가 낄 때까지'라는 내용의 일본 국가.

열네 살의 최우석이었다. 그는 학교가 없는 대관령 너머 마을에서 훈장 어른 아래 한문 공부만 하다가 지난해 자루뫼 마을로 이사 왔다. 구두시험 때도 준비해 온 한문책을 줄줄 외우고 해석해 오히려 시험관 선생님들이 놀랐다고 했다. 남자는 열두 살까지만 뽑는데 워낙 뛰어나 특별히 뽑은 것이라고 했다.

아버지가 학교만큼 애를 쓴 것은 용자 집에 대해서였다. 걸음도 몇 번 했는지 모른다. 용자 아버지는 용자가 학교에 가는 걸 끝까지 시큰둥하게 여겼다. 지즈바(계집애)가 공부해서 뭘 하느냐. 배운들 지즈바가 면서기를 하겠느냐 학교 교원을 하겠느냐. 그럴 공이면 집에서 일을 배우는 게 낫지. 어디 쓰지도 못할 공부에 왜 헛돈 들이고 헛품을 파느냐. 우리 집에 와서 얘기할 때도 트집뿐이었다.

아버지가 용자 아버지에게 말했다.

"집에서 들일을 배우자고 해도 오륙 년은 배워 열대여섯은 돼야 어디 가서든 어른 반 품삯이라도 받을 것 아닌가."

"학교처럼 돈 들이지 않고 집안일 거들며 배우니 그것도 득이지."

"6년 동안 글하고 셈본하고, 주산 같은 걸 배워놓으면 품팔이가 아닌 다른 일도 할 수 있는 게 많지."

"어떤 일 말인가?"

"강릉 읍의 큰 점방의 점원을 하더라도 우선 글과 셈이 되어야지. 대처로 나가 공장 일을 해도 그렇고."

"학비는 뭐 땅 파서 대남?"

"보통학교는 학비도 그리 많지 않다네. 월사금이 삼사십 전이야. 쌀 서 말이면 일 년 학비를 감당한다니까."

"그게 적은 돈인감? 그거 말고도 자질구레하게 돈 들어갈 일이 숱한데 학교는 무슨."

이건 아버지도 설득하기 쉽지 않은 일이었다.

그걸 용자가 스스로 해냈다.

겨울에서 봄이 막 되려고 할 때였다. 용자 할머니가 밭둑에 불을 놓았는데 불이 밭둑의 마른 풀을 모두 태우고 하마터면 산불로 번질 뻔했다. 바람까지 불어 정말 큰일 날 뻔했는데, 마침 그곳을 지나가던 달부름들(월호평) 사람 셋이 한 사람은 소나무 생가지를 꺾어 들고, 두 사람은 입고 있던 두루마기를 벗어 불길을 잡았다.

말이 나지 않으면 아무 일 없이 지나갈 일이었다. 우리가 학교로 시험을 보러 가기 열흘쯤 전 성덕 면소의 사환이 자전거를 타고 용자 집으로 찾아왔다. 면소에서는 산불이 크게 난 줄 알고 있었다. 밭둑에 가서 확인하고도 다음날 용자 할머니와 용자 아버지를 면소로 나오라고 했다.

"아무 일도 없었는데 뭘 나가? 산불이 번진 것도 아닌데."

"그건 내일 면소에 와서 얘기하세요. 나는 심부름 온 거니까요."

"본 사람이 본 거 그대로 얘기하면 되지."

"그게 안 된다니까요. 불을 낸 할머니가 면소로 와서 얘기해야 돼요. 어떻게 하다가 산불을 냈는지."

"산불이 안 났다니까. 와서 보고도 그런 말을 해?"

"그럼 어쩌다 날 뻔했는지, 어떻게 껐는지, 산에 불이 옮겨붙지 않았다고 안 오면 안 된다니까요. 이런 일은 불이 나서도 커지지만, 사람이 안 와도 커져요. 이미 신고가 들어와 나중에 가막소 가는 수도 있어요."

순전히 협박조였다. 달부름들 사람들이 불을 끈 것까지는 좋은데 자기들의 공을 내세우느라 이제 막 산으로 옮겨붙으려 하던 불을 이미 산을 반 잡아먹고 있는 불을 끈 것처럼 과장해서 얘기했다. 장바닥에서 시작된 소문이 날개를 달아 커진 다음 면소에 들어갈 땐 이미 큰 산불이 되고 말았다. 이런 일이 있으면 마을 구장[6]이 함께 가면 좋은데, 구장님은 엊그제 집안 혼사가 있어서 성산면 큰집으로 갔다. 면소 호출도 이미 정해진 일이어서 오라는 날 가야 한다고 했다.

용자 아버지도 면소에서 오라니까 더럭 겁부터 났다. 크게

---

6   지금의 마을 이장

지은 죄가 없으니 겉으로는 안 그런 척했지만 속으로는 애가 말랐다. 마을 사람들을 붙잡고 하소연해도 다들 면소에 따라가길 꺼렸다. 괜히 갔다가 함께 간 사람까지 어떤 트집을 잡을지 모를 일이었다.

문제는 또 다른 데 있었다. 얼마 전부터 면소나 주재소에 가서 일을 볼 때 조선말로는 일을 볼 수가 없었다. 나는 어디에 사는 누군데 어떤 일로 왔다고 더듬거리더라도 모두 일본말로 해야 일을 볼 수 있었다. 조선말을 하면 조선 사람 서기도 윗사람 눈치를 보느라 그 말을 못 들은 척 아예 대꾸하지 않았다. 지난해 부임한 총독[7]이 조선 안에 있는 모든 관공서에 이제 업무 중에는 절대 조선말을 해서는 안 되고 일본말만 사용하라고 매우 엄중한 훈령을 내렸다고 했다.

작은아버지가 다니는 학교에서도 그런다고 했다. 선생은 수업을 일본어로만 하고, 학생의 질문도 일본어로 하게 이끌어야 한다는 것이었다. 교무실에서 조선 선생끼리 주고받는 말도 일본어만 써야 한다고 했다.

"제가 가르치는 과목이 조선어와 조선 역사인데 이 시간에는 조선말을 안 할 수가 없지요. 그걸로 숨통이 틔기도 하지만, 그러자니 오히려 조이기도 하고 그렇지요."

---

7 제7대 조선 총독 미나미 지로.

그게 관공서와는 아무 상관 없이 살던 용자 아버지에게 발등의 불처럼 다가왔다. 용자네 집은 용자 할머니는 물론이고, 용자 아버지도 일본말을 전혀 할 줄 몰랐다. 납돌에서 중이논을 소작하면서 일본말을 써야 할 일이 없었다. 들어야 할 일도 없으니 아예 쓰지 않고 살아왔다. 가장 큰 상전이 면소나 주재소가 아니라 매년 가을 추수를 앞두고 중이논 결실을 둘러보고 논마다 받을 소작료를 매기는 곡간 스님이었다. 장날에 물건을 팔러 가거나 사러 가서도 일본말로 흥정할 일도 없었다.

"수고스럽지만 자네가 좀 따라가 주면 안 되겠는가? 나는 면소 거리를 가도 그런 데는 한 번도 들어가 보지 않아서 뭘 어찌해야 할지 가슴부터 벌렁거리니."

용자 아버지는 그 일을 우리 집에 찾아와 아버지에게 부탁했다.

그때 용자는 나와 함께 삼촌이 시키는 대로 서로 무카시 무카시(옛날에 옛날에) 하며 우리나라 옛날얘기를 힘들게 일본말로 바꾸어 들려주는 놀이를 하고 있었다. 삼촌은 처음엔 입이 잘 떨어지지 않아도 그게 말하기 연습의 가장 좋은 방법이라고 했다.

"불이 났다면 모를까, 불이 나지 않은 걸 면소 사람까지 와서 보고 간 일을 굳이 나까지 따라가서 설명할 것 없지."

"그래도 내 사정이 답답해서 말일세."

아버지는 웬만하면 같이 가겠다는 말을 할 만한데도 냉정한 얼굴을 하고, 그럴수록 용자 아버지는 울상으로 매달렸다.

"정 그러면 용자를 데리고 가게."

"이 쬐끄만 걸?"

"얘가 일본말도 제법하고, 어른들하고도 얘기를 잘한다네. 할머니와 아버지가 면소에 왜 왔는지도 잘 얘기할 걸세."

용자 아버지는 믿지 못하는 얼굴이었다.

"네가 할머니와 아버지를 모시고 면소에 다녀올 수 있겠느냐?"

"예. 어딘지 알려주면요."

이제 막 아홉 살이 되었어도 이런 일에 용자는 망설임이 없었다. 무엇이든 하겠다는 말부터 했다.

"그건 느 아버지가 같이 가면서 알려줄 거다."

"그럼 갈 수 있어요."

"가기만 해서 되는 일이 아니고, 여기서 공부한 대로 이 말을 일본말로 해보아라. 나는 강릉군 성덕면 신석리에 사는 남용자입니다. 우리 아버지 이름은 남성출입니다."

그건 복습으로 하루에도 몇 번 입이 닳도록 연습하는 말이었다. 용자는 그 말을 마치 일본 아이가 말하듯 또박또박 일본말로 바꾸어 말했다.

우리는 성덕공립보통학교 1학년

"다음에 여기 함께 오신 우리 할머니는 박씨입니다. 할머니는 밭둑의 풀을 태웠습니다. 산에 불이 나지 않았지만, 할머니를 오라고 해서 왔습니다. 이 말을 일본말로 해봐라."

용자는 밭둑을 '타사케'로 바꾸어 그 말도 어렵지 않게 했다.

"아이가 이 정도 말하면 그다음 얘기는 면소에서 자네와 어머니가 알아들을 수 있게 조선 서기를 내세우든 누굴 내세우든 다 얘기할걸세. 아이가 일본말로 왜 왔는지 용무를 말했으니."

다음날 용자는 할머니와 아버지와 함께 면소에 다녀왔다. 다녀오는 길에 용자 아버지는 용자와 함께 우리 집부터 들렀다.

"그래, 갔던 일은 잘 해결했는가?"

"하고말고."

용자 아버지가 어깨를 으쓱이며 용자 자랑을 했다.

"내 새끼지만, 어리다고 만만히 볼 일이 아니더라고."

"아이가 어떻게 했는데?"

"일단 면소에 들어갔지. 어제 집에 왔던 사환이 우리를 보고 바로 아는 체를 하니 조선인 면장이라는 이는 우리가 저한테 조선말이라도 할까 봐 미리 저만치서 고개를 외로 틀더만. 일본인 내무과장이라는 자가 사환한테 자기 자리로 데리고 오라고 하니 애가 얼른 그 앞에 가서 어제 여기서 한 거처럼 인사를 했지. 제 이름도 대고 내 이름 남성출도 대고."

"그다음에는?"

"일본인 과장이 나보고 뭐라고 닦듯이 묻는데 내가 뭔 말인지 알아야지. 그 말도 얘가 나서서 대답했지."

"그래, 그 사람이 뭐라고 하더냐?"

용자는 이런 말을 해도 되나 싶은 얼굴로 먼저 자기 아버지를 쳐다본 다음 대답했다.

"그 사람이 아버지보고요. 너는 조선이라는 나라가 없어지고 여기가 대일본제국이 된 게 언젠데 아직도 국어를 모르냐고, 나사게나이(한심하구나)라고 했어요."

"그래서?"

"우리 아버지는 신석리에서 태어나 학교도 가지 못하고요. 어른이 된 다음에도 다른 곳에 가지 않고 농사일만 해서 국어를 배우지 못했다고 했어요. 제가 이제 열심히 공부해서 아버지를 가르쳐드리겠다고 했어요."

"그랬더니."

"어제 우리 집에 왔던 사람을 옆으로 오라고 해서 밭둑에 불이 난 걸 물었어요. 자꾸 야마카지(산불)라고 해서요. 제가 어제 우리 집에 온 사람한테 아저씨는 보리와 밀이 자라는 밭과 나무가 서 있는 산도 모르냐고 말했어요. 그러니 그 사람이 자기보다 높은 사람에게 산에 불이 난 게 아니고 산과 가까이 있는 밭둑에 불이 난 거라고 했어요. 자기가 봤는데 산에는 불이 붙지 않았다고요."

"그랬구나. 잘했다."

삼촌한테 열 손가락쯤 되는 곡식 이름과 채소 이름을 배운 것도 바로 엊그제였다. 삼촌이 우리에게 쌀과 채소가게의 주인과 손님이 되어 일본말로 물건을 사고파는 놀이를 시켰다. 보리와 밀은 전부터 알았다고 해도 그날 공부도 도움이 되었을 것이다.

"그러니 성출이. 아이를 가르치게. 이게 다 공부해서 된 일이 아닌가. 공부를 하면 집안에도 크게 쓰임이 될 거야. 나중에 아래 동생들 가르치는 데도 도움이 될 테고."

그날 저녁 아버지가 어머니에게 말했다.

"사람들은 여우를 꾀기 힘들다고 하는데, 막상 꾀워 보면 곰이 더 힘들다오."

"꾈 게 뭐 있어요? 범이 나오고 곰이 나오는 산길도 아니고 섬돌 다리만 나가면 신작론데. 처음이야 어리다 해도 한두 해 자라면 어린 것도 아니지요."

"어릴 때야 산길이 무섭겠지만, 커가면 신작로가 더 무서운 게요. 어느 길이든 혼자보다는 둘이 다니는 게 낫지 않겠소."

구두시험 날은 아버지가 우리를 데리고 학교에 갔다. 내가 시험 볼 때도 아버지가 옆에 있었고, 용자가 시험 볼 때도 아버지가 보호자로 함께 있었다. 용자 차례 때 아버지가 용자에 대해 조금 설명하자 문답 선생님이 오히려 더 반가워했다.

"이 아이가 신석리의 불난 집 아이입니까?"

면소의 소문이 이미 면소 거리를 돌아 학교까지 전해진 것이었다. 납돌에 미리 정해진 여자 입학생은 한 명이지만, 구두시험을 보는 동안 용자의 모습을 보며, 또 면소에 다녀온 얘기를 하는 동안 일본인 교장 선생님도 문답 선생님도 마음 속으로 한 명 더 늘였는지 모른다. 늘어난 한 명이 남용자가 아닌 나 김후득이었는지도 모른다.

"얘가 남성출의 딸인가요? 아버지는 곰 같은데 애는 볼수록 참 묘하네."

전에 우리 집에 놀러 온 용자를 딱 한 번 본 작은아버지도 그렇게 말했다. 작은아버지는 용자가 면소에 다녀온 얘기를 들은 다음 아버지에게 사실은 이게 아이가 한 일이라고 마냥 칭찬할 일도 아니고, 웃을 수 있는 일도 아니라고 했다.

"면소에서 조선말로 일을 볼 때라면 아이가 함께 갈 일도 없었겠지요."

"그야 당연히 그랬겠지."

"갔다고 하더라도 아이가 어른을 따라갔다고 하지 아이가 어른을 모시고 갔다고 하지 않겠지요."

"그거야 아이가 가서 어른 대신 문답을 하니 그렇지."

"지난해 새 총독이 부임해 학교는 학교대로 관공서는 관공서대로 조선말을 점차 없는 말처럼 죽여나가는 거지요."

"말이라는 게 사람 숨결과 같은 건데 그런다고 죽나, 집에서고 동네서고 다 조선말을 쓰는데."

"처음이야 그렇겠지만, 그게 그렇지 않아요. 지금까지 관공서에서 공용어로 두 개의 말을 쓰다가 이제부터 하나만 쓰라는 건데, 이런 식으로 앞으로 조선말을 죽여나가는 단계를 하나씩 높여가는 거지요."

나는 뭐가 죽이고 사는 것인지, 사람 입으로 하는 말이 움직이는 목숨도 아닌데 왜 죽는다는 것인지 알 수 없었다. 다만 작은아버지가 용자가 한 일이 아이가 한 일이라고 마냥 칭찬할 일도 아니라고 한 말만 내겐 뭔가 알지 못할 마음 한 구석의 위로처럼 들렸다. 일본말을 해도 내가 용자보다 잘했다. 그런데도 마을 사람들이 용자가 조선 천지에 혼자 일본말을 잘하는 아이인 것처럼 칭찬하는 게 속이 상했다.

'나는 용자가 조선말로도 외지 못하는 구구단을 일본말로 8단 9단도 외울 수 있다고요.'

동네에 나가 큰소리로 말하고 싶을 정도였다.

입학식 날 어머니가 용자에게 동생 같은 나를 동무해 잘 다니라고 특별히 마음 써서 나와 똑같이 솜을 넣은 저고리와 치마를 지어주었다. 둘 다 마름 집 덕선이 언니처럼 난도세루는 메지 못했지만, 예쁜 천을 끊어 허리에 맬 책보도 만들어 주었다.

  1학년인 우리가 학교에서 공부하는 것은 수신(修身)[8], 국어(일본어), 조선어, 산술, 창가, 도화 여섯 과목이었다. 학년이 올라갈수록 이과(과학)와 국사와 지리[9], 체조, 여자는 또 가사를 배운다고 했다.

  마름 집 덕선이 언니가 4학년이고, 섬돌 다리 앞에 있는 양조장 집 근숙이 언니가 3학년, 그리고 용자와 나, 납돌에서 성덕보통학교에 다니는 여학생은 네 명뿐이었다. 난도세루가 없어도 학교를 다닌다는 것만도 자랑스러운 일이었다. 덕선이 언니의 난도세루는 납돌 중이논 주인 중에서도 제일 큰 주인인 주지 스님이 앞으로도 납돌 논 관리와 소작인 관리를 잘하라고 선물로 사준 것이라고 했다.

  덕선이 언니는 성덕면에 처음 학교가 열릴 때 열두 살에 입학해 열다섯 살이 되었다. 강릉농업학교에 다니는 삼촌보다 한 살 아래였다. 학교에 들어갈 때도 절의 주지 스님이 덕선이 언니를 위해 학교에 공을 들였다고 했다. 열다섯 살인 언니에게 난도세루는 잘 어울리는 책가방은 아니었다.

---

8 요즘의 도덕과 국민윤리 과목
9 일본 역사와 일본 지리에 조선사와 조선 지리를 일부 끼워서

어른들 말대로 몸은 나이를 알아 가슴까지 불룩하게 나오는데도 아직 구구단도 더듬거린다는 걸 우리 모두 알았다. 열한 살인 근숙이 언니도 입바른 말은 혼자 다 해도 공부는 거의 뒤에 있는 듯했다. 그 집엔 술을 담은 오지장군을 마을마다 실어 나르는 노새 마차가 따로 있을 정도였다. 먹을 쌀도 부족한데 이제는 집에서 술을 빚으면 안 된다고 했다.

학교 입학할 때 까다로운 시험을 치르기 때문에 덕선이 언니나 근숙이 언니 정도면 학교에 들어올 수 없는데도 들어온 것은 납돌 마름 집의 쌀의 힘이고 섬돌 다리 양조장의 술의 힘이라고 했다. 그런 말은 같은 학년 남학생들 사이에서 나왔다. 4학년 고메 세이도(쌀 생도), 3학년 사케 세이도(술 생도). 어른들만 세상 물정을 아는 게 아니라 아이들도 자라 머리가 굵어지면 어른들이 몰래 꾸민 일들의 전후 사정을 알았다. 1학년인 우리도 학교에 입학하면서 소문으로 들어 덩달아 알았다. 그런 언니들에 비해 나는 걸을 때도 발에 맞춰 구구단을 욀 수 있는 내가 자랑스러웠다. 사람들 앞에 몇 번 해 보이자 나는 1학년인데도 구구단을 외는 아이로 금방 소문이 났다.

아버지가 납돌마을의 새 구장이 되었다. 면소에서 보는 일이라는 게 다 어려운 한자와 일본말뿐인데, 마을에 그걸 대신해 줄 수 있는 사람이 아버지밖에 없다고 했다. 반대하는 사람은 사랑의 할아버지뿐이었다.

"벼슬도 아니고, 그게 뭐가 좋은 자리라고."

"마을 사정이 있어서 몰려와 그러는데 어쩌겠습니까?"

"앞으로 구장이어서 치를 좋지 않은 일도 있을 게다. 나 원 참."

나서지 않아야 할 일에 나섰다는 걸 할아버지는 '나 원 참' 한마디로 말씀하였다. 구장이 되면 매일 면소로 다니는 것은 아니지만, 일주일에 한 번이나 두 번은 마을 일로 면소로 가야 했다. 나중에 소식을 듣고 작은아버지도 걱정스러운 얼굴을 했다.

"먼저 구장 하던 이가 물러나며 모곡[10]을 아쉬워했다는 소리를 들었지만, 마을 사정으로 보면 형님이 당연히 맡으셔야겠지요."

"모곡이 우리한테 뭐 보탬이 될까마는, 이제는 일을 전부 일본말과 일본 글로만 보라고 하니 면소와 주재소 앞에 대서소가 들어서던데, 나라도 돕지 않으면 동네 사람들 사정은 어쩌나 싶게 딱할 때가 많거든."

"아버님이야 다른 걱정이시겠지만, 저도 형님처럼 그게 염

---
10 모곡(募穀). 따로 보수가 없는 구장의 수고료를 가을 추수 후에 집집마다 얼마큼씩 곡식을 걷어주는 것.

려스럽지요. 아무리 힘이 없어도 내 나라에서 내 나라말을 못 쓰게 하니."

"아주 못 쓰게 하는 건 아니고, 면소와 주재소 일을 볼 때 그러라는 거지."

"그런 식으로 조여 들어오는 거지요. 제가 아이들에게 가르치는 역사를 봐도 그래요. 어느 나라가 다른 나라를 지배해 들어가면 우선 제 나라에 없는 걸 빼앗고, 그다음은 그 땅을 자기 땅으로 만드는 과정으로 말과 글을 일치시키거든요."

"그래도 거기까지는 아니겠지."

"아니에요. 구라파 나라들도 전쟁으로 국경이 왔다 갔다 할 때마다 그랬어요. 어쩌면 형님도 서울에서 학교 다닐 때 조선어로는 나오지 않고 일본어로 나온 걸 읽으셨는지 모르겠어요. 독일과 불란서 사이의 국경 지역은 예부터 이런 일이 심해 여기에 대한 유명한 소설도 있거든요."

작은아버지는 옆에 있는 삼촌에게 너는 아루퐁수 도오데의 「최후의 수업」[11]을 아느냐고 물었다. 삼촌이 잘 모른다고 하자 작은아버지는 불란서 국경 마을에 보로서(프로이센)군이 진격해 들어온 다음 지금까지 불란서 말을 사용하고 공부하던 마을에 내일부터 새로 독일 선생이 와서 새로운 국어로 독

---

11 알퐁스 도데의 「마지막 수업」. 당시도 지금도 일본어 번역으로는 「최후의 수업」이다.

일어 수업을 하게 되는 것을 알리는 마지막 수업 얘기라고 했다.

"그걸 우리 후더기만 한 소년이 겪는 얘기예요."

작은아버지의 설명만으로도 왠지 슬픈 내용일 것 같았다. 나만 한 아이가 겪는 얘기라면 더욱 그랬다.

"그게 다른 나라 소설 얘기가 아니라, 지금 조선 땅에 새 총독이 들어와서 펼치는 정책이 그렇다는 거지요."

"설마 그렇게까지야······"

그런 얘기를 나눌 때는 아버지의 얼굴도 어둡고 작은아버지의 얼굴도 어두웠다. 막내 삼촌도 덩달아 위의 형들처럼 어두운 얼굴을 했다.

그 말을 듣자 나도 학교에서 왜 그랬는지 알 것 같은 일이 있었다. 입학할 때 조선어 독본 책을 받았다. 조선어 독본엔 삼촌이 가르쳐준 대로 자음으로 ㄱ, ㄴ, ㄷ, ㄹ이 나오고, 모음으로 ㅏ, ㅑ, ㅓ, ㅕ가 나왔다. 괭이를 메고 밭으로 가는 아버지와 바느질하는 어머니의 그림 아래 '아버지 우리 아버지, 어머니 우리 어머니'가 나왔지만 제대로 공부하지 않았다.[12] 그 시간이면 일본 센세이가 총독의 훈령이라며 앞으로

---

[12] 1937년 모든 학교의 수업을 일본어로 하라는 미나미 총독의 훈령으로 조선어는 시간표에만 있고 수업은 슬그머니 사라지기 시작해 다음 해인 1938년엔 굳이 배우지 않아도 될 선택 과목(수의 과목)이 되었다가 곧 모든 학교의 교과목에서 완전히 사라져 버렸다.

조선어는 배우지 않아도 된다고 했다. 대신 수신 책을 펴게 하거나 일본의 뛰어난 천황과 장수 얘기를 했다.

그때도 나는 어린 마음에 우리가 제대로 공부하지 않는 조선어 걱정보다 작은아버지 걱정을 먼저 했다. 작은아버지는 강릉농업학교에서 조선어와 조선 역사를 가르치는 선생인데, 조선어가 없어지면 그 시간에 무엇을 할까. 조선어 시간이 없어지면 조선 역사 시간도 같이 없어지는 걸까. 농업학교니까 그러면 그 시간 삽과 괭이를 들고 땅을 팔까. 조선어를 가르치던 작은아버지는 무얼 할까. 가르칠 게 없어서 작은아버지가 학교에서 쫓겨나는 것이 아닐까. 괜히 심란한 마음이 되었다.

5월 마지막 토요일.
음력으로는 사월 열아흐렛날, 할머니 제사였다.
납돌 들판은 모내기와 보리 베기가 한창이었다. 일 년 중 농사일이 가장 바쁠 때여서 부지깽이도 눈에 띄면 붙잡아 일부터 시킨다고 했다. 학교에서도 집안일을 도우라고 목요일부터 토요일까지 농번기를 했다. 정작 농업학교에 다니는 삼촌은 오히려 농번기가 없었다. 학교 실습지 개간을 삽과 괭이를 들고 학생들이 직접 했다. 학교 창고에 개인 삽과 괭이에 이름을 써서 아예 가져다 놓았다.

"학교에 가면 공부는 안 하고 맨날 일만 시켜요."

삼촌이 할아버지와 아버지 앞에서 투덜거릴 정도였다.

할머니 제사가 되어 읍내에 사는 작은아버지 내외가 전날부터 납돌로 왔다. 작은아버지는 이틀 동안 납돌에서 같은 학교에 다니는 삼촌과 함께 출근했다. 지난겨울에 태어난 사촌 동생 아기도 왔다. 아무리 농사일이 바빠도 두 고모도 제사 전날 저녁에 고모부와 함께 왔다. 집안이 모처럼 북적이고, 부엌의 기름질 냄새가 마당을 돌아 담을 넘었다.

제사는 한밤중에 지냈다. 동생들과 일찍 자라고 했지만 나는 잠이 오지 않았다. 제사 지낼 시간이 되면 깨워준다고 하지만 그러지 않는다는 걸 내가 더 잘 알고 있었다. 어른들이 방에 둘러앉아 할머니가 돌아가시던 때의 얘기를 했다.

평소에도 몸이 약했던 할머니는 아버지가 서울 작은집에 올라가 공부하던 중에 세상을 떠났다. 그때 아버지는 열일곱 살로 보성고등보통학교 3학년이었다. 작은아버지가 열다섯, 큰고모가 열셋, 작은고모가 열, 그 아래로 막내 삼촌이 여섯 살이었다.

큰고모가 먼저 얘기를 시작했다.

"어머니가 갑자기 돌아가시니 난리지 뭐예요. 읍에 나가 오라버니 계시는 서울 작은집으로 전보를 쳐야 하는데, 동네에 전보는커녕 전보 칠 심부름을 할 줄 아는 사람도 없어

아버지가 어머니 눈만 쓸어 감기고 직접 전보를 치러 가셨으니."

"학교에서 돌아오니 어머니가 돌아가셨다는 전보가 왔다고 하네. 뜬눈으로 밤을 새우고 새벽에 작은댁 아저씨와 경성역에 나가 원산까지 기차를 탔어. 지금은 원산에서 양양까지 기차가 거의 연결돼 있지만, 그때는 통천까지만 놓여 있어서 통천에서 강릉까지는 배를 타고 오고."

아버지가 그때 정신이 없던 사정을 말했다.

"그래도 기차 시간과 연결되는 배가 있었던 모양이네요."

"배들도 거기에 시간을 맞추는 거지. 지금도 원산에서 고성이고 양양이고 강릉까지 지역무역을 하며 사람과 물건을 실어 나르는 증기선이 있잖은가. 더 큰 배들은 원산에서 바로 일본으로 다니고."

작은 고모부가 묻고 아버지가 말했다.

"장례를 치르고 작은댁 아저씨와 다시 서울로 가야 하는데, 아버님이 사랑으로 날 불러 딱 한 마디 물으시네. 공부하는 게 재미있느냐? 물으시면 대답을 좀 제대로 할 텐데, 집 떠나 공부하는 게 즐거우냐? 하시니 아버님 마음속에 이미 답을 정해놓고 물으셨던 거지."

"어떤 답이요?"

다시 작은 고모부가 물었다.

"그 말씀을 들으니 내 공부가 중도에서 그치겠구나, 하는 생각이 먼저 들어왔던 거지. 이듬해 봄에 올라갈 때는 지금 집안 꼴이 말이 아니다, 여름이면 상을 치른 지 일 년이 지나는데 이제 새사람이 들어와 어머니가 맡았던 살림을 맡아야 하지 않겠느냐, 하시니 아버님 마음도 그렇고, 나도 그게 내 서울 마지막 걸음이라는 걸 알았던 거지."

"그러셨겠네요."

"그해 여름 내가 다니던 학교가 종로에서 혜화로 이사를 해서 여름 휴업(방학) 전에 저마다 자기 책걸상을 걸머지고 새 학교로 옮기는데 아무리 생각해도 내 등에 있는 책상이 앞으로 내가 앉을 책상이 아닌 게야. 그리고 집에 내려왔는데 아버지께서 봐둔 혼처가 있다고 하니 색시 얼굴도 보지 못한 채로 가을에 혼사를 치렀던 거지."

"공부가 아쉽지 않으셨어요?"

이번에는 큰고모부가 조금은 묵직한 소리로 물었다.

"아쉬우니 어쩌겠나. 그때부터 후더기 어멈이 일꾼까지 둘 두고 있는 옹교집의 살림을 맡았던 거지. 아버님 생각에 서울에 올라가 공부하는 아들은 세상 물정 모르는 것 같고, 그러니 세 살 위의 물정을 알 만한 규수를 골라 짝을 지어준 건지도 모르지."

아버지가 어느 자리에서나 어머니에게 공대하는 것도 어

쩌면 그래서인지 모른다. 나는 동네 아저씨들과 다르게 아버지의 그런 모습이 좋았다. 예전에 할아버지도 할머니에게 그랬다고 했다. 집안의 돈 셈은 모두 어머니가 했다. 작은아버지의 학비에서부터 할아버지가 서울에 다녀올 때의 비용조차 이것은 갈 때의 기찻삯, 이것은 올 때의 기찻삯, 이건 안목에서 양양까지 가는 뱃삯, 이것은 답례비와 예비 여비, 항목마다 봉투를 만들어 따로 챙겨 드렸다.

"그런 분이 서울에는 처음 어떻게 아들을 보낼 생각을 하셨대요?"

"전에도 왕래를 자주 하셨는데, 작은댁 어른들이 아버님이 오실 때마다 이제 세상이 개화되어 자식들에게 신학문을 가르쳐야 한다고, 자라면 서울로 올려보내라고 늘 말씀하셨던 거지."

"그래서 큰형님 다음으로 작은형님이 학업을 이어받으신 거군요."

그러자 이번엔 아버지 대신 작은아버지가 고모부의 말을 받았다.

"그때로는 그럴 형편도 서로 아니었어. 학교 다니는 큰아들을 혼인시켜 서울로 다시 가지 못하게 붙잡았는데, 아버님도 그런 큰아들을 앞에 두고 이제는 둘째가 가서 공부해라, 할 수가 없는 거고, 보통학교를 막 졸업한 나도 이제 제가 하겠습니다, 할 수 없는 거고."

"그러네요, 이치가."

"학비야 아버님이 보내주셔도 내 공부는 나중에 일본에 건너가 공부한 것까지도 형님이 시켜주신 거지. 가을에 혼인하고 올라가라 마라 하시기 전에 형님이 먼저 아버님한테 저는 이제 이 집 살림을 맡아 관리하고 불릴 테니 윤기를 저 대신 서울 작은집에 보내주십시오, 하고 말씀드렸던 거지."

"그러고 보면 가까운 일가가 서울에 있는 것도 큰 힘이어요. 여기서 서울이고 평양에 외학 나간 사람들은 다 그렇게 기댈 언덕이 있으니 가는 거죠. 그러잖으면 열서너 살짜리 아이를 어떻게 고립무원에 가져다 놓겠어요."

어른들이 그런 얘기를 하는 동안 나도 모르게 잠이 들고 말았다. 아침에 일어나니 제사는 이미 어젯밤에 끝났다. 나보다 먼저 잠든 남렬이만 그 시간에 억지로 깨워 세수시켜서 할머니께 잔을 올리게 했다. 울고 싶을 만큼 속이 상했지만, 그러면 더 우스워지고 놀림이 될까 봐 꾹 참고 말았다.

두 고모와 고모부는 농사일 때문에 아침만 드시고, 제사 음식을 한 광주리 싸 바삐 돌아갔다. 작은아버지와 작은어머니만 남았다. 작은어머니는 작은아버지가 서울에서 공부할 때 만난 사람이었다.

오오모리 사부로 센세이

낮에 용자도 한 차례 우리 집을 다녀갔다.
"너도 학교 다니는 게 재미있니?"
작은어머니가 용자에게 물었다.
"재미있어요. 센세이는 무섭지만요."
"아이고, 센세이가 왜 무서워?"
다시 작은어머니가 물었다.
"우리 센세이는 일본말만 해요. 숙제를 안 해가고, 공부를 제대로 안 하면 더 무서워요."
"어떻게 하는데?"
"회초리로 손바닥을 때리고 빠가, 해요."
"일본 센세이니?"
"예. 오오모리 사부로 센세이."
"사부로(三郞)면 어느 집 셋째아들인 모양이네."

용자 말대로 학교에 가면 교실에 들어가면서부터 정신을 바짝 차려야 했다. 아이들이 장난하다가도 센세이가 교무실에서 교실로 오는 기척이 들리면 다들 하던 걸 멈추고 자리에 앉았다. 그래도 센세이는 다 알았다. 동쪽 창으로 들어오는 햇빛 속에 이불을 턴 것처럼 우리 머리 위로 먼지가 뽀얗게 피어올랐다.

"이건 매일 아침……"

한 번 이맛살을 찌푸린 다음 센세이가 구령을 불렀다.

"이치도우 키리츠(일동 기립)."

그러면 다들 자리에서 일어섰다. 이때 걸상이 바닥에 밀리는 소리가 들리면 센세이의 이맛살이 다시 좁아졌다.

"키오츠케(차렷)."

"레이(경례)."

모두 센세이에게 고개를 숙여 오하요 고자이마스(아침 인사말), 하고 인사를 했다.

조심해야 할 것은 또 남아 있었다.

"앉아라."

이때도 털썩 주저앉으면 안 된다. 소리가 나지 않게 조심스럽게 앉아야 한다. 그때쯤이면 뭉게구름처럼 피어오르던 먼지도 새털구름처럼 조금 차분해졌다.

"차렷, 경례를 반장(당시 명칭은 조장)이 안 하고 센세이가 해?"

작은어머니가 물었다.

"지금은 누가 잘하는지 몰라서 2학기에 시킨대요."

"하긴 1학년이니. 동방 요배[13] 같은 건 안 하고?"

"그것도 해요."

그건 주로 운동장에서 했다. 센세이 중에 나이가 많은 5학년 담임 센세이가 구령을 불렀다. 학교 운동장에서 조회가 끝날 때 바다가 있는 동쪽을 향해서 '키오츠께' 하면 모두 차렷하고 허벅지에 손바닥을 대고 있다가 '게이레이(경례)' 하면 손가락은 무릎 아래로 내려오고 손바닥이 무릎까지 오도록 허리 굽혀 인사했다. 센세이에 대한 인사와 다른 것은 '키오츠케' 다음에 '게이레이'하고 조금 길게 구령을 불렀다.

어머니가 작은어머니에게 작년까지는 조선 훈도가 1학년을 맡았는데 올해는 일본 훈도가 맡았다고 했다.

"입학식에 가봤더니 서른쯤 된 이가 운동장에 서 있는 모습도 아주 꼿꼿해. 칼만 차면 선생이 아니라 군인이나 순사 같이 보이겠어."

"새 총독이 온 다음 남익이 아버지 학교도 분위기가 많이 달라졌대요. 보통학교도 1학년부터 일본 훈도를 내세워 다

---

13 궁성요배. 신정과 일왕의 생일에 일왕의 궁성이 있는 동쪽을 향해 절하는 것으로 학생들은 조례 때마다 했다.

잡는가 보네요."

"저런 것들을 다잡을 게 뭐가 있어서."

"시작부터 다잡는 거겠죠. 우리 후득이도 센세이가 무섭니?"

작은어머니가 이번엔 내게 물었다.

"저는 안 무서워요."

나도 조선말은 한마디도 하지 않고 쉬는 시간에 아이들이 조금만 웅성거려도 조용히 해랏! 하고 회초리로 책상을 탁탁 치는 센세이가 무섭지만, 용자가 먼저 무섭다고 말해 나는 아니라고 말했다.

"후득인 왜?"

"저는 공부를 잘하거든요. 숙제도 잘하고."

용자가 숙제를 자주 하지 않은 건 아니었다. 어쩌다 한 번이었지만, 그날은 억울한 부분이 많았다. 학교에서 가정으로 통신문으로 보낼 주소를 한자로 적어 오라고 했다. 숙제지만 모르면 어른한테 써달라고 해서 써오라고 했다. 물을 사람이 없는 용자는 그냥 조선말로 주소를 적어갔다.

"국민이면 자기가 사는 곳의 주소를 제대로 적을 줄 알아야지, 언제까지 앞으로 쓰지도 못할 조선어로 주소를 쓸 거냐?"

센세이는 숙제를 잊고 안 해온 아이들보다 주소를 조선말로 적어 온 아이들에게 더 많이 화냈다. 용자는 그날 손바닥에 회초리 두 대를 맞으면서도 센세이에게 용서를 빌었다.

"잘못했습니다. 다음부터는 바로 하겠습니다."

나는 용자의 모습을 보며 마음이 아팠다. 우리 아버지가 용자 아버지였으면 매를 맞지 않았을 것이다. 우리 삼촌이 용자 삼촌이어도 맞지 않았을 것이다. 용자는 울지 않았는데 바라보는 내 눈에서 눈물이 찔끔 났다.

그날 숙제를 조선말로 적어 온 아이들의 주소를 쉬는 시간 아이들의 마음을 하나하나 위로하듯 최우석이 한자로 적어주었다. 납돌은 신석이고, 자루뫼는 병산이고, 달부름들은 월호평이고, 구르뫼는 운산이고, 갓바위는 입암이고, 예부터 부르던 동네 이름이 한자 지명으로는 어떻게 바뀌었는지도 설명해 주었다. 용자는 손바닥에 맞는 회초리를 엄지손가락 마디에 맞아 퍼렇게 멍이 들고 부었다. 최우석은 주소를 써 준 다음 벌겋게 부어오른 용자의 손을 두 손으로 잡고 엄지손가락 뼈를 지그시 누르듯 만져주었다.

"다치지는 않고 조금 부었다."

"괜찮아."

"많이 아프지?"

최우석이 만져 주자 용자는 센세이에게 맞을 때도 보이지 않던 눈물 한 방울을 보인 다음 그걸 반대편 손등으로 닦아냈다.

집에 와서 그 얘기를 하자 삼촌 학교에서도 새 학기가 되어 모두 새로 주소를 적어냈다고 했다. 용자가 매를 맞은 얘기도 했다.

"참 내, 한자가 즈 나라 국어라도 되냐. 지나(支那 중국) 국어지. 제 나라 글자로는 자기가 사는 곳 주소도 못 쓰면서 무슨 국어 타령이야."

용자는 왼쪽 엄지 손바닥 쪽이 며칠 시퍼렇게 멍이 들었는데도 누구를 원망하지 않았다. 집에도 얘기하면 아버지가 학교에 가지 말라고 할까 봐 말하지 않았다고 했다. 그 말을 들을 때에도 마음이 아팠다. 그러나 내가 해줄 수 있는 위로는 아무것도 없었다. 그런데도 용자는 작은어머니에게 내 칭찬을 했다.

"후더기는 정말 잘해요. 동네 4학년 3학년 언니들도 더듬거리는 구구단을 조선말 일본말 다 외워요. 한자로 주소도 쓰고, 우리 반 아이들 이름도 쓰고 그래요."

"어머나."

작은어머니는 놀람 말도 저게 서울말인가 싶게 예쁘게 했다. 다른 말도 그랬다. 작은어머니는 우리가 쓰는 강릉말과는 전혀 다른, 이랬니, 저랬니, 하는 서울말을 썼다. 사람들은 작은어머니의 나긋나긋한 서울말이 간지럽다고 했다. 그렇지만 나는 내 이름을 후더기라고 부르지 않고 후득이라고, 글자로 꼭꼭 눌러쓰듯 불러주는 작은어머니가 참 좋았다.

내가 구구단을 외는 것을 용자는 좋게 말했지만, 센세이는 칭찬보다 칭찬 아닌 말을 더 많이 했다. 아이들이 후더기는 구구단도 외운다고 하자 센세이가 교실에서 아이들이 다 보는 앞에 6단과 7단을 외워보라고 했다. 그 자리에서 삼촌이 가르쳐준 가락으로 '로쿠 이치 로쿠, 로쿠 니 주우니, 로쿠 상 주우하치……' 하고 외웠다. 조선말 가락과 일본말 가락이 똑같았다.

"스고이(대단하다). 어떻게 외운 거냐?"

"삼촌이 가르쳐줘서 먼저 조선말로 외우고, 그걸 일본말로 생각해 외웠습니다."

센세이가 늘 일본말을 해서 나도 일본말로 대답했다. 다른 아이들도 센세이가 물으면 다들 일본말로 대답하려 애썼다.

센세이가 회초리로 교탁을 탁탁 두드렸다.

"아직도 일본말이라니. 국어라고 해야지, 고쿠고."

"예. 조선말로 외우고 국어로 생각해 외웠습니다."

"구구단은 무얼 하는데 쓰는 거지?"

"가케장(곱셈) 하는 데 씁니다."

"내가 보니까 너는 한자도 제법 아는 것 같던데."

"할아버지가 가르쳐주십니다."

"그럼 천자문도 알겠군."

"예, 그렇지만 최우석만큼 잘 알지는 못합니다."

지난번 주소 숙제 때도 그랬지만, 최우석은 우리와 같은 1학년인데도 어른처럼 한자를 쓰고 읽고 해석했다. 일부러 우리에게 보여주려고 그러는 게 아니라 정자로 쓰다가도 어느 때는 정자로 쓰면 복잡한 글자를 바람에 풀잎이 흔들리듯 초서로 빠르게 휘갈겨 쓰기도 했다.

"공부는 바르게 해야 한다. 그래야 제대로 할 수 있다. 앞으로 구구단 같은 걸 외울 때 조선말보다 국어로 먼저 생각하며 외워라. 한자를 배울 때도 그게 조선말보다 국어로는 어떻게 읽고 어떤 뜻을 가졌는지 생각하고 알아야 한다. 최우석도 마찬가지고."

"하이."

내가 하는 대답 속에 남자 소리가 들려 돌아보니 최우석이 나와 동시에 대답했다. 왠지 조금은 얼굴이 붉어지며 어린 마음에도 어떤 동질감 같은 게 생기는 기분이었다. 그때부터 최우석은 잘못 쓰기 쉬운 한자와 이야기가 섞여 있는 네 글자의 한자(사자성어)를 가져와 짧은 옛날얘기를 하듯 알려주곤 했다. 내게만 친절한 것이 아니라 우리 반 모든 아이에게 그랬다. 한 교실에서 남자 여자 사이에 은근히 내외해도 나이 차이가 있는 최우석에 대해서는 모두 우리 반의 형과 오빠같이 여겼다.

센세이 앞에서 구구단을 외워 보였던 날 밤 내가 왜 오줌을 쌌는지, 어머니는 다 큰 지즈바가 안 하던 짓을 했다고 야단만 쳤지, 이유를 모를 것이다. 꿈속에서도 오줌이 마려워 교실 문을 살그머니 열고 나가려는데 센세이가 앞을 막아섰다.

"기무 후도기!"

"하이."

"어디로 가느냐?"

센세이는 들고 있던 회초리를 반대편 손으로 감아쥐듯 두드리며 말했다.

"변소 갑니다."

"그건 급하지 않다. 너는 내가 하는 말을 잘 들어라."

"하이."

"공부는 시작부터 바르게 해야 한다. 너는 이제 무얼 생각하는 것도 조선말로 생각하지 말고 국어로 먼저 생각해야 한다."

"하이."

"길을 가다가 꽃을 볼 때도 조선말로 먼저 꽃을 생각하고 그게 국어로 무엇인지 생각하는 것이 아니라 국어로 먼저 하나(はな)하고 말과 생각을 같이 떠올려야 한다."

"하이."

"공부는 생각의 힘으로 하는 것이다. 공부가 올라갈수록 그것에 대해 국어로 먼저 생각하지 않으면 나중엔 제대로 공부를 할 수가 없게 된다. 너는 내가 하는 말을 알겠나?"

"하이."

나는 오금이 저려 복도에 선 채로 오줌을 지렸다.

그게 꿈인지도 몰랐다.

무서운 생각을 하지 않으려 해도 저절로 무서운 생각이 드는 센세이였다.

변명처럼 들릴 것 같아 어머니에게는 말하지 않았다.

어머니가 제사 음식을 바구니에 싸서 용자에게 주었다. 한 손에는 술을 담은 주전자도 들려 보냈다.

용자가 간 다음 작은어머니가 말했다.

"먼저 산불 얘기도 듣고, 학교 얘기도 들었는데 애가 참 묘하게 사람을 당기네요."

"데리고 얘기해 보면 해가는 줄 모르지."

어른들이 말하는 용자의 묘한 것은 무얼까. 얼굴이 흰 걸까, 눈이 큰 걸까. 아니면 숙제를 제대로 해오지 않아 센세이에게 손바닥을 맞으면서도 '다음부터는 바로 하겠습니다' 하고 대답하는 모습일까. 용자가 간 다음 나는 혼자 생각해 보았지만 알 수 없었다. 뭔지 모르지만 용자는 어른들 말대로 나와는 다른 무언가 '묘한' 것이 있는 아이였다.

옆에 있으면 어느 때는 든든하면서 다정하고, 어느 때는 또래인데도 가엾고 안타깝다가도 어느 때는 또 어른들의 관심으로 괜히 샘이 나고 미워지기도 했다. 할머니가 밭둑에 불낸 일로 면소에 불려가 또박또박 자기가 할 말 다 하고 상으로 자습장과 연필을 받아온 아이였다.

'아이도 면소에 오면 일본말을 한단 말이다.
그러니 어른들도 면소에 와서는 모두 일본말을 해라.
앞으로 그게 조선의 국어다.'

어쩌면 그런 걸 알려주기 위한 상인지도 모른다.
지난번에 작은아버지가 걱정했던 것도 그런 일인지 모른다.
오오모리 사부로 센세이만 용자의 그런 부분을 모르는 것 같았다. 센세이는 누구에게나 무서웠다. 빼빼 말라도 소매를 걷은 팔뚝이 울퉁불퉁했다. 먼지를 아주 싫어해 교실에서 뛰는 아이들과 숙제를 해 오지 않은 아이들에게는 더 무서웠다. 1학년 1학기도 지나지 않았는데 며칠 숙제를 해 오지 않다가 선세이가 무섭다고 학교를 나오지 않는 아이가 생겼다. 같은 동네에 사는 아이가 그 집에 다녀와 그 아이가 학교에 나오지 않는 이유가 센세이가 무섭기 때문이라고 했다.
"그게 이유란 말이지?"
"예."

"배워야 지금보다 나아질 수 있고, 처지를 바꿀 수 있는데 고작 그런 걸로 그만둘 거면 다른 사람도 다니지 못하게 입학시험은 왜 보러왔는가? 아이나 부모나 책임감 없이 맞으면 아픈 줄만 알지 정신을 차릴 줄 모른다."

그날 센세이는 이제까지 우리가 본 것 중에 가장 크게 화를 냈다. 누구에게 회초리를 휘두르지는 않았지만, 아이들이 조선어로 주소를 적어 왔을 때보다 더 화를 냈다.

"센세이의 말을 명심해라. 너희들이 앞으로 나아질 수 있는 건 공부뿐이다. 공부로 처지를 바꾸어야 하는데, 센세이가 무서워 공부를 그만두다니. 더 열심히 해서 앞으로 나가야지. 그러지 않으면 너희는 어른이 돼서도 지금과 똑같은 모습이고, 아버지 어머니와 똑같은 모습으로 살아가게 된단 말이다. 더 열심히 공부해서 자랑스러운 황국신민으로 이곳 좁아빠진 조선 반도도 벗어나고 내지도 뛰어넘어 세계로 나아갈 생각을 해야지."

또 하나 오오모리 센세이가 싫어하는 것이 이런저런 핑계를 대는 것이었다. 특히나 자기가 잘못한 일을 다른 사람 핑계를 댈 때 여지없이 눈을 부릅뜨고 교탁에 회초리를 두드렸다.

문학청년 작은아버지와 집안 할아버지 김해경

　제사 뒷설거지를 위해 작은어머니가 하루 더 납돌에 머물렀다. 낮에는 어머니와 작은어머니가 제사상에 올렸던 놋쇠 제기를 닦았다. 두 사람 다 맷방석에 앉아 옛날 기와 가루를 볏짚에 묻혀 놋그릇을 반짝반짝 빛이 나도록 닦아냈다.
　"그릇이 참 무겁네요."
　작은어머니는 이 집의 살림 하나하나를 궁금해했다.
　"예전 응교 할아버님 때부터 쓰시던 물건이라네."
　어머니는 작은어머니와 얘기할 때 보면 어느결에 사랑의 할아버지를 닮아갔다. 저녁에 안방에서는 어머니와 작은어머니가 얘기를 나누고, 중간 사랑에서 아버지와 작은아버지가 얘기를 나누었다.
　나는 어머니가 주는 앵두 접시를 받아 들고 중간 사랑으로 갔다. 아버지와 작은아버지는 두 사람이 같이 있으면 가끔 서울 얘기를 하고 예전 학교 다니던 때 얘기를 했다. 당장은 의미를 몰라도 나는 아버지와 작은아버지가 나누는 서울 얘기를 듣는 게 좋았다.

지금 농업학교 선생님을 하는 작은아버지는 지금 하는 일 말고도 평생 또 하나의 일을 하고 싶어 했다. 그건 작은아버지가 지어서 글을 쓰는 일이었다. 나는 그게 어떤 일인지 모르지만, 아버지도 할아버지도 작은아버지가 하고 싶어 하는 일을 조금은 걱정스럽게 바라보았다. 삼촌이 말해주었다.

"옛날얘기가 아니라, 옛날얘기처럼 둘째 형님이 얘기를 지어서 쓰는 거야."

"거짓말로?"

"응. 없는 얘기니까 거짓말인데, 그냥 거짓말이 아니라 거짓말 같지 않은 거짓말로."

삼촌은 그게 소설이라고 했다. 세상에는 옛날얘기 말고 그런 얘기도 있는가 보았다. 그런 얘기를 책으로도 만든다고 했다.

"형님 서울에서 보성고보 다닐 때 진재댁 작은집의 해경[14] 양반하고 가까웠다고 하셨지요?"

"같은 학년이 아니니 아주 가까웠다고 할 수는 없지만, 그

---

14 시인 소설가 이상. 본명이 김해경이다.

이도 강릉김씨 문족이고 어릴 때 여기 큰집에 와서 머물기도 했으니 학교와 길에서 보면 서로 늘 인사했지. 얼굴이 분을 바른 여자보다 더 하얘서 멀리서 봐도 다들 그인지 알아봤는데 뭐."

작은아버지가 묻고 아버지가 대답했다. 나는 그 사람이 누군지 모르지만, 그 사람도 용자 같은 사람인가 생각했다. 용자야말로 얼굴이 하얘서 학교에서도 다들 '1학년에 얼굴 하얀 애'라고 불렀다.

"나이와 학년은 내가 한 해 위여도 항렬은 그이가 할아버지뻘 돌림이어서 마주치면 서로 공대하며 지냈어. 나중엔 동급생들이 그걸 알고는 그이가 지나가면, 저기 정기 할아버지 가신다, 정기 할아버지 오신다, 하고 놀렸는걸. 그런데 그이 얘기는 왜?"

"그 양반이 작품에 이상이라는 이름을 쓰는 건 아시죠?"

"그건 보성학교 미술부 시절부터 화구에 김해경이라는 이름 대신 이상이라고 써 들고 다녔는걸."

"나이가 젊어도 이상이라고 하면, 문학에 뜻을 두고 있는 사람들한테는 우상과도 같은 존재거든요. 어떻게 보면 시대와 맞지 않는 기인 같기도 하고, 글 쪽으로는 또 천재 같기도 한 양반인데 지난 사월 동경에서 세상을 떠났어요."

"아니, 왜?"

아버지가 접시의 앵두를 집으려다 깜짝 놀라 도로 손을 놓으며 물었다,

"저도 얼마 전 신문에 난 걸 봤어요. 동경제대 부속병원에서 숨을 거뒀는데, 병원에 입원하기 전 그런 몸으로 불령선인으로 붙잡혀 곤욕을 치러 병세가 더 악화됐을 거라는 얘기도 있고요."

"무슨 일로?"

"결핵이라는 게 그렇잖아요. 일단 걸리면 약이 없으니……."

"저런, 그이가 결핵에 걸렸어? 보성학교 시절에도 얼굴이 하얘서 다들 한 번씩 뒤돌아보고 했는데……"

아버지는 뒤늦게 생각난 듯 그 사람과 얽힌 얘기를 했다.

"내가 서울에서 학교를 다니던 마지막 학기에 방학을 앞두고 학교가 종로에서 혜화로 이사를 했어. 모두 자기 책상을 메고 줄을 지어 가는데 나는 아무리 생각해도 이게 남의 책상 같으니 마음이 답답해 뒤로 처져 쉬게 되었거든. 길섶에 앉아 있는데 그이가 미술반 화구를 잔뜩 걸머지고 가다가 내 옆에 털썩 주저앉는 게야. 얼굴이 하얀 사람이 그러니 어디 아프냐고 물었지. 그런 건 아니고 먼저 학교는 미술실이 마음에 들었는데 새로 가는 학교는 어떨지 모르겠다고 그걸 걱정하는 게야. 보성 시절에도 글재주가 있었겠지만, 그때는 글보다 미술에 더 관심을 가졌거든."

"그랬군요."

"암튼 해경 씨와는 그게 마지막이었어. 얼굴이 하얘도 그때는 그런 병색 같은 게 없었는데."

"문학을 하며 몸을 돌보지 않은 거지요."

"그러니 동생도 문학을 하든 뭘 하든 건강부터 잘 챙기면서 하라는 얘기야. 이젠 가정도 있고 아이도 있는 사람이잖은가."

"저야 아직 선발에도 번번이 낙선인걸요."

"그것도 열심히 해서 하고 싶은 일 이루고. 요즘 사나흘에 한 번 면소에 가면 거기 일하는 사람들이 '찔레꽃'인가 뭔가 하는 연재 소설을 돌려 보느라 일을 제대로 못 보는데 뭐."

"김말봉이라는 여자 작가가 쓰는 소설인데, 학교 교원들 사이에서도 인기가 대단해요."

"나는 처음 듣는 이름인데."

"일본에 가서도 공부하고 신문기자도 한 신여성 작가인데, 처음부터 자기는 재미난 대중소설을 쓰겠다고 아주 작정하고, 한 회 한 회 애를 말리거든요."

누가 아버지와 비슷한 나이에 세상을 떠났다는 얘기 같은데, 나는 한마디도 알아들을 수 없어도 아버지와 작은아버지가 나누는 유학 시절의 서울 얘기가 좋았다. 서울이라면 서울 작은집의 도움을 받아서라도 꼭 한번 가보고 싶은데,

그리고 아버지와 작은아버지처럼 나중에 나도 거기에 가서 공부도 하고 싶은데 아버지는 내게 여기서 꾸벅거리지 말고 그만 안방에 건너가 자라고 했다.

우리는 대일본제국의 신민입니다

 2학기가 되어 나는 여자 몫의 부반장이 되었다. 반장은 내가 부반장이 되는 것보다 더 당연히 최우석이 될 줄 알았는데, 최우석은 이제 우리와 같이 공부할 수 없게 되었다. 2학기가 시작되던 날, 딱 하루 잠깐 우리 교실에 왔다.
 오오모리 센세이가 최우석을 불러내 칠판 앞에 세워놓고 말했다.
 "최우석은 1학기 때는 우리와 함께 공부했는데, 나이도 너희들보다 많고, 공부도 뛰어나 지금이라도 충분히 2학년들과 같이 공부할 수 있어서 내일부터는 우리 교실로 오지 않고 2학년 교실에 가서 공부한다."
 다들 처음엔 그게 무슨 말인가 했다. 내년 봄에 2학년으로 올라갈 때 3학년으로 바로 올라가는 것보다 지금 2학년으로 올라가는 게 나을 것 같아서 교장 선생님과 다른 선생님들이 함께 의논하여 결정한 일이라고 했다. 결정은 여러 선생님이 했겠지만, 오오모리 센세이가 그렇게 하는 게 좋겠다고 말했을 것이다.

"너희들도 공부를 잘하면 누구나 그렇게 할 수 있다."

센세이는 최우석이 2학년 교실에 가서도 더 잘할 수 있게 다 함께 손뼉 치자고 했다. 박수를 받은 다음 최우석은 한결 어른스럽게 우리에게 말했다.

"고맙습니다. 2학년에 가서도 잘하겠습니다. 2학년에 가서도 같이 입학한 여러분을 소중한 동무로 생각하겠습니다. 보고 싶으면 교실에도 오겠습니다. 너희도 내가 보고 싶으면 2학년 교실로 와."

연습하고 온 말이 아닐 텐데도 어른처럼 인사하고, 진짜 친구처럼 다정하게 말했다.

센세이는 최우석을 바로 옆 2학년 교실에 데려다주고 왔다. 잠시 후 2학년 교실에서도 박수가 터져 나왔다. 우리가 격려의 손뼉을 쳤다면 2학년들은 환영의 손뼉을 쳤을 것이다. 1학기 때는 나보다 나이도 여섯 살이나 많아 선뜻 다가서기 어려웠다. 코밑에 솜털도 거뭇하게 나기 시작했다. 내가 쭈뼛거리는 걸 알고 오히려 최우석이 헷갈리기 쉬운 한자 같은 걸 들고 와 알려주기도 했다.

나도 최우석처럼 더 잘했으면 좋겠다는 생각은 들지만 부러운 마음은 아니었다. 멀리도 아니고 바로 옆 교실로 간 것인데도 갑자기 닿을 수 없는 곳으로 소중한 사람을 떠나보내는 것처럼 허전한 마음이었다.

잠시 멍한 기분으로 있을 때 센세이가 반장을 지명했다. 반장은 학교 부근에 사는 한약방집 주진하가 되었다. 이따금 옷에서 약을 달인 냄새가 나는 주진하는 나보다 한 살 많은 아홉 살이었다. 나는 부반장으로 지명되고도 뭐가 뭔지 모를 기분으로 최우석이 앉았던 자리를 돌아보았다. 얼핏 보니 용자도 최우석의 빈 자리를 멍한 눈길로 바라보고 있었다. 그러는 동안 주진하가 1학기 때 센세이가 하던 것과 똑같이 '일동 기립, 차렷, 경례'를 두 번 연습하고, 세 번째 정식으로 조금 더 긴장한 목소리로 구령을 불렀다. 부반장은 그런 걸 하지 않는 게 참 다행스러웠다.

"후더가."

9월이어도 아직 가시지 않은 더위 속에 터벅터벅 신작로를 걸어 집으로 돌아오는 길에 용자가 불렀다.

"왜?"

"니는 부반장이 되어 좋지?"

"아니."

"왜? 여자라 반장이 안 돼서?"

"아니."

"니가 남자면 최우석이 다음으로 공부 잘하니 니가 되었을 텐데."

"주진하도 잘한다."

"그래도 니한테는 안 되지. 그런데 나는 아까 최우석이가 2학년 간다고 해서 마음이 좀 이상했어."

"어떻게?"

"그냥 좀 이상했어."

나만 그렇게 느낀 게 아닌 듯했다. 용자가 그러니 내 마음 안의 어떤 소중한 것을 혼자 갖지 않고 누구와 나누어 갖는 듯한 느낌이 들었다. 최우석에 대해서는 지난번 숙제 때의 일도 그렇고, 용자가 더 많이 위로받았을 것이다. 지금 내가 느끼는 최우석에 대한 마음도 용자가 더 클 것이다. 2학년이 되어도 최우석이 이야기가 있는 한자 글을 가지고 내게 올까. 최우석이 먼저 다가와도 나는 언제나 한 발짝 물러나 있는데 이런 마음은 어디서 오는 것일까.

"후더가."

섬돌 다리쯤 와서 다시 용자가 불렀다.

"왜?"

"여기 양조장 근숙이 언니 3학년이잖아."

"응."

"최우석이 2학년에 가서도 공부를 잘해서 내년에 3학년 올라가지 않고, 근숙이 언니하고 같이 4학년 올라가는 거 아닐까?"

나는 거기까지 생각하지 못했는데 어쩌면 그럴지도 몰랐다.

"4학년 올라가서도 공부 제일 잘하는 거 아닐까?"

용자는 최우석에 대해 헤아리는 것도 나보다 깊었다. 책 밖의 일엔 선생님처럼 밝았다. 집에 와서 최우석 얘기를 하니 아버지도 대단하다며 그게 월반이라고 했다.

마을마다 벼 베기가 시작되었다. 벼를 베기 전 납돌은 다른 마을에서는 볼 수 없는 또 하나의 절차가 있었다. 자기 논을 짓는 사람은 그러지 않았지만, 중이논을 짓는 소작인들은 자기가 농사지은 논의 벼를 자기 마음대로 벨 수 없었다. 벼 베기를 하기 전 절의 곡간 스님과 공양간 행자 스님이 와서 중이논을 둘러보고 논마다 그해 받아야 할 소작료를 먼저 매겼다.

올해는 중이보 왼쪽 논부터 둘러보았다. 작년에는 오른쪽 논부터 둘러보았기 때문이다. 이 순서가 중요했다. 해마다 그걸로 중이보 오른쪽 논의 소작인과 왼쪽 논의 소작인이 어느 쪽 논을 먼저 둘러볼지를 놓고 다퉜다. 서로 자기들 논을 나중에 보라고 했다. 이슬 때문이었다. 아침이면 밤새 이슬을 머금은 벼 이삭이 아침 햇살에 낟알도 충실해 보이고 아래로 고개를 푹 숙인 모습이 실제보다 농사가 더 잘된 것처럼 보였다. 그러다 햇살이 고루 펴져 이슬이 마르면 볏짚도 아침보다 푸석하고 이삭도 이슬을 머금었을 때보다 고개를 들며 낟알이 덜 충실해 보였다.

소작료를 매기기 위해 논을 둘러볼 때는 우르르 몰려다니며 둘러보는 게 아니었다. 곡간 스님과 행자 스님, 마름 어른, 세 사람만 둘러보았다. 그 논의 농사를 지은 소작인도 논둑으로 들어서지 못했다. 자기 논의 소작료가 얼마나 나올까 중이보 냇둑에서 초조하게 발만 굴렀다.

예전에는 농사를 지은 소작인도 자기 논 안내를 할 겸 함께 둘러보았다. 풍년인 해도 소작인마다 곡간 스님을 붙잡고 올해 농사가 안됐다고 엄살을 부려 제대로 결실을 매기기 어려웠다. 어느 해부터 소작인은 논둑으로 들어서지 못하게 했다. 소작료를 매기는 날이면 모두 자기 논의 소작료가 과하고 억울하다고 하소연했다. 그러다 소작료 매김이 끝나고 점심때가 되면 여름 호미씻이를 할 때보다 더 큰 먹자판과 놀이판이 벌어졌다. 이 시간이 되면 억울하다고 나서는 소작인이 없었다.

절의 논을 중이논이라고 깎아내려 불러도 마을 사람들도 중이논 소작료야말로 부처님 도지라는 걸 잘 알고 있었다. 마을의 다른 지주들의 논에 비하면 더욱 그랬다. 도지 인심이 후해 중이논 소작료가 마을 전체 소작료의 바른 저울이 되어

주었다. 이웃 마을의 소작인들도 자기가 농사짓는 논의 지주에게 중이논처럼 소작료를 매겨달라고 했다.

 중이논은 그해 소작인 집안에 초상이 나거나 혼사가 있으면 마름 어른의 귀띔으로 소작료를 크게 내려 큰일을 치르는 데 도움을 주었다. 그것이 아니더라도 소작료를 정하는 데 마름 어른의 입김이 셌다. 소작인들이 마름 집에 꼼짝 못 하는 이유이기도 했다. 다음 해도 농사를 계속 맡길 것인지 뗄 것인지 권한도 절의 곡간 스님보다 마름 어른의 말을 따랐다. 설이나 추석 같은 명절이면 소작인들이 가지고 오는 씨암탉만으로도 닭장 하나를 채울 정도였다.

 도지 중에 가장 무서운 것이 농사를 짓기 전 미리 이 땅의 도지는 얼마다, 하고 봄에 도지부터 먼저 정하는 경우였다. 지주가 받을 도지부터 먼저 정하면 그렇게라도 땅을 부쳐야 하는 소작인이 따를 수밖에 없었다. 풍작이면 소작인 쪽이 이익이지만, 벼가 팰 때 비가 내리거나 미처 다 익기 전 태풍으로 논바닥에 벼가 쏠리면 한 해 수확이 오히려 도지를 못 따라갈 경우도 있었다. 중이논이 가을 들판을 보고 소작료를 매기는 이유도 그런 억울함을 없게 하자는 것이었다. 한두 해 농사를 짓는 것도 아니고, 그게 서로 공평해서 소작인들도 다른 지주의 논보다 중이논 소작을 좋아했다. 이래 저래 마름 어른의 권세가 올라갔다.

나하고 용자가 학교로 갈 때 곡간 스님과 행자 스님이 논을 둘러볼 준비를 하고 있었다. 마름 어른도 중이보 앞에 미리 나와 있었다. 중이논을 짓는 용자 아버지도 동네 사람들과 함께 나와 있었다.
"안녕하세요?"
"그래. 이제 학교에 가냐? 우리 덕선이는 아직도 꾸물거리는 모양이다."
　우리가 인사하자 마름 어른이 인사를 받았다.
"덕선이 언니는 우리보다 걸음이 빨라서 괜찮아요."
"허허, 그러냐?"
"스님도 안녕하세요? 저는 우툴집 딸래미래요."
"그래 그래."
"스님, 우리집 소작료 좀 많이 깎아주세요."
"왜?"
"그래야 제가 학교를 다니거든요. 책도 사고 자습장도 사고요."
　용자는 스님에게도 누가 시킨 것이 아닌데도 시킨 것보다 더 인사를 잘했다.
"허허……. 그래, 너희 집 논이 어디 있는데?"
"저기 저기요. 마름 어르신이 잘 아셔요. 히히."
"그래 그래. 이따가 잘 살펴볼 테니 걱정하지 말고 얼른 학교 가거라."

"감사합니다, 스님."

그러면 마름 어른도 웃으며 저기 냇둑에 서 있는 사람들 가운데 누가 용자 아버지인지 알려주었다. 그날 저녁 어머니가 아버지에게 용자 얘기를 했다.

"올해 우툴집 소작료는 곡간 스님이 용자 학비 턱으로 쌀 닷 말이나 내려줬대요."

"허허, 나도 아까 얘기를 들었어요. 맹랑하다고."

"맹랑하기도 하지만, 애가 하는 모습을 보면 애 어른 구분 없이 복이 있게 해요."

그건 혼례를 앞두었거나 장례를 치른 집에 대해 절에서 은혜처럼 내려주는 폭이라고 했다. 소문은 빨라 다음날 우리가 학교 가며 동네 아저씨들에게 인사를 하자 어떤 아저씨가 용자에게 "어이구, 닷말이 학교 가냐?" 하고 인사를 받았다.

그렇지만 동네 풍경처럼 우리 마음까지 풍성한 가을은 아니었다.

"조용히 하고, 모두 받아 적어라."

첫 시간 센세이가 칠판에 썼다.

<황국신민 서사(皇國臣民 誓詞)>

1. 우리는 대일본제국의 신민입니다.
2. 우리는 마음을 합하여 천황폐하께 충의를 다합니다.
3. 우리는 인고 단련하여 훌륭하고 강한 국민이 되겠습니다.

 센세이가 단단히 힘을 주어 백묵이 '서사'에서 한 번, '충의'에서 한 번 부러졌다.
 "반장이 일어나서 읽어 봐라."
 주진하가 자리에서 일어났지만 센세이가 쓴 '황국신민'이라는 한자에서부터 막혀 입을 열지 못했다. 최우석이 2학년 교실로 가지 않았다면 쉽게 읽었을 것이다.
 "앉아라. 부반장이 읽어봐라."
 나는 자리에서 일어나 '황국신민 서사'라고 조선말로 읽었다.
 "조선말 말고 국어로 읽어 봐라."
 "고고쿠 신밍……"
 거기에서 숨을 고르듯 멈추자 센세이가 '서사'를 '지카이'라고 읽어주었다. 전에 내가 구구단을 외웠을 때 센세이는 구구단뿐 아니라 앞으로 할아버지한테 배우는 한자도 조선말보다 국어로 읽는 걸 먼저 배워야 한다고 말했다. 나는 또 야단맞을 것 같아 첫 줄부터 얼른 다시 읽었다.
 "고고쿠 신밍 노 지카이(황국신민의 서사). 이찌(일). 와다구시

도모와(우리는) 다이닛폰테이코쿠노(대일본제국의) 신밍 데 아리마스(신민입니다).”

"잘 읽었다. 앉아라."

나는 소리 나지 않게 조심스럽게 자리에 앉았다.

센세이가 나머지 두 줄을 일본어로 읽은 다음 뜻풀이를 했다.

"여기에 있는 센세이도 너희도 우리는 모두 대일본제국 천황폐하께서 다스리는 황국의 신하들이다. 천황폐하를 충심으로 받드는 마음을 늘 가슴속에 가지고 있어야 한다. 그런 마음으로 오늘 집에 갈 때까지 이걸 모두 외우고 가슴속에 간직해라. 외운 사람만 집에 보내준다."

토요일은 1학년도 5학년도 똑같이 네 시간 공부했다. 마름집 덕선이 언니는 몇 줄 되지도 않는 저걸 외우지 못해 우리와 함께 돌아오지 못했다. 그게 조선말이 아닌 일본말로 외우는 것이어서 더 그랬을지 모른다.

"난도세루를 메면 뭐하나? 일본말로 황국신민 서사도 외우지 못해 나머지 공부를 하는데."

집으로 돌아오는 길에 양조장집 근숙이 언니가 말했다.

근숙이 언니는 자기는 하교 시간까지 그걸 외웠다는 걸 자랑하듯 함께 걸어가면서도 우리 앞에 큰소리로 외워 보였다.

"외워도 자꾸 외워야 해. 그러잖으면 또 까먹어. 고고쿠 신밍 노 지카이……."

우리가 양조장이 있는 섬돌 다리에 거의 왔을 때 마을 어른들 몇이 읍내로 나가는 신작로 쪽으로 걸어오고 있었다. 마름 어른도 끼어 있었다. 우리가 방금 지나쳐 온 길에 섬돌 주막이 있었다. 양조장에서 가장 가까운 주막으로 매일 그날 술맛을 알 수 있는 집이라고 했다. 우리가 인사를 하자 마름 어른이 물었다.
"왜 너희만 오냐? 우리 덕선이는 안 오고?"
"덕선이 언니는 학교에서 뭘 외우라는 걸 못 외워서 나머지 공부해요."
　사람 많은 데서 근숙이 언니가 말했다.
"뭐이?"
"아니어요. 덕선이 언니는 제일 큰 학년이라 대청소를 하고 올 거예요."
　용자가 근숙이 언니를 막고 말했다. 나이는 근숙이 언니보다 두 살 어려도 용자는 어느 자리에서 어떤 말을 해야 할지 알았다. 근숙이 언니는 마름 어른의 눈치를 보지 않아도 될 양조장집 딸이지만, 용자는 며칠 전에도 마름 어른과 곡간 스님한테 인사를 잘해 쌀 닷 말이나 소작료를 내려받았다.
　어른들과 헤어진 다음 용자가 말했다.
"언니는 좀 그렇게 말하지 마라."
"왜? 사실대로 말한 건데."

"덕선이 언니는 빨리 오고 싶지 않아서 그러겠어."

용자는 공부가 중간쯤 가는 것 말고는 모든 게 어른스러웠다. 어머니는 같이 다니며 너도 좀 배우라고 했다.

집에 오니 삼촌도 황국신민 서사에 대해서 말하고, 낮에 면소에 나갔다가 온 아버지도 같은 얘기를 했다. 삼촌이 외워 보이는 황국신민 서사는 우리가 학교에서 외웠던 것과 조금 달랐다. 우리는 서사를 '지카이'라고 읽었는데 삼촌은 '세이시'라고 읽었다. 그건 어른용 황국신민 서사라고 했다.

1. 우리는 황국신민이다. 충성으로서 군국에 보답하련다.
2. 우리 황국신민은 서로 신애 협력하여 단결을 공고히 하련다.
3. 우리 황국신민은 인고 단련 힘을 길러 황도를 선양하련다.

아버지는 앞으로 이걸 시장 바닥에서 일본 순사가 아무나 붙잡고 물어 일본말로 외우지 못하면 봉변을 당할 수도 있다고 했다. 용자 할머니까지는 아니겠지만, 아직 일본말을 잘 모르는 용자 아버지 같은 사람이 이걸 외지 못하면 관공서 출입은 물론 어쩌면 시장 출입조차 늘 마음 졸이며 다녀야 할지 모른다고 했다. 아버지는 할아버지에게도 서울이든 읍내든 마음 놓고 출입하시자면 이걸 외고 있어야 한다고 말했다.

"지난여름 상해에서 사변[15]이 일어나지 않았습니까. 아마 그래서 더 그러는 모양이에요. 면소 얘기로는 아이 어른 구분이 없답니다. 다음 달이면 아버님도 서울 작은댁에 제사를 보러 가셔야 하는데 기차역이거나 차 칸에서 순사가 붙잡고 물을지도 모릅니다."

"허, 이거야, 나 원 참……"

"그러니 아버님도 서울 가시기 전에 억지로라도 외우고 계셔요. 이런 건 배나 기차간에서 차표 검사를 하며 트집을 잡기 위해 묻는 경우가 많으니까요."

아버지는 성덕 면소에서 이제 면내의 열네 개 마을마다 사람들이 황국신민 서사를 얼마나 외우고 있는지 수시로 조사 나올 거라고 했다.

할아버지는 서울에 오가는 길까지 포함해 스무날쯤 있다가 돌아오셨다. 오실 때는 서울에서 엊그제 막 개통된 양양역까지 기차를 탔다고 했다. 마치 할아버지가 몰고 온 것처럼 찬 바람이 불며 겨울이 다가왔다. 다행히 할아버지는 그런 조사를 받지 않았지만, 할아버지가 탄 기차 안에서도 경

---

15 지나사변. 1937년 7월 7일 시작된 일본의 본격적인 중국 침략 전쟁으로 1945년 제2차 세계 대전이 끝날 때까지 계속된 중일전쟁을 일본에서 상황을 축소하고 책임을 중국 측에 전가하여 부르는 말.

성역에서도 순사들이 젊은 사람들을 붙잡고 황국신민 서사를 제대로 외우고 있는지 아닌지 검사하더라고 했다.

"외우지 못하면요?"

"어물어물하는 사이 불이 번쩍하게 얼굴로 손이 올라가는 게야. 옆에 있는 사람들 보라는 게지."

"그러니 아버님도 연세만 믿지 마시고 외고 계세요."

"나 원 참……"

학교 중앙 현관에 덴노헤이카(천황폐하)의 사진이 걸렸다. 처음 사진을 걸던 날 중앙 현관이 좁아 현관문을 열고 학년마다 그 앞에 어깨를 붙이고 늘어서서 센세이의 구령에 맞춰 경배를 드렸다. 그동안 학교에만 가면 모두 하늘처럼 받들어 나는 덴노헤이카는 사람의 모습이 아닌 신령과 같은 모습을 하고 있는 줄 알았다. 사진 속의 덴노헤이카는 가슴 가득 훈장을 달고 있었다. 할아버지보다는 젊고 아버지보다는 나이가 들어 보였다.

"나는 사람이 아닌 줄 알았는데 덴노도 사람이네."

1학년이 경례를 마치고 물러 나올 때 먼저 경례하고 나온 5학년 남학생이 말했다.

어쩌면 나하고 똑같은 생각을 하고 있을까. 그게 신기해 소리 난 쪽을 돌아보려고 하는데 앞에서 우리 반을 이끌던 오오모리 센세이가 단칼에 무엇을 베어내듯 날카롭게 말했다.

"다레(누구냐)?"

나는 그 말을 내가 한 것처럼 가슴이 찔끔했다.

"불경스럽게……"

많은 아이들이 한꺼번에 앞으로 나아가고 뒤로 밀리는 경황이라 센세이도 그 아이를 바로 잡아내지 못했다. 어쩌면 잡아낼 수 있었지만, 하늘 같은 덴노헤이카 앞에 소란을 떠는 일이 불경스러워 그래선 안 된다고 경고만 하고 참았던 것인지 모른다. 나는 내가 잡히지 않은 것처럼 다행스러웠다.

잠시 전 덴노의 사진을 보고 내 머릿속에 들었던 생각이야말로 덴노에 대해 절대 가져서는 안 될 생각이라는 걸 5학년 남학생과 오오모리 센세이가 확실하게 머릿속에 새겨주었다. 덴노는 사람이 아닌 줄 알았는데 사람인 것이 아니라, 사진 속의 모습처럼 생긴 것은 사람이어도 그냥 사람이 아니라 신령스러운 사람이었다. 모두 중앙현관을 통해 교실로 들어갈 때(하루에 열 번이면 열 번 다) 덴노헤이카 사진 앞에 차렷 자세로 서서 허벅지에 얹은 손바닥이 무릎까지 내려오도록 허리를 숙여 경배했다. 아무리 추워도 빠지는 날 없이 매일 운동장 조회를 했다.

그건 새해에 시작된 3학기 때에도 그랬다.

오오모리 센세이는 겨울 방학[16] 동안 새해 첫날에 국기(일장기)를 달고 온 가족이 마당에 나와 동방 요배를 하라고 했지만, 납돌에 국기를 단 집은 없었다. 만약 혼자 국기를 달고 그랬다면 그 집은 마을의 웃음거리가 되고 말았을 것이다. 아버지가 구장인 우리 집도 하지 않았다. 학교에서는 해도 마을에서는 할 수 없는 일이었다.

겨울 방학이 끝나고 개학 날 오오모리 센세이가 사방절(신정)에 국기를 달고 동방 요배를 했느냐고 물었다. 책상에 고개를 떨어트리고 아무도 대답하지 않았다.

"내가 내지에서 반도로 온 지 10년이 넘었다. 와서 보니 아이고 어른이고 이렇게 말을 안 듣는 사람들도 없다."

오오모리 센세이는 혀를 차듯 말했지만, 학교에 나오면 또 이렇게 말 잘 듣는 사람도 없을 만큼 모두 시키는 대로 했다. 추운 날씨에 내복도 제대로 입지 못한 채로 아침마다 덜덜 떨며 조회를 하는 것도 황국신민으로 인고 단련하는 것이었다.

또 한 아이가 학교에 나오지 않기 시작했다.

그 집에 갔다 온 아이가 말했다.

---

16 이 시기 개학은 '시업'이라고 하고, 방학을 '휴업'이라고 했다. 교과서는 1, 2학기용으로 제작되었으나 수업은 3학기로 진행되었다. 하계휴업은 7월 21일부터 8월 31일까지, 동계휴업은 12월 26일부터 다음 해 1월 7일까지, 학년말(춘계) 휴업은 3월 26일부터 3월 31일까지였고 4월에 신학기의 시업식을 했다.

"더 배울 게 없대요."

"뭐야? 더 배울 게 없어?"

"예."

그 말에 오오모리 센세이도 어처구니없다는 표정만 짓고 화는 내지 않았다.

"그래. 그런 사람에게는 나도 가르칠 게 없다."

눈길에 작은아버지 혼자 아버지를 찾아왔다. 강릉공립농업학교의 교원인 작은아버지는 계속 학교에 있어야 할지 말아야 할지 어떤 비밀을 의논하듯 아버지와 얘기하고 돌아갔다. 저녁상을 물린 다음 사랑에 계시는 할아버지 모르게 작은 소리로 얘기를 나누었다. 나는 중간 방 문지방에 다른 책을 놓고 앉아 그것을 읽는 척하며 두 사람의 얘기를 들었다. 언제나 그런 얘기의 시작은 작은아버지였는데 이번엔 아버지가 먼저 눈치를 채듯 말문을 열었다.

"연초에 나온 조선 육군 지원병 얘기는 뭐누?"

"중국 인구가 적게 잡아도 5억이라는데, 작년 여름에 상해로 쳐들어가 전쟁을 일으키고 최근 남경에 들어가 또 엄청난 일[17]을 벌여놓았잖아요. 그러니 아무래도 일본인만으로

---

17 난징 대학살

는 전선에 병력이 부족하겠지요."

"당연히 그렇겠지."

"그래서 일본 육군성이 조선 육군 지원병령을 공포한 거지요. 보통학교를 졸업한 열일곱 살 이상 된 조선인이면 일본 육군에 지원할 수 있다고 말이에요."

"그것도 변한 게야. 예전에는 조선인한테 총을 주면 총부리를 자기들한테 돌린다고 오히려 군인이 되는 길을 막아왔거든."

"이제 그럴 시기는 넘겼다는 거겠지요. 한 달도 되지 않아 1차로 400명을 선발했는데 지원자가 몇 배였답니다. 신문에서 보니 조선인도 이제 천황의 적자가 될 수 있다고 환영하는 패들도 꽤 되는가 봐요. 단체 이름도 죽 나오고, 문학 하는 사람들도 앞에 서고요."

"어디서든 그렇지. 이제 점점 그럴 텐데 뭐."

"앞으로 병력은 더 필요할 거고, 그걸 위해 내선일체라고, 우선 내지와 조선의 학제를 똑같게 고치려나 봐요."

"그건 또 어떻게?"

"지금도 조선에 와 있는 일본인 자식들이 다니는 학교는 내지와 마찬가지로 심상소학교라고 부르고, 조선인이 다니는 학교는 보통학교라고 부르잖아요. 그걸 올해부터 둘 다 똑같이 심상소학교로 통일한답니다. 이미 교육령이 학교로 내려

왔어요."

 나는 작은아버지의 말을 듣고서야 같은 조선에 있는 학교라도 우리가 다니는 학교와 일본 아이들이 다니는 학교가 이름이 달랐다는 것을 알게 되었다.

 "이제 전쟁터로 내보낼 병력이 필요하니 그동안 차별 때문에 말이 많던 고등보통학교도 내지처럼 5년제 중학교로 이름을 바꾼답니다."

 "그러면 동생이 있는 농업학교도 중학으로 이름이 바뀌누?"

 "아뇨. 같은 5년제여도 여기는 갑종학교니까 공립농업학교라는 이름을 그대로 쓰고요."

 "그런데 동생이 의논하고 싶다는 얘기는 뭐누?"

 다시 아버지가 조심스럽게 물었다.

 "제가 농업학교에서 담당하고 있는 과목이 조선어하고 조선사였잖아요. 총독부 훈령으로 조선어와 조선사 과목이 완전히 폐지된 건 아니고, 명목으로는 그냥 두지만 정과목에서 선택과목으로 변경됐어요. 그리곤 그 시간을 농업 실습과 근로로 채우라는 건데 그러면 제가 선생이어도 가르칠 과목이 없어지는 거예요."

 "면소와 주재소에서 일본말만 쓰랄 때부터 그랬던 거지. 그래서 동생 생각은 어떠하누?"

"두 가지 중 어느 쪽을 택해야 할지 모르겠습니다. 이건 좀 어려운 부탁이 되는데, 형님이 예전처럼 허락하고 지원해 주시면 더 나이 들기 전에 이참에 일본으로 건너가서 몇 년 더 영문학 공부를 해볼까 하는 생각도 있고요. 아무래도 세계가 그쪽 중심으로 돌아가니까요."

"쉬운 결정은 아니겠다만은, 그러면 식구는 어떻게 하고?"

"그렇게 되면 여기 납돌로 들어와 형님과 형수님 보살핌에 두어야겠지요."

거기에서 아버지는 혼자 한참을 생각하다가 그러면, 다음은? 하고 물었다.

이번에는 작은아버지가 한참 생각 끝에 입을 열었다.

"그대로 여기에 있는 건데, 제가 일본에서 공부할 때 전공은 문학부여도 앞으로 세상일이 어떻게 될지 몰라 상학부 수업을 많이 들었거든요. 미국이라는 나라가 세계에 힘을 쓰고 있으니 그 힘이 상학과 언어라고 여겨 거기에 좀 치중했는데요."

"그건 모르는 내가 봐도 잘한 일이 맞네."

"지금 제가 나가고 있는 농업학교와 똑같은 5년제 공립상업학교가 올해 강릉에 설립된다는 거 형님도 아시죠?"

"그렇다는 얘기는 들었지. 어떻게 할 거라는 건 몰라도."

"이제 곧 입학생을 모집하는데 우선 향교 명륜당을 교실로 쓸 수 있으니 거기에서 문부터 열고, 적당한 데를 골라 학교를 지을 거라고 해요."

"그거야 농업학교도 처음 그렇게 했으니 어려운 일이 아니겠지."

"새로 학교를 설립하는 상업학교 쪽에서 제가 농업학교에서 가르치고 있는 과목이 총독부 훈령으로 수업이 없어지게 되고, 또 제가 일본에서 유학할 때 상학과 영어를 치중해 공부했다는 걸 알고 연락해 왔어요."

"그쪽으로 오라고?"

"예. 영어 선생도 필요하고, 상업학교니 상학과 선생도 필요하니까요."

"이쪽 학교서는?"

"제 담당 과목이 그렇다 보니 제가 빠져도 농업학교는 교원이 부족할 게 없습니다."

"그러면 이미 얘기가 많이 진척된 것 같은데, 동생 생각은 어떠누?"

"저야 뭐……"

작은아버지는 잠시 망설이다 말을 이었다.

"상업학교로 가는 것도 지금에 비해 나쁘지는 않지만, 남은 공부에 아쉬움이 있으니 형님한테 의지해 한 번 더 일본으로 건너가 공부했으면 하는 마음이 제일 크지요. 전에 공부할 때 가 있던 동경 하숙집 주인이 사람이 좋아 지금도 서신을 주고받는데 가면 또 신세를 져야겠지만요."

"계수씨와는 의논했누?"

"아뇨, 아직 거긴…… 우선은 혼자 생각으로 형님한테 먼저 말씀드리는 거예요."

"그런데 이런 일은 나보다 내외간에 먼저 의논하고, 그걸 또 나하고 의논하는 게 순서가 아니겠나."

"그렇기는 하지만……"

"지금 동생 생각으로도 그렇긴 하다면 그렇게 하는 게 옳은 순서겠지. 그런 다음 나하고 의논하고, 또 아버님께 말씀드리는 게 옳겠지."

그날 얘기는 거기까지였다.

조선 사람 이름을 일본식 이름으로

 2학년 개학을 앞두고 작은아버지가 작은어머니와 함께 납돌로 들어왔다. 작은아버지는 지난번 아버지와 의논하던 것을 작은어머니와는 어떻게 의논했는지 모르지만 이번 신학기부터 농업학교에서 상업학교로 자리를 옮긴다고 했다.
 작은어머니는 올해에도 내 저고리와 치마를 지을 옷감을 끊어왔다. 옷감을 보고 어머니가 어떤 기계로 짠 것인지 비단만큼 곱다고 했다. 어린 내 눈에도 저기에 색실로 수를 놓으면 참 예쁘겠다는 생각이 절로 들었다. 검게 물들인 치맛감도 그랬다.
 "예전에 손으로 짜면 이렇게 곱지 않았는데."
 "서울 방직공장들이 물건을 잘 만들거든요."
 작은아버지는 일본과 조선이 생산하는 옷감이 방직물의

본고장인 영국이라는 나라가 생산해 내는 것보다 더 많다고 했다.

"그런데 물건은 잘 만드는데 조선 방직물의 수출이 쉽지 않아요."

"왜?"

옷감을 지그시 내려다보던 아버지가 물었다.

"일본에서 생산하는 건 미국으로 수출되어 나가고 조선에서 생산하는 건 기차로 봉천(오늘날 선양)으로 실어 가는데 만주국[18]에서 중국과 전쟁 비용을 위해 조선 면직물에 엄청난 관세를 매기거든요. 그러니 방직공장들은 직공들 임금을 후려치고요."

"그러면 수출을 안 하면 되지 않누."

"가격이 낮은데도 물건이 좋게 나오자니 직공들만 죽어 나는 거지요. 요즘 서울이고 평양이고 곳곳에서 임금 때문에 직공들이 회사와 싸움을 벌이는가 봐요. 공장 형편이 일하는 시간은 잠을 못 잘 정도로 늘어나도 돈은 먹고살기 힘들게 주니까요."

확실히 작은아버지는 공부를 많이 해 세상일도 많이 알았다. 나는 작은아버지의 설명으로 세상에는 잠도 못 자고 일

---

18 일본이 1932년 중국 동북부(만주) 지역에 세운 괴뢰국가

하는 곳이 있다는 것을 알게 되었다. 공장만 그런 건 아니었다. 납돌마을 사람들이 나가서 하는 들일도 긴 여름날 아침부터 해가 질 때까지였다. 그런데도 한 해 농사가 봄에 미리 정한 도지를 따라가지 못할 때가 있었다. 그보다 나은 중이 논을 소작하는 용자 집도 할머니가 쌀알 같은 자두꽃을 보고 식량 시름을 할 만큼 늘 먹을 것을 걱정하며 살았다. 용자가 학교를 다니는 건 우리가 입학할 때 용자 아버지의 결심도 있었지만, 곡간 스님이 특별히 보살펴 줘서였다.

개학 날 무엇보다 달라진 것은 지난번에 작은아버지가 말한 대로 우리가 다니는 학교의 이름이 바뀐 것이었다. 조선의 보통학교가 내지에 있는 학교들과 똑같이 심상소학교로 이름이 바뀌었다.

이제 성덕소학교는 1학년에서 5학년까지 갖춰졌다. 1학년 때 센세이였던 오오모리 사부로 센세이가 2학년 때도 우리 반 훈도가 되었다. 입학식이 끝나고 교장 센세이가 그걸 발표할 때 우리 반 줄 가운데서 들릴락 말락 탄식이 있었다. 그만큼 무서운 센세이였다.

황국신민 서사 제창과 천황폐하 만세 삼창까지 끝낸 다음 우리는 반장인 주진하의 인솔에 따라 새 교실로 들어왔다. 먼저 2학년이 쓰던 교실이었다. 교무실에서 새 출석부를 들고 온 센세이가 칠판에 성덕공립심상소학교(城德公立尋常小學校)라고 한자로 썼다.

"반장이 읽어봐라."

주진하가 자리에서 일어나 글자 그대로 '성덕공립심상소학교'라고 읽었다. 한자를 잘 알아서가 아니라 교문에 먼저 그렇게 써놓아 5학년 6학년 학생들이 그렇게 읽으며 이제 보통학교가 아니네, 하며 학교로 들어왔다.

센세이는 들고 있던 회초리를 탁탁 두드리며 말했다.

"이제 2학년이다. 고쿠고(국어)로 읽어야지, 언제까지 쓰지도 못할 조선말로 읽을 거냐?"

그다음은 언제나 내 차례였다.

"성덕 고우리츠 징죠쇼가코."

나는 자리에서 일어나 고쿠고로 그것을 읽었다.

"그래. 징죠쇼가코다. 앞으로는 학교 이름 성덕도 성덕이라고 조선말로 읽지 말고 국어로는 어떻게 읽는가 생각하며 읽어야 된다. 다들 따라 읽어봐라. 죠토구 고우리츠 징죠쇼가코."

"죠토쿠 고우리츠 징죠쇼가코."

그것이 국어로 성덕공립심상소학교였다.

덴노헤이카의 사진 아래 새로 붙여놓은 우리 학교 교훈도 '좋은 국민이 됩시다'이고, 그러기 위해서는 첫 번째 국어로 말하고, 두 번째 몸과 마음이 깨끗해야 한다고 했다.

"앞으로는 너희들이 사는 동네 이름도 학교 이름도 다 조선식으로 한자를 읽는 것이 아니라 고쿠고 간붕(일본식 한문)으로 읽어야 한다. 하기 싫어도 모두 그렇게 해야 된단 말이다. 이건 나의 말이 아니라 새로 내려온 총독부의 훈령이다."

오오모리 센세이가 회초리를 감아쥐듯 자기 손바닥을 두드리며 말했다.

입학식 날이어서 다른 날보다 일찍 집으로 돌아왔다. 지난해에 용자와 내가 입학해서인지 신석리엔 올해 여자 입학생이 없었다. 아니면 지난해 우리만큼 구두시험 준비를 제대로 못 했던 것인지도 모른다. 학교에서 돌아오는 길에 근숙이 언니에게 다른 학년도 이제 성덕을 죠토쿠라고 읽는지 물어보았다.

"아니, 우리 센세이는 안 그래. 그냥 성덕이지. 성덕보통학교에서 성덕심상소학교로 바뀐 거지."

"그건 우리도 알아."

"아까 뭐라고 했는데?"

"죠토구 고우리츠 징죠쇼가코."

나 대신 용자가 대답했다. 조선 센세이가 훈도인 반은 우리보다 학년이 높아도 그렇게 하지 않는 것 같았다. 그렇지만 곧 우리 반처럼 하게 될 것이다. 오오모리 센세이가 말했다. 이제부터는 모두 그렇게 해야 된다고. 이건 센세이의 말이 아니라 새로 내려온 총독부의 훈령이라고 했다. 근숙이 언니가 우리와 같이 입학한 최우석이 3학년으로 올라가지 않고 4학년으로 또 한 번 월반하여 같은 반이 되었다고 알려주었다.

"두 학년이나 그렇게 올라가도 언니 반에서 최우석이 나이가 젤 많지?"

용자가 물었다.

"최우석이 몇 살인데?"

"작년에 우리 반이었을 때 열네 살이었으니 지금은 열다섯 살이지."

"그럼 나보다 세 살 많은 거네. 우리 반엔 나보다 세 살 많은 사람이 몇 명 있어."

4학년 근숙이 언니는 열두 살이었다. 우리하고 함께 돌아오지 않고 강릉 읍내 점방에 들렀다가 온다며 남대천 다리를 건너간 5학년 덕선이 언니는 열여섯 살이었다. 동네 어른들 말대로 말만큼 자라 가슴도 오이잎을 밀쳐내고 자라는 참외처럼 부풀어 오르기 시작했다. 치마끈을 올려 꽁꽁 싸매도 다 가려지지 않았다. 아침에 보니 겨우내 얼굴도 더 뽀얘진 것 같고 가슴도 더 부풀어 커진 듯했다. 작년 가을까지 자랑처럼 메고 다니던 난도세루도 가슴과 어깨에 끈이 조인다고 벗어놓았다. 대신 덮개와 손잡이가 달린 바구니 같은 피쿠닝쿠(피크닉) 가방을 소풍 가듯 들었다. 아무리 개나리가 피고 진달래가 피어도 아직 쌀쌀한 날씨에 보는 사람이 더 춥게 맵시를 낸 차림새가 왠지 학교꾼 같지 않고, 어설프게 모양을 낸 봄 색시 같은 모습이었다.

"언니는 학교 가는 것 같지 않고 히가사(양산) 쓰고 산보 가는 사람 같다."

아침 등굣길에 만났을 때 근숙이 언니가 말했다. 정말 딱 그런 차림새였지만, 나하고 용자는 말하지 않았다.

"히가사가 어디 있는데?"

"히가사는 없지만."

"산보 가려고 이거 들고 다니는 거 아니야."

"그럼?"

"이건 김치를 싸 가도 벤또에 국물이 흐르지 않아. 책도 젖지 않고."

작년에 덕선이 언니는 난도세루가 그렇다고 자랑했다. 가방 제일 아래에 벤또를 넣고, 책과 필통을 넣는 자리가 다 따로 있다고 했다. 그러나 왠지 덕선이 언니가 그래서만 피쿠닝쿠 가방을 들고 온 것 같지 않았다. 우리는 벤또를 책과 함께 보자기에 싸서 허리에 매면 벤또에서 흘러나온 김칫

국물이 책 귀퉁이를 벌겋게 물들였다. 검은색이기 망정이지 책보자기까지 물들 때도 있었다.

"후더가."

섬돌 다리 양조장을 지나 납돌마을로 둘만 걸어 들어올 때 용자가 불렀다.

"왜?"

"아까는 근숙이 언니가 있어서 말을 안 했는데, 덕선이 언니 바람이 든 거 같지 않아?"

"왜?"

"그냥……"

용자는 모든 게 나보다 빨랐다.

농업학교에 다니는 삼촌도 불만이 많았다. 어느 날은 학교에도 근로보국대가 생겼다고 했고, 어느 날은 앞으로 매일 여섯 시간씩 보국 근로를 하는데, 세 시간은 학교 실습지에서 하고 세 시간은 학교 밖으로 나가 신작로를 닦는다고 했다. 그때만은 아버지도 걱정스레 물었다.

"그래서 공부는 언제 한다는 게누?"

"참 내, 그래도 할 사람은 다 한대요. 교장 선생이요."

"그러면 학교가 아니라 노무소지."

삼촌의 말에 혀를 차던 아버지도 어느 날 면소에 다녀온 다음 마을 사람들을 냇가 느티나무 아래로 모이게 했다. 이제는 길닦이와 같은 토목공사에 남정네들뿐 아니라 부인들도 일 년에 몇 차례 정해진 숫자만큼 보국 근로를 나와야 한다고 말했다. 사람들은 면소에서 조선 사람한테 조선말도 못 하게 하더니 세상이 미쳐 가는가 보다고 웅성거렸다.

마침내 할아버지 입에서도 그런 소리가 나왔다. 납돌로 들어온 작은아버지가 군복 같은 제복을 입고 왔을 때였다. 우리 학교 센세이들도 이미 누런 국방색 제복을 입고 있었다.

"그건 시방 무슨 차림이누?"

마루에 앉았던 할아버지가 작은아버지를 보고 물었다.

"교원들도 제복을 입으라고 해서요."

"칼도 차고?"

"아뇨. 칼은 차지 않고요."

"전에 훈도가 순사 같은 제복에 순사 같은 모자를 쓰고 칼을 차고 아이들을 가르쳤다. 칼은 안 차도 훈도가 다시 군복으로 갈아입고, 아무래도 세상이 글보다 총칼이 필요한 시절로 내닫는 모양이다. 남정네는 전쟁터로 내몰고, 부인들은 신작로 공사판으로 내몰고, 저 조막 같은 것들은 제 나라 말도 맘대로 못 쓰게 하고. 나 원 참……"

관공서에서 조선어만 못 쓰게 하는 것이 아니라 우리가 4

학년이 되었을 때 이제 조선 사람 모두 일본식으로 이름을 바꿔야 한다고 했다. 설을 막 쇠고 나서 면소에 다녀온 아버지도 그랬고, 학교에서도 그랬다.

이제까지 어떤 일보다 그것이 할아버지를 가장 놀라게 하고 노엽게 했다. 다른 일에도 놀랄 때가 있었지만, 시간이 지나면 다시 세상일에 크게 상관하지 않던 할아버지도 총독부의 창씨개명 강제에는 세상에 무슨 이런 일이 있나 싶게 얼굴이 하얘졌다.

"대체 뭘 어떻게 하겠다는 건지 말해보아라."

할아버지는 아버지가 그 결정에 참여하고 온 사람처럼 물었다.

"면소에서 들은 대로 말씀드리면 김, 이, 박, 하는 조선의 성씨를 모두 일본식으로 두 글자씩 새로 짓고 개명하랍니다. 조선인 면장이 그렇게 설명했습니다."

"뭐야? 성씨를 새로 짓고 개명하라고?"

할아버지는 그것만으로도 모욕을 느끼듯 부르르 수염을 떨었다.

"예. 면장의 말이 그래요."

"그게 말이 되는 소리? 김씨만 해도 김해든 경주든 집안마다 2천 년 넘게 한 뿌리에서 한 줄기로 내려오는 성씨인데, 그걸 어찌 근본도 없이 바꾸라고 하는 거누? 말이 되는 소리를 해야지."

"면소에 모인 구장들도 다들 어안이 벙벙해져 흩어졌습니다."

"오래 살다 보니 나 원 참…… 바꾸고 고칠 게 따로 있지."

"면장 얘기를 들으니 지금도 환영하는 사람들이 있는 것 같은데, 일본과 조선이 나라를 병합하던 초기에도 그렇게 하겠다는 사람들이 있었던 모양이에요."

"제 근본도 모르는 금수들이야 어느 시절에나 있는 거지."

"그런 사람들이 자기가 먼저 일본식으로 이름을 지어 개명 신청을 했는데 그때는 총독부도 막고, 내지 사람들도 그렇게 하면 조선 사람들은 생긴 것도 자기들하고 구분이 없는데 이름까지 구분이 없어진다고 오히려 반대를 했답니다."

"그런 걸 이제 왜 하겠다는 거누?"

평소엔 좀체 그런 모습을 보이지 않던 할아버지의 눈썹이 꿈틀 이마 위로 올라갔다.

"평계야 내선일체죠. 며칠 전 건국기원절[19]에 발표해서 말은 여섯 달 안에 자발적으로 다 바꾸라고 합니다."

"안 바꾸면?"

"그때는 총독부가 조선 전체 성씨를 임의로 바꾸어 호적에

---

19 2월 11일. 진무 천황이 일본을 건국하였다는 기념일.

올리겠답니다."

"허어이, 누구 마음대로? 총칼로 강토를 어지럽히더니 이젠 핏줄까지 어지럽히려 드누? 나 원 참……."

할아버지는 다시 부르르 수염을 떨었다.

뒤의 일도 그랬다. 할아버지는 마을 서낭나무 뿌리가 뽑혀 나가면 나갔지, 수천 년 한 핏줄로 내려온 성씨의 뿌리가 흔들 리 있겠느냐고 했다. 할아버지의 생각처럼 몇 달을 별일 없이 마을 위로 구름이 지나가고 바람이 지나갔다. 만져지는 구름도 없고 만져지는 바람도 없었다. 그 일이야말로 눈 속에 숨어 있던 보리가 다시 파릇파릇 싹을 내 누렇게 익을 때까지 납돌에서 제 발로 면소에 가서 이름을 바꾸는 사람이 없었다. 성덕면에도 거의 없는 듯하고 강릉 읍내 어디에 그런 사람이 있다는 소리만 간혹 바람처럼 들려오고 지나갔다.

그러나 그냥 지나가는 바람과 구름이 아니었다. 처음엔 그냥 흘러가는가 싶어도 바람과 구름이 무게를 더해 쌓이면 하늘 천장의 가장 얇은 곳을 찾아서 쏟아붓기 마련이었다. 집집마다 작은아버지처럼 교직에 있거나 공직에 있는 사람들을 닦달하기 시작했다. 한 집안에서 공직에 있는 사람의 성과 이름만 바꾸는 것으로 끝날 일이 아니어서 작은아버지가 아버지를 찾아왔다.

"일반사람들이 응하지 않으니 학교와 관공서에 있는 사람부터 먼저 창씨개명하라고 독촉이 이만저만 아니에요. 이달 말까지 하지 않으면 파면시키겠다고 협박하는데, 면에서는 안 그래요?"

"갈 때마다 그러지. 우리는 남렬이까지 학교꾼이 셋인데 창씨개명을 하지 않으면 당장 학교를 다닐 수 없다고 으름장을 놓는데 뭐."

"아버님은 뭐라고 하세요?"

"노염이야 이만저만 아니시지. 그러다 아이들 학업이 걸리니 이러지도 저러지도 못하고 계시는 거지."

"문중에서는요?"

"문중도 그렇지. 처음엔 절대로 할 수 없는 일이라고 하다가 공직에 두루 사람이 있으니 전체적으로 할 수 없다는 말은 하지 못하고, 해야 하는 사람은 저마다 알아서 하라는 식으로 한 발 물러 서 있지. 대관령 아래 금산을 시조 명주군왕께서 나라를 세운 건금 마을이라고 부르니 성을 금산(金山 가네야마)으로 바꾼 사람도 있고, 문중에서도 이왕 바꾸게 되면 다른 성씨를 제각각 쓰는 것보다 그걸로 통일해 쓰는 게 낫겠다고 여기는 것 같고, 그렇지 뭐."

작은아버지가 다녀간 다음 보름쯤 미루고 미루다가 우리 집의 호주인 할아버지가 김씨에서 가네야마로 성을 바꾸었다. 할아버지가 직접 면소로 나가지 않고 구장인 아버지가 일을 처리했다. 삼촌과 나와 남렬이 모두 학교에 써내는 이름 앞자리의 성을 가네야마라고 적었다.

그 일로 할아버지의 얼굴이 며칠 사이에 부쩍 늙으신 것 같았다. 회갑이 지난 해여서 아버지가 멀리에 사는 고모들까지 부르는 진갑 생신 얘기를 하자 할아버지가 손사래를 쳤다.
"조상이 물려준 제 성도 지키지 못한 판국에 뭘 잘했다고 사람까지 불러 생일을 챙기누?"
"그거야 나라가 하는 일이니 어쩔 수 없는 일이고요."
"나라는 무슨, 애초엔 나라도 아니었지. 내 당대에 멀쩡히 있던 나라를 잃고, 성을 바꾸고, 죽는 건 또 무슨 낯으로 죽어 조상님을 뵙겠누."
할아버지는 확실히 전보다 기운이 없어 보였다. 어머니는 할아버지가 낮에 선산에 올라갔다 왔다고 했다. 보리가 익을 때까지 한 집도 새로 성을 바꾸지 않던 납돌마을이 여름방학이 오기 전 옛 훈장님 집과 신당을 모신 당집을 빼곤 모두 창씨개명을 했다. 그 위로 다시 아무 일도 없었던 듯 구름이 지나가고 바람이 지나갔다.
누구의 얘기라고 가까이 만져지지는 않아도 아버지와 동

네 사람들이 가만가만 나누는 말속에 슬픈 얘기도 있었다. 전라도 어디에선 창씨개명을 하지 않으면 퇴학시키겠다는 말을 듣고 아이가 학교에서 울면서 돌아오자 아버지가 하는 수 없이 면소에 나가 이름을 바꾼 뒤 자신은 조상 앞에 면목이 없다고 돌을 안고 우물로 뛰어들어 죽었다고 했다.
"세상에나."
그 말에는 어머니도 걱정스러운 데가 있는지 한숨을 쉬었다. 나는 그 얘기가 자꾸 할아버지 얼굴과 겹쳐서 밤에 자다가 오줌이 마려워 잠이 깨는 것도 무섭고, 부엌 바깥의 우물가도 무서웠다. 남렬이와 한문 공부를 할 때도 자꾸 할아버지의 얼굴을 살피게 되었다.
"무얼 그리 들여다보누. 할아비 얼굴에 뭐이 묻었누?"
"아니에요, 할아버지."
"아니면 어디 또 다음 구절을 보자."
명심보감 한 구절씩 잘라 뜻풀이를 하는 할아버지의 목소리에 힘이 많이 떨어졌다.

모두 창씨개명을 해도 하지 않은 몇 집이 있었다.
류씨네와 용자네 집이었다. 류(柳)씨는 일본에도 버드나무라는 뜻으로 '야나기'라고 부르는 같은 글자의 성이 있고, 용자네 역시 지금 조선 총독으로 와 있는 미나미 지로가 바로 한자로 이름을 쓰면 남(南)씨여서 바꾸지 않아도 된다고 했다. 그렇다고 동네에서 류씨네를 야나기네라고 부르는 건 아니었다. 용자네도 여전히 웃말 우툴집이었다. 우리 집 역시 동네에서는 그냥 예전대로 웅갯집 김씨였다. 학교에서만 바꾼 이름을 썼다.

할아버지와 아버지에게 야단맞을 소리지만, 이왕 바꾸는 이름이면 부르기라도 예뻤으면 좋겠는데 내 이름은 그렇지도 않았다. 용자의 이름은 한자로는 전에 쓰던 그대로인데 하얀 얼굴하고도 너무 잘 어울렸다.

남용자(南容子). 미나미 요코……

금산후득(金山後得). 가네야마 고우도쿠……

여자 이름 같지 않고 일본의 옛날 어느 시대 우락부락한 장수 이름 같기도 했다. 1, 2학년 때 오오모리 센세이가 교실에서 부르던 이름 '기무 후도기'가 차라리 나았다.

우리가 1학년일 때 4학년이던 마름 집 덕선이 언니는 우리가 4학년이 될 때 졸업했고, 우리보다 2년 위의 양조장집 근숙이 언니도 우리가 5학년이 되던 해 봄에 졸업했다.

덕선이 언니는 성덕면에 처음 학교가 생길 때 열두 살에 입학해 열여덟 살이 되던 해 봄에 졸업했다. 6학년 때는 함께 학교를 다녀도 몸도 차림도 완전한 처녀 같았다. 얼굴에 무얼 바른 것은 아닌데 옆에 다가가면 나무에 달린 채 아직 달큰한 맛 없이 불그스름하게 몸집을 키워가는 복숭아 냄새가 나는 듯했다. 동네에 열여섯 열일곱에 시집간 언니가 있었으니 덕선이 언니만의 특별한 모습은 아니었다. 겉모습만 그런 게 아니라 언니의 마음도 그런 듯했다.

그동안 자랑처럼 메고 다니던 난도세루도 가슴과 어깨에 끈이 조인다고 벗어놓고 소풍 차림 같은 피쿠닝쿠 바구니에 책을 넣어 다녔다. 근숙이 언니가 학교 가는 것 같지 않고 히가사(양산) 쓰고 산보 가는 것 같다고 빈정거리고, 용자도 언니가 바람이 든 것 같다고 말했다. 그러다 여름이 오자 햇볕 핑계를 대고 기어이 붉고 푸른 색실로 수놓은 양산을 마련했다.

언니의 그런 마음이 일을 만든 것이었을까. 덕선이 언니는 학교를 졸업하던 봄에 바로 잔치를 했다. 상대는 뜻밖에도 양조장 마부 아저씨의 아들이었다. 마부 아저씨는 아래턱의 덥수룩한 수염만큼이나 사람 좋고 허우대 좋기로 동네에도 면소 거리에도 소문이 났다. 어느 집에서 그러는지 몰라도 술을 실은 마차가 도착하면 술청에 앉아 있던 주막 안주인이 버선발로 뛰어나온다고 했다.

그런 아저씨가 가을에 술탈이 나 아저씨 대신 아들이 술이 가득 든 오지장군 열다섯 개를 실은 마차를 끌고 배달을 나갔다. 사람이 아닌 짐승을 부리는 일이고, 짐승 가운데서도 가장 고집 센 노새를 부리는 일이라 다른 사람이 대신해 줄 수 없었다. 술을 담은 오지장군이 깨지는 것도 술을 싣고 내릴 때가 아니라 그것을 노새가 끌고 다니는 동안이라고 했다. 오지장군과 장군 사이를 칸칸이 짚 뭉치로 채워 다녔다.

스물세 살인 아저씨의 아들도 아저씨를 닮아 허우대가 좋았다. 아저씨의 아들은 양조장에서 면소로 나가는 신작로 가의 주막과 면소 거리 주막들에 차례로 술이 든 오지장군을 내려주고 그 자리에 빈 장군을 받아 실었다. 마지막 배달까지 끝낸 다음 양조장으로 돌아올 때 읍내로 나가는 길목인 남대천 광정다리 앞에서 덕선이 언니를 만났다. 덕선이 언니는 전에 양산을 샀던 읍내 양품점에 들렀다가 부랴부랴 집으로 돌아가는 길이었다.

마름 집 딸을 잘 아는 마부 아저씨 아들이 덕선이 언니에게 먼저 말을 걸었다.

"어라, 학교꾼이 어디 갔다가 이제 가?"

"읍내 뭐 살 게 있어서요."

"금방 해 떨어질 텐데, 얼른 가야 하면 여기 타고."

그날 마부 아저씨 아들은 양조장을 훨씬 지나 납돌마을 중이보 앞까지 덕선이 언니를 데려다주었다. 섬돌 다리를 지나 마을 안으로 들어올 때는 옹기 뒤에 숨듯이 앉아 그날 그 모습을 본 사람은 없었다. 그렇지만 가을이 가고 겨울이 오고, 몇 차례 내린 눈 속에 숨어 있던 보리싹이 모습을 드러낼 때 소문의 싹도 드러났다. 양조장 마부 아저씨의 아들과 관련된 일이라 마을보다 양조장에서 먼저 소문이 났다. 용자와 나는 그 얘기를 근숙이 언니로부터 들었다.

"우리 집 노새 아저씨가 그러는데 올봄에 잔치가 있을지 모른대."

"누구 잔치?"

"덕선이 언니 말이야."

덕선이 언니는 며칠 전 졸업했지만, 우리는 아직 봄방학을 하기 전이었다.

"덕선이 언니하고 누가?"

"누구긴, 우리 양조장 노새 아저씨 아들하고지."

다들 마부 아저씨라고 불러도 근숙이 언니는 꼭 노새 아저씨라고 말했다. 양조장 사람들은 아예 대놓고 '노새 아비'라고 깔보듯 불렀다. 아저씨의 아들과 덕선이 언니가 그렇고 그런 사이라는 건 이미 근숙이 언니가 우리에게 얘기했다. 마을에서도 아직 쉬쉬하는 소문인데 근숙이 언니 얘기를 들으면 양조장 사람들이 소문을 내는 게 아니라 그걸 오히려 마부 아저씨가 여기저기 나서서 은근히 말을 흘리고 불을 지피는 듯했다.

"그저께 저녁에 덕선이 언니 오빠들이 노새 아저씨 집에 찾아가서 지게막대기로 아저씨 아들을 어깨며 등을 막 팼대."

"어머나. 그럼 어떡해?"

"그런데도 노새 아저씨가 양조장 일꾼들한테 뭐라고 한 줄 아나? 즈 집 사위 즈가 와서 패는데 내가 왜 말리냐고 그랬대."

그 말은 한동안 납돌마을의 우스갯소리로 돌았다. 우리는 짐작할 수 없는 일이지만, 그것은 덕선이 언니가 이미 마부 아저씨 아들의 아이를 가졌다는 뜻이라고 했다. 오빠들이 몽둥이를 들고 찾아온 것도 그 때문이라고 했다.

덕선이 언니는 양조장 마차에 한 번 오른 다음 섬돌 마을로 시집갔다. 잔치를 서두른 것도 마부 집이 아니라 마름 집이었다. 소문이 돌 땐 눈이 녹는 밭마다 보리싹이 파릇파릇 돋아났다. 그것이 아지랑이의 기운을 받아 포기를 키우고 이삭을 내밀어도 아직 누렇게 익기 전 대관령에서 내리 부는 바람과 달부름들 건너 바다에서 치부는 바람에 새파랗게 물결칠 때 부랴부랴 잔치하고 팔월에 아들을 낳았다.

마을 사람들도 마부 아저씨 아들을 보면 '매를 벌어 장가든 사위'라고 놀리듯 말했다. 그러면 마부 아저씨 아들도 사람 좋은 얼굴로 계면쩍게 웃었다. 우리가 학교에서 돌아오다 보면 이제 막 돌이 지난 아기가 마름 집 마당에서 공중에 날아다니는 잠자리를 따라 아장아장 맴을 돌았다.

"용해야. 용해야. 조심 조심……"

덕선이 언니도 함께 맴을 돌았다. 집 앞을 지나가는 우리를 보면 언니도 6학년 때 담임선생님의 안부를 물으며 우리에게 인사했다.

"권오철 선생님은 잘 계시나?"

그제서야 언니 몸에서 잘 익어 달큰한 복숭아 냄새가 났다.

덕선이 언니를 늘 조롱하여 말하던 근숙이 언니도 우리가 5학년이 되었을 때 강릉 공립고등여학교에 입학했다. 그 학교는 지난해에 문을 열었다. 강릉에 있는 내지 사람들의 딸과 조선 여학생이 함께 다니는 내선공학 학교였다. 작은아버지가 농업학교에서 옮겨간 상업학교가 그랬듯 근숙이 언니가 입학한 강릉고등여학교도 우선 문부터 열고 학교를 지을 때까지 향교를 교실로 쓴다고 했다[20]. 상업학교는 향교 이웃에 새 학교를 지어 나갔다.

---

20 강릉향교는 옛 시절뿐 아니라 근대에 와서도 지역 교육의 요람과 같은 역할을 했다. 1909년에는 신학문 연구를 위하여 명륜당에 화산학교를 설립한 것을 시작으로, 1919년 수선강습소, 1928년 강릉공립농업학교, 1938년 강릉공립상업학교, 1940년 강릉공립고등여학교, 1943년 옥천국민학교, 해방 후에도 1949년 명륜중고등학교가 강릉향교 명륜당에서 차례로 학교부터 열고 새 건물을 지어 나갔다.

근숙이 언니가 고등여학교를 들어가는 데는 삼촌의 도움이 컸다. 지난해 농업학교 졸업반이던 삼촌은 늦가을부터 석 달가량 학교를 마치면 집으로 오기 전 양조장에 먼저 들러 근숙이 언니를 붙잡고 독선생처럼 공부를 가르쳤다. 양조장 주인인 근숙이 언니의 아버지가 우리 집에 찾아와 할아버지와 아버지의 허락을 얻었다. 자식을 공부시키겠다는 일을 어긋놓을 수 없어 할아버지는 근숙이 언니 아버지에게 여식애를 왜 공부시키려는지 한 가지만 물었다.

"양조장도 이젠 규모가 커져서 누가 매일 제대로 치부책에 적어야 합니다. 저는 제 이름 석 자도 쓸 줄 모른 채 어머니가 하던 걸 배워 누룩 띄워 술 빚는 게 전부인 줄 알고 양조장을 시작했습죠. 장가도 늦게 든 데다가 밑에 아들들은 아직 어려서 우선 딸아이에게 맡기고 있는데 이참에 상급학교로 보내 더 많이 배우게 하려고 합니다."

근숙이 언니 아버지와 삼촌 사이의 일만도 아니었다. 할아버지의 엄중한 단속이 필요했던 것은 앞서 있은 덕선이 언니의 일도 영향이 적지 않을 것이다.

"그 집이 억만금을 벌어들인다 해도 나중에라도 내가 아들 사주를 거기에 절대 보낼 일이 없다는 걸 명심하고 처신해라."

할아버지가 허락하면서도 삼촌을 경계한 것도 그 때문이

었다. 그래서인지 삼촌이 나이가 어려도 근숙이 언니 아버지와 어머니가 삼촌을 꼭 '슨상님'이라고 부르며 깍듯이 대했다.

"가르쳐 보니 어떻더냐?"

한 달쯤 지났을 때 아버지가 삼촌에게 물었다.

"같은 반 아이들이 '사케 세이도'[21]라고 놀렸다는 얘기를 들었는데, 그럴 정도는 아니에요. 애가 좀 이상한 게 조선말로 차근차근 설명하면 어려운 산술 문제도 제법 이해하고 풀어요. 그런데 그걸 일본말로 설명하면 무슨 설명을 들었는지 잘 몰라요."

"다 큰 애가 말이 달려서 그러누?"

"말이 달리지도 않아요. 일상적인 일본말은 다 잘해요. 책에 나온 내용을 정리해서 써보라거나 말해보라고 하면 그걸 못해요."

"조선말로는 하고?"

"예. 수신 책에 나오는 일본 명절과 위인 얘기만 해도 그걸 조선말로는 잘 풀어서 말하는데 일본말로 적어보라고 하면 연필을 못 움직여요."

"그건 또 왜 그러누?"

---

21 처음 학교에 입학할 때 양조장 술 힘으로 입학한 학생이라는 뜻

"두 말을 다 익혀도 그게 머릿속에서 따로 놀아서 그래요. 그래서 지금 조선말 생각을 일본말로 정리하는 연습을 자꾸 시키고 있어요."

 그 말을 듣자 1학년 때 함께 집으로 돌아오던 길에 근숙이 언니가 '황국신민 서사'를 힘들게 외우고 또 외우던 모습이 생각났다. 길지도 않은 몇 줄의 말을 왜 저렇게 어렵게 외우나 했더니 그걸 말과 뜻을 같이 새겨 외우는 게 아니어서 그랬던 것 같았다.

 또 하나 생각나는 게 삼촌이 근숙이 언니의 공부를 가르치기 시작한 다음 이따금 가서 보게 되는 양조장의 어수선한 풍경이었다. 양조장 사람들은 근숙이 언니 아버지부터 그곳에 드나들고 일하는 사람들 모두 언제 어느 자리에서나 반쯤은 취한 얼굴로 버럭 소리 지르기 일쑤였다. 서로 주고받는 말들도 거칠었다. 지에밥을 쪄 조금 더 고슬고슬하게 말리려고 멍석에 펼치는 일부터 시작해 그걸 한 움큼 집어 가기 위해 호시탐탐 넘보는 동네 아이들을 내쫓는 호통까지 큰일이든 작은 일이든 반은 욕설로 싸우듯 말했다. 그들이 하는 조선말이 어수선한 게 아니라 그곳에서 일하며 주고받는 말이 아이들이 가서 들으면 안 될 말처럼 들릴 때도 많았다.

 근숙이 언니도 말했다.

"우리 반 센세이는 집에서도 국어를 쓰라고 하는데, 양조장은 조선말을 해야지 국어로는 일을 할 수 없는 데야."

"왜?"

"막걸리라는 이름도 조선에만 있는 말이고, 공장이 커져서 사람들이 많이 와 일해도 술을 빚는 건 옛날 방식 그대로거든. 커다란 단지 안에서 술이 익을 때 젠주[22] 염전에 소금이 오는 것처럼 술이 온다는 말을 어떻게 국어로 하나? 소금을 '시호'라고 하는 것처럼 누룩은 '고우지'라고 해. 그런 건 얼마든지 국어로 할 수 있어. 일본에도 누룩이 있으니까. 그렇지만 술을 거르는 어레미와 술을 거르고 남는 지게미는 또 뭐라고 하나? 술을 빚는 데 가장 중요한 지에밥은 또 뭐라고 하느냐고? 그걸 펼치는 멍석과 뒤집고 모으는 고무래 같은 것도 일본말이 다 있겠지만, 예전부터 일을 하며 쓰던 말이 쉽게 바뀌겠느냐고? 여기는 생산이 조선식이라 일을 할 때는 모든 걸 다 조선말로 하는 수밖에 없는 거지."

근숙이 언니는 매일 양조장의 지에밥으로 들어가는 곡식 가마니의 수와 술이 오기 시작해 익어가는 단지의 수와 마차에 실어 주막과 구판장으로 내가는 오지장군의 수를 아버지가 세어준 대로 날짜별로 장부에 적고 셈을 했다. 아버지의 셈이 맞는지 양조장 곳곳을 돌아다니며 직접 그걸 세어

---

[22] 예전에 염전이 있었던, 지금은 커피 거리가 있는 강릉 안목 바다.

확인도 했다. 아직 공장 전체를 살피기엔 어려도 그 집에 근숙이 언니 말고는 셈을 할 사람이 없었다. 장날마다 아버지가 주막을 돌며 받아오는 돈도 아버지가 불러주는 숫자로 열 군데쯤 되는 주막마다 받은 외상값 얼마, 남은 외상값 얼마, 하는 식으로 근숙이 언니가 서툴게나마 셈을 했다.

"전에 회계하던 사람이 큰 손해를 내고 간 다음 우리 아버지가 실제 돈으로든 숫자로든 절대로 남한테 안 맡기고 서툴러도 꼭 나보고 하라고 해."

근숙이 언니 말대로 양조장에서 쓰는 물건, 주막과 공판장으로 나가는 물건, 망가지거나 깨어지면 수시로 채워 놓아야 하는 물건, 모든 게 다 근숙이 언니를 통해 계산해야 하는데, 붉은 진흙으로 만든 다음 거기에 오짓물을 입혀 다시 구워낸 술장군은 또 일본말로 무어라고 불러야 하나. 그건 한 달에 몇 개씩 깨져 옹기점에서 다시 사 올 때미다 오지장군이라고 부르거나 술장군이라고 불러야 서로 알아듣는 이름인데.

핑계 같지만, 어쩌면 그런 것들이 근숙이 언니 머릿속에서 조선말과 일본말이 따로 놀게 하는 것인지도 모르겠다. 공부는 생각의 힘으로 하는 것으로 시작부터 바르게 해야 한다며 너는 이제 무얼 생각하는 것도 조선말로 생각하지 말고 일본말로 먼저 생각해야 한다던 오오모리 사부로 센세이

말도 생각났다. 우리 1, 2학년 때 선세이였던 오오모리 사부로 센세이가 근숙이 언니의 5, 6학년 센세이였다.

공부 방법의 남다름도 있었다. 근숙이 언니는 마지막 한 달 동안은 삼촌이 뽑은 입학시험 예상 문제를 집중적으로 공부했다. 학교는 다르지만 상급 학교 교원인 작은아버지가 삼촌에게 알려준 방법이었다. 시험도 강릉 향교에서 보았다. 이 자리에도 근숙이 언니의 아버지와 함께 삼촌이 따라갔다. 한 학년 50명(그중에 10명은 일본인 학생 지원자여서 실제로는 40명)을 뽑는데 강릉 읍내에 있는 학교뿐 아니라 소학교가 있는 근방의 면에서 100명도 넘게 시험을 보러 왔다고 했다. 성덕 학교 학생 중에 그 시험에 오른 사람은 여섯 중 둘뿐이었다. 교실에서 '사케 세이도'라는 소리를 듣던 근숙이 언니가 거기에 올랐다. 나도 놀라고 용자도 놀랐다. 학교 선생님들도 모두 의외라 여겨 놀란 듯했다.

"야마시이(수상한 짓) 한 거 아니야?"

공부를 더 잘하던 사람도 떨어진 시험에 근숙이 언니가 올랐다고 대놓고 그렇게 말하는 사람도 있었다. 작은아버지가 알려준 공부 방법이 효과가 있은 듯했다. 근숙이 언니의 뻐김도 이만저만이 아니었다.

"화부산 벚꽃[23] 피니 아름다워라

반만년 오랜 역사 문화의 터에……"

근숙이 언니는 입학도 하기 전 우리 앞에서 일부러 더 자랑하듯 일본말로 강릉고등여학교의 교가를 불렀다. 교가 제일 앞부분에 '화부산'이 나오는 것도 강릉고등여학교가 교실을 빌려 문을 연 향교가 바로 화부산 자락에 있기 때문이었다.

"우리 선생님이 내 공부를 이끌어주셨거든."

"무슨 선생님?"

용자가 물으면 근숙이 언니가 말했다.

"납돌 응교댁의 우리 오빠 선생님."

그러면 용자도 그 말엔 삐죽 입술을 내밀었다.

"피이, 후더기 삼촌이 왜 언니 오빠야?"

"나보다 나이가 아주 많은 것도 아니고 네 살밖에 안 많으니 오빠지. 그리고 나를 가르쳐 주셨으니 오빠면서 선생님이지."

용자의 약오름이 어떤 것인지 알지만 용자도 거기에 대해서는 더 따질 게 없었다. 그저 입술이나 한 번 더 삐죽 내밀 뿐이었다.

---

[23] 지금은 가사가 '벚꽃'에서 '봄꽃'으로 바뀌었다.

거기까지는 좋은 소식이지만 자기 공부보다 남의 공부에 운을 다했는지 삼촌은 비슷한 시기에 본 함흥사범학교 입학시험에 떨어지고 말았다. 그 시험에는 아버지가 따라갔다. 시험을 보러 갈 때 춥지 말라고 어머니가 꺼칠한 국방색 학생복 위에 새로 누비 두루마기를 지어주었다. 총독부는 소학교를 제외한 모든 상급 학교의 교복을 언제라도 군복으로 대신할 수 있게 국방색으로 통일했다. 눈길에 발이 젖지 않게 읍내에 나가 새 구두까지 맞춰 신어 집을 나설 땐 새신랑처럼 허여멀쑥해 보이던 삼촌이 합격 방까지 보고 오느라 열흘쯤 걸린 여행에 뼈만 남은 모습으로 해쓱해져 돌아왔다. 그보다는 덜 하지만 아버지의 얼굴도 축이나 돌아왔다.

"배를 타기 전부터 뭘 잘못 먹은 것 같아요. 양양까지 가는 배 안에서 저도 속이 부대껴 배길 수가 없고, 명기는 먹은 거 다 게우고 거의 죽다시피 해서 양양에 갔지요. 당일은 어찌해 볼 방도가 없어서 양양에서 하루 묵고 다음날 기차를 타고 원산을 거쳐서 함흥까지 갔는데, 필답시험이야 어떻게 치렀다 하더라도 사범학교가 중하게 여기는 신체검사와 체력 시험을 어떻게 해볼 수 있어야 말이지요."

아버지의 설명을 듣고 할아버지는 사람이 죽지 않고 돌아오면 되었다고 했다. 삼촌은 여전히 풀이 죽어있는데 작은아버지는 할아버지와 아버지에게 또 다른 얘기를 했다.

"아무래도 내년에 명기를 사범학교보다 서울 쪽 학교로 보내라는 것 같은데요. 저는 명기가 아이들을 가르치는 공부가 아니라 좀 더 폭넓은 공부를 했으면 좋겠어요. 요즘 세상 돌아가는 모습도 그렇고요."

작은아버지는 자신이 교원이면서도 삼촌의 장래에 대해서 처음부터 사범학교보다 서울의 전문학교를 권했다.

"선생이 그닥 좋은 시절이 아니에요. 밖에서 보면 다 위하고 대접받는 것처럼 보이지만, 막상 학교에 들어가 보면 이건 장기판의 말 쓰듯 위에서 이러라면 이러고 저러라면 저러고, 뭘 하라고 할 때도 제일 먼저 해야 하고, 명기는 좀 더 자기 뜻을 가지고 살 수 있는 공부를 했으면 좋겠어요."

"지금 어느 자린들 조선 사람이 자기 뜻대로 할 수 있겠누."

아버지는 그렇게 말했지만, 나는 작은아버지가 말한 뜻을 조금은 짐작할 수 있었다. 작은아버지는 지금 나가고 있는 상업학교로 옮기기 전 농업학교에서 먼저 선생님을 했다. 그 학교에서 조선어와 조선사를 가르치던 작은아버지는 두 과목이 선택 과목으로 바뀌었다가 교과에서 아예 사라지는 것을 경험했다. 상업학교로 옮긴 다음에도 그랬다. 작은아버지는 상업 과목과 영어 수업을 맡았는데, 영어 수업이 곧 교과목에서 빠질 것 같다고 했다. 그때도 아버지와 작은아버지가 이런 얘기를 나누었다.

"그걸 빼는 것도 보면 일의 순서가 있는 것 같아요."

"어떤 순서가 있다는 거누?"

"일본이 미국과 영국이 지나사변(중일전쟁)을 좋지 않게 보는 거에 대해 감정적으로 대응하는 것 같은데, 학교 수업에서 제외하는 것보다 먼저 상급 학교 입학시험에서 영어를 빼는 거지요. 그러면 하급 학교에서도 자연히 그 과목을 소홀하게 되고 나중에 수업에서 빠지는 거지요. 몇 년 전 조선어를 그런 식으로 선택 과목으로 돌려놓고 실제 수업 시간에는 다른 과목 실습을 했던 것처럼요."

"그래도 영어는 내가 공부할 때도 많이 쓰든 적게 쓰든 주요 과목이었는데."

"어느 때나 그렇죠. 미국과 영국이 세계를 움직이는데. 조선어 수업을 뺀 건 식민지를 일체화하기 위해서라지만, 이건 또 다른 문제거든요. 제 수업이 유지되고 안 되고 문제가 아니에요. 중등 과정에 영어를 하지 않으면 나중에 상급 과정에 가서 새로운 학문에 벽이 생기거든요."

"그게 뭐 학문뿐이겠누?"

"그러니까요. 지금 미국과 영국이 일본을 좋게 보지 않는다고 해도 영어가 세계 공용어라 그들과 경쟁하기 위해서라도 알아야 하는데, 지금 하는 걸 보면 그들을 이기겠다고 내린 결정이 아니거든요."

"그럼 내지 학교들도 영어를 안 가르치누?"

"나라 전체를 그렇게 하지는 못하고 우선 조선의 학교들에 그러는가 봐요. 그냥 저 나라가 싫다는 분위기로 몰아가는 것 같은데, 구라파에서 이미 전쟁이 났고, 아세아도 이러다가 뭐라도 크게 터지지 않을까 싶은데요."

나는 두 사람의 얘기를 들으며 지나에서 이미 전쟁을 하고 있다는데 뭐가 또 터진다는 것인지 작은아버지의 얼굴을 쳐다보았다.

조선말을 쓰면 빼앗는 딱지

쇼와 16년(1941년).

나는 열두 살, 용자는 열세 살이 되었다. 처음 입학할 때도 용자가 나보다 조금 컸다. 5학년이 되어서도 용자가 반 뼘쯤 컸다. 먼 데서도 알아볼 만큼 얼굴이 하얀 건 누구도 따라 할 수 없는 용자만의 모습이었다. 전에는 '1학년에 얼굴 하얀 애', '2학년에 얼굴 하얀 애'로 불리다가 5학년이 되자 학교마을 사람들까지 '성덕 학교에 얼굴 하얀 애'로 부를 만큼 모르는 사람이 없었다.

5학년이 되자 우리 이름뿐 아니라 새 학기의 시작과 함께 다시 학교 이름이 바뀌었다. 입학식을 하며 교장 센세이는 우리는 모두 천황폐하를 받들어 모시는 황국신민이고, 새로 이름이 바뀐 '국민학교'는 황국신민의 학교이자 황국신민을 훌륭하게 길러내는 학교라고 했다. 교장 센세이는 지금 황군이 용감하게 적을 쳐부수고 있는 얘기를 하며 이런 때에 우리는 어떤 마음으로 인고 단련해야 하는지 길게 연설했다.

그 말이 금방 와닿지 않아도 우리에게 더 큰 긴장감으로 다가오는 변화가 있었다. 학교에서 가장 무서운 오오모리 사부로 센세이가 다시 우리 반 센세이가 되었다. 지난 2년 동안은 덕선이 언니의 졸업반 선생님이었던 안도(안동권씨여서 지난해 성을 안도[安東]로 창씨한) 센세이가 우리를 가르쳤다.

그동안 오오모리 센세이는 최우석과 근숙이 언니 반인 5학년을 맡아 6학년까지 가르쳐 졸업시킨 다음 다시 우리 반을 맡은 것이었다. 1학년과 2학년 때 두 번이나 월반한 최우석은 오모모리 센세이 아래 5학년과 6학년 때 연이어 반장을 하고, 이번 봄에 근숙이 언니와 같이 졸업해 작은아버지가 교원으로 있는 강릉 공립상업학교에 입학했다.

"1, 2학년 때 같이 공부하다가 헤어져 이렇게 다시 만나니 반갑다."

운동장에서 교실로 들어와 오오모리 센세이가 말했다. 몸이 마르고, 교실에서 피어오르는 먼지를 보면 눈살을 찌푸리는 모습도 예전 그대로였다. 그런데도 마른 몸에서 나오는 알 수 없는 무서움과 강단 같은 게 있었다. 회초리를 손바닥에 감아쥐고 다니는 모습도 여전했다. 센세이는 출석부를 펼쳐 한 사람 한 사람 우리의 이름을 일본식으로 불렀다. 우리는 조심스럽게 자리에서 일어나 센세이와 눈을 맞춘 다음 다시 조용히 자리에 앉았다.

"모두 75명이구나."

그중에 여자가 18명이었다. 입학해서 이제까지 여자는 두 명, 남자는 세 명이 중간에 그만두었다.

"어떤 뜻을 담아 창씨개명을 한지는 모르지만, 센세이가 불러보니 한 사람 한 사람 다 귀한 이름이다. 이 귀한 이름을 지어준 사람은 너희 부모님이겠지만, 새로 이 귀한 이름을 짓게 해주신 분은 덴노헤이카시다. 내지와 조선 사이에는 어떤 차별도 없다. 이제 우리는 이름까지도 내지와 조선이 똑같다. 이보다 더 큰 은혜가 어디 있겠느냐."

어쩌면 그게 일본 사람 오오모리 센세이와 조선 사람 안도 센세이의 차이인지도 모른다. 지난해 우리 담임선생님으로 우리보다 먼저 성을 바꾼 안도 센세이는 아직 이름을 바꾸지 않은 우리에게 말했다.

"너희들이 학교를 다니고 있는 이상 너희 부모님들이 창씨개명을 하고 싶지 않다고 해서 하지 않을 수 있는 게 아니다. 이건 총독부의 지시고, 너희를 계속 학교에 보내려면 면소에 가서 이름을 바꾸어야 한다고 말씀드려라."

전라도 어디에서 어떤 아버지가 아이의 학교를 위해 창씨개명한 다음 자신은 돌을 안고 우물로 뛰어들어 죽었다는 소리를 들은 것도 그 무렵이었다. 그때는 할아버지도 그러실까봐 무섭고 걱정스러웠는데, 5학년이 되니 전에는 보지 못했던 것들이 조금씩 보이는 것이 있었다. 전라도의 어떤 아버지는 창씨개명으로 우물에 몸을 던지고, 강원도의 어떤 할아버지는 조상 뵙기가 죄스러워 죽는 것도 함부로 할 수 없는 일이 내지 사람 오오모리 센세이에게는 덴노헤이카의 은덕인 것이었다.

  센세이는 또 말했다.

"지금 반도의 모습도 많이 달라졌다. 서울에서 원산까지 기찻길이 놓이고, 그 기차가 양양을 지나 곧 강릉까지 연결된다. 우리는 이런 은혜를 베풀어 주신 덴노헤이카의 성덕을 잊으면 안 된다. 모두 더욱 인고 단련하여 아직 미개한 아세아를 벗어나 세계로 나가는 일등 신민이 되도록 더 열심히 일하고 더 열심히 공부해야 한다."

  곧이어 반장 부반장 선출에서 나는 다시 여자 몫의 부반장이 되었다. 반장은 1학년 2학기 때부터 4학년까지 줄곧 반장을 해온 주진하(창씨한 이름 슈모토 진카 周本珍夏)가 물러나고, 4학년 때부터 공부에서도 주진하를 앞서고 모습도 조금은 더 씩씩해 보이는 이기정(창씨한 이름 미야모토 기테이 宮本基正)이 선출되었다. 이기정이 성을 바꾼 미야모토는 조선 궁궐의 주인인 전주이씨라는 뜻이라고 했다.

새 학기에 황국신민으로 우리가 지켜야 할 것은 또 있었다.

"지난해도 학교 안에서는 당연히 그렇게 했지만, 이제는 밖에서도 국어만 써야지 절대 조선어를 입 밖에 내면 안 된다. 집에서 가족하고 얘기할 때도 국어로 대화해라. 이건 내가 너희 1, 2학년 때부터 앞으로는 모두 이렇게 해야 한다고 수없이 했던 말이다. 내지와 조선이 병합한 지가 언제인데, 아버지 어머니가 모르면 너희들이 가르쳐 드려라."

처음에는 말로 단속하다가 다음 주 월요일 운동장 조회를 마치고 들어온 다음 센세이가 두꺼운 종이에 '국어 상용' 도장을 찍은 딱지를 열 장씩 나누어주었다. 그것이 무얼 의미하는지, 그걸로 앞으로 무얼 시키려는 것인지 센세이가 설명하기 전 우리는 이미 짐작하고 있었다. 누가 조선말을 하면 그걸 들은 사람이 딱지를 빼앗는 것이었다.

1, 2학년이라면 모를까 많게는 열다섯 열여섯 살이나 된 5학년 교실에서 같은 반 친구끼리 딱지를 주고받는 것이 당연히 어색할 수밖에 없었다. 한 교실에서 공부하는 친구끼리 그다지 큰 잘못 같지도 않은 실수를 지적하고 딱지를 빼앗는 것이 어떨 땐 빼앗기는 쪽보다 빼앗는 쪽이 오히려 계면쩍은 생각이 들기도 했다. 용자처럼 한마을에 살며 같이 학교 다니는 친구라면 더욱 그랬다. 교실에서 모두 보는 앞에서 일어난 일이라면 서로 눈감아 주기도 쉽지 않지만, 둘만 있을

때라면 실수한 쪽은 그걸 인정하듯 살짝 혀를 내밀고 다른 쪽은 눈을 찡긋하고 넘어가기도 했다.

그러나 한 주일이 지나고 두 주일이 지나자 그런 마음이 누구에게랄 것 없이 조금씩 옅어지고 사라져가는 게 학교 전체 분위기로 느껴졌다. 처음 딱지를 나눠줄 때 센세이들은 이미 그것까지도 생각하고 있었는지 모른다. 토요일마다 딱지를 검사해 열 개에서 부족한 사람은 야단을 듣고, 많이 부족하면 벌로 손바닥을 맞은 다음 한 주일 청소를 했다. 국어 국사(일본어와 일본사)와 마찬가지로 다른 과목보다 중요한 국민과 과목인 수신과 조행(품행) 점수에도 올렸다. 그때부터 전교생이 모두 참가하는 뺏고 빼앗기기의 내기처럼 묘한 경쟁심이 생겨나기 시작했다.

"그렇게 하는 목적은 따로 있는데 누가 무엇 때문에 시키는지는 보이지 않고, 너희들 눈에는 오직 경쟁자와 딱지만 보이게 만드는 거지. 그러다 보면 조선말은 자연히 죽어가게 마련이고."

올봄에 농업학교를 졸업한 다음 삼촌도 어느새 작은아버지의 말투를 닮아가고 있었다. 모습도 점점 어른 같아졌다.

어느 학년이든 조선말을 많이 쓰는 곳은 교실보다 운동장이었다. 서로 이름을 부르며 놀다가 "야, 누구야", "아야, 아이쿠!", "금 밟았어", "안 밟았어", 그래서 죽었느니 살았느니 저절로 조선말이 튀어나왔다. 코밑에 수염까지 거뭇해 반쯤 어른 같아 보이는 6학년이 이제 막 입학한 1학년의 딱지를 빼앗아 울리기도 했다. 자기 반에서 빼앗긴 딱지를 채우기 위해 1, 2학년 아이들이 노는 옆을 발톱을 감춘 삵처럼 지키고 섰다가 한순간 약점을 보인 새끼 토끼의 목덜미를 낚아채듯 '조센고(조선어)!'라고 소리쳐 딱지를 빼앗기도 했다.

만약 그런 모습을 지난해 6학년 반장이었던 최우석이 보았다면 다르게 행동했을 것이다. 그러지 말라고는 할 수 없어도, 6학년이나 되어 동생들을 몰래 지키고 섰다가 그러는 건 부끄러운 행동임을 걸 스스로 깨닫도록 타일렀을 것이다. 나라도 그렇게 하고 싶지만, 나는 그럴 힘이 없었다. 지금 6학년 반장은 그럴 힘도 생각도 없는 듯 보였다. 최우석은 졸업 전 봄에도 운동장에서 1학년 때 딱 한 학기 동안 같은 반이었던 나를 보면 반갑게 다가와 지금도 할아버지와 한문 공부를 계속하느냐고 물었다. 날마다는 아니지만, 동생 때문에 계속한다고 대답하면 또 말해주었다.

"한문 공부는 일본말 뜻을 새기는 공부에도 도움이 많아. 내가 대관령 너머에 살며 일본말의 히라가나와 가타카나를 모를 때도 일본 책을 보면 거기에 나오는 한문으로 대략 뜻을 새겼어. 그리고 후더가, 우리는 1학년 때부터 친구니까 나한테 경어를 쓰지 않아도 돼."

"그래도 나이 많은 오빠잖아요."

"오빠보다 먼저 친구였지, 우리는."

우리반 아이들 누구에게나 그랬지만 그런 말도 혼자 들으면 살짝 얼굴이 붉어지는 듯했다. 그렇게 말하던 최우석은 학교에 잘 다니는지 궁금했다. 상업학교에서 폐지되었다는 영어 말고도 작은아버지가 가르치는 과목을 배우고 있을지도 몰랐다. 국어 상용 때문에 이미 학교를 졸업해 나간 최우석까지 떠올랐다.

교실마다 딱지를 제일 많이 빼앗긴 사람이 변소 청소를 했다. 더럽고 냄새나는 곳의 청소보다 부끄럽고 수치스러운 게 한 주일 동안 별명처럼 따라다니는 '벤죠 소지(변소 소제)'라는 놀림이었다. 벌칙은 한 주일이지만, 공부가 달려 나머지 공부를 하는 아이들 가운데서도 제일 끝에 걸리는 아이가 늘 다시 걸렸다. 센세이들이 토요일마다 딱지 수를 검사해 점수에 올렸다. 우리 교실에도 두 주일 변소 청소를 하더니 학교에 오면 센세이가 출석을 부를 때와 무얼 직접 물을 때 말고는 아예 입을 열지 않는 아이가 생겼다. 그 아이는 놀이에도 끼지 않았다.

나는 딱지를 잘 빼앗기지 않았다. 조심도 하지만, 누구도 선뜻 내게 딱지를 빼앗으려 들지 않았다. 빼앗기지도 않았지만, 일부러 나서서 빼앗지도 않았다. 누가 내 앞에 실수를 해도 눈치 못 챈 듯 내가 먼저 그 상황을 다른 말로 무마할 때도 있었다. 그런데도 어쩔 수 없이 빼앗아야 할 때가 있었다. 2학년인 남렬이는 나머지 공부를 하는 아이가 아닌데도 딱지를 잘 빼앗겼다.

"너는 왜 그래? 정신 차리지 않고."

"정신을 차려도 그래."

남렬이는 남렬이대로 할 말이 있었다.

"학교에서는 집에서도 국어를 쓰라는데 나는 집에 오면 할아버지와 공부할 때도 조선말을 하고, 아버지 어머니도 조선말을 하고, 삼촌하고 누나도 조선말을 하고, 작은아버지 작은어머니도 납돌에 오면 다 조선말을 하는데 나 혼자 어떻게 국어를 잘 지켜서 해?"

"나는 안 뺏기잖아."

"누나는 5학년이잖아."

"5학년에도 빼앗기는 아이들이 있어."

"내가 그런 아이라고."

남렬이는 집에서 달고 사는 조선말이 입에 올라 길에서도 운동장에서도 버릇처럼 튀어나왔다. 그렇다고 할아버지에게 한문을 일본말로 가르쳐달라고 할 수 없었다. 아버지 어머니에게도 이제 조선말을 하지 말고 일본말을 하라고 말할 수 없었다. 삼촌에게만 말했다.

"남렬이가 집에서 쓰는 조선말이 버릇돼 자꾸 딱지를 빼앗겨요. 삼촌하고 우리만이라도 집에서 일본말을 해요."

그렇게 해도 남렬이는 여전히 딱지를 빼앗겼다. 나는 그게 속이 상했다. 동생이 딱지를 빼앗기고 오는 것도 속상하지만, 그걸 채워주기 위해서 내가 누구 것을 빼앗아야 하는 게 싫고 난감했다.

누구에게도 말하지 않았지만 그런 내 마음을 알고 용자가 몰래 한두 장씩 남렬이의 딱지를 채워주었다. 그것도 다른 사람이 알면 혼나는 일이어서 그냥 채워주면 안 되었다. 용자는 학교 오가는 길에 남렬이 옆으로 살짝 다가가 남렬이만 듣게 조선말로 말을 시켜 딱지를 빼앗겨 주었다. 은근히 삼촌을 좋아하는 근숙이 언니도 남렬이를 동생처럼 귀여워하며 수시로 딱지 수를 묻지만, 상급 학교에 다니는 근숙이 언니가 어떻게 해줄 방법은 없었다.

나는 토요일 마지막 시간, 딱지 검사를 할 때도 참 싫었다. 국어 상용을 시작할 때부터 나는 매번 열 장이었다. 한 번도 아홉 장이었던 적도 없었고, 열한 장이었던 적도 없었다. 나는 누구 것을 빼앗는 게 싫어서 그러는데 오오모리 센세이는 그걸 달리 생각하는 듯했다.

"가네야마 고우도쿠. 너는 어째서 늘 열 장이지?"

"저는 국어 상용을 잘 지켜 딱지를 빼앗기지 않습니다."

"그럼 빼앗는 건 왜 없지?"

"다른 사람보다 지적하는 게 느려서 그렇습니다."

"교실에서는 센세이가 질문했을 때는 혼자 잘 대답하지 않느냐?"

"공부할 때는 다른 사람이 대답을 안 해서 제가 할 수 있습니다. 또 공부할 때 국어로 먼저 생각하여서 그렇습니다."

"계속 이러면 수신과 조행 점수가 보통으로 나오지. 그러면 전체 성적도 떨어지고."

그다음부터는 토요일 그 시간만 되면 괜히 죄지은 사람처럼 가슴이 두근거렸다. 한 번도 센세이를 속인다고 생각해 본 적이 없는데 언제부턴가 토요일 그 시간만 되면 내가 센세이를 속이고 있는 것 같은 생각이 들었다.

국어 상용 딱지를 검사해 벌을 줄 때도 오오모리 센세이만의 규칙이 있었다. 다른 학년 센세이들은 그냥 개수만 검사해서 기록하고 벌을 주는데 오오모리 센세이는 어떤 조선말을 하다가 빼앗겼는지를 물었다. 같은 말로 두 개, 세 개 빼앗기는 아이도 있었다. 딱지를 빼앗긴 다음 자가가 자주 쓰는 조선말이 어떤 것인지를 알면 그 말을 더 조심하게 된다고 했다.

다행히 우리가 다니는 성덕 학교엔 그런 선생이 없지만,

읍내 어느 학교는 딱지를 검사해 벌을 줄 때 선생이 직접 벌을 주지 않고 같은 반 반장에게 회초리를 들게 하고, 가장 많이 빼앗긴 두 사람을 마주 세워놓고 딱지가 부족한 개수만큼 서로 뺨을 때리게 하는 선생도 있다고 했다. 그게 일본 센세이가 아니라 조선 센세이라는 말을 들었을 때 나는 그런 마음을 뭐라고 표현해야 할지 모를 슬픔 속에 불현듯 어느 국경 마을의 소년을 생각했다. 그 아이가 사는 마을과 학교도 나중에 우리처럼 딱지 빼앗기를 했을까. 집에 와서 얘기하자 삼촌이 하나는 어느 게 똥인지 된장인지도 모르고 주워 먹는 개와 같은 선생이고, 하나는 양의 목덜미를 어떻게 물어야 꼼짝 못 하는지를 아는 늑대와 같은 선생이라고 했다.

"너는 어느 게 더 무서우냐?"

"나는 우리 센세이가요."

"그래. 무지한 건 그때뿐이지만 차곡차곡 들어오는 공격은 아무리 잘 방비해도 피할 수가 없다."

"삼촌도 사범학교 가면 그래요?"

"안 가, 이제 거기."

"그래도 나는 삼촌이 이다음 센세이를 하면 좋겠어요."

"아버지가 그러지?"

"예, 내 마음도요."

남렬이가 일주일이 지나기도 딱지 열 장을 모두 빼앗기고 나서는 집에서도 학교에서 말수가 줄어들었다. 속이 상한 내가 너는 왜 자꾸 딱지를 빼앗기느냐고 닦달해서 더 그런 것 같았다. 납돌에서 같이 학교 다니는 아이들 말로 남렬이야말로 우리 반 영숙이처럼 학교에 가면 출석 부를 때와 센세이가 직접 무얼 물을 때 말고는 아예 입을 열려고 하지 않는다고 했다. 그러니 자연 놀이에도 끼지 않는 것 같았다. 학교 오가는 길에 내가 말을 시켜도 그랬다.

"6학년 길수가 내 딱지 두 장을 한꺼번에 뺏어 갔어."

"어떻게 두 장을?"

"우리 반 아이들과 놀면서 처음에 '우씨' 했더니 '딱지!' 해서 '아니야' 했더니 또 '딱지!' 해서."

그 말을 하고는 다시 입을 닫았다.

내 입에서도 절로 욕이 나왔다. 어쩌면 태어나 처음 해보는 욕일지도 몰랐다.

못난 놈……

나이는 열일곱 살이라면서 하는 짓을 보면 영락없는 운동장의 삵과 같은 녀석이었다. 뭐라고 한마디 하고 싶어도 말이 통할 상대가 아니었다. 남렬이에게만 말했다.

"괜찮아. 집에서는 아무 얘기나 막 해도 돼. 그깟 딱지 좀 빼앗기면 어때서. 누나가 채워줄게. 고개 젓거나 끄덕이지 말고 그냥 하고 싶은 말 막 하라고."

"집에서 하면 학교에서도 하게 돼."

그리곤 또 입을 열지 않았다.

"지난해는 총독부가 조선어 신문 두 개[24]를 폐간시켜 세상의 입을 틀어막더니 이젠 애들 입까지 틀어막네요."

납돌에 온 작은아버지가 남렬이를 보고 말했다.

"저러다 열겠지. 저도 입 다물고 있는 게 답답하면."

"열긴 하겠죠. 딱지 몇 장 빼앗기다 보니 애가 세상이 무서워졌나 보네요."

"그럼 이제 조선 땅에 조선어로 나오는 신문이 없는 거누?"

다시 아버지가 작은아버지의 말을 받아서 물었다.

"아주 없지는 않아요. 《매일신보》라고 총독부에서 내는 신문이 있어요. 면소에는 그냥 들어갈 텐데요. 학교에도 그냥 들어오고요."

"그건 조선어를 쓰는데 왜 남겨두누?"

"자기들이 알릴 말을 위해 남겨두는 거지요. 죄다 없애면 총독부의 알림과 선전을 제대로 할 수 없으니까요."

"뭔 일이누? 지난해는 조선 사람 이름을 일본식으로 바꾸라고 난리 치고, 이제는 집에서도 조선말을 아예 하지 말라

---

24 1940년 8월 《동아일보》와 《조선일보》가 폐간되었다.

고 난리 치고."

"자꾸 그렇게 일체화시키는 거지요. 그러다 아이들이 어른이 될 때면 조선말은 아예 없어지는 거구요."

어쩌면 그럴지도 몰랐다.

남렬이는 여름 방학이 되어 한동안 학교에 가지 않는 때가 되어서야 다시 입을 열었다. 개학을 한 2학기에도 못난 삵 길수는 여전히 운동장 가를 어슬렁거렸다. 나는 못난 삵이라고 불렀는데, 6학년 교실에서는 '똥 주워 먹는 개'라는 별명이 진즉에 붙었다고 했다. 그걸로 6학년 교실에서 작은 소동이 있었다고 했다.

"내가 똥 주워 먹는 개면 국어 상용이 똥이야?"

그걸로 다투다가 자기 반 담임 센세이에게 일렀다. 센세이야 당연히 놀린 사람들을 야단쳤지만, 그다음부터는 그가 지나가면 뒤에서 동네 개 이름 부르듯 '워리 워리'하고 불렀다. 2학기에 다시 그러면 어쩌나 걱정했는데, 다행히 남렬이는 조심을 해도 전처럼 아주 입을 닫지는 않았다.

조회 시간 교장 센세이가 용감한 우리 황군이 아세아의 평화를 지키기 위해 인도지나 전선에 목숨을 걸고 진격해 들어가고 있다고, 이럴 때 황국신민으로 우리가 몸과 마음으로 갖추고 새겨야 할 인고 단련에 대해 말했다.

"이젠 지겹다, 그 말도……"

우리 옆 6학년 줄에서 어떤 남학생이 작은 소리로 말했다. 나도 같은 생각이었다.

'누구냐?'

나는 언젠가 오오모리 센세이가 했던 것처럼 마음속으로 그런 생각을 하는 나를 단속하듯 오오모리 센세이의 목소리를 그대로 따라 해보았다.

옛날에 옛날에

그 일의 시작은 어느 날 갑자기 내린 소나기 때문이었다.

5학년 2학기 개학을 하고 며칠 후였다. 우리가 학교를 마치고 앞고개[25]를 막 넘었을 때 후두둑, 비가 떨어졌다. 가을 하늘은 언제나 그랬다. 티 한 점 없이 맑다가도 어떻게 그 많은 구름을 금방 모을 수 있는지 신기할 정도로 갑자기 비를 뿌렸다.

"저기 들어가자!"

누가 먼저 말하고 나중에 움직이고도 없었다. 4학년 가을에도 한 번 그곳에서 비를 피한 적이 있어 우르르 길옆 비각 안으로 뛰어 들어갔다. 앞고개 너머 구르뫼마을과 달부름들에 사는 춘자와 여원과 함께였다. 그때는 그곳에서 비를 피

---

25 성덕면소에서 남쪽으로 넘어가는 고개

하며 용자가 하는 옛날얘기를 들었다. 비도 짧은 얘기 한 자락이 끝날 동안만큼 내리고 그쳤다. 처마 아래에 옹기종기 앉았다가 일어서며 춘자가 재미있는 제안을 했다.

"우리 여기 기둥에 키를 재 놓고 내년에 얼마나 컸는지 와서 볼까?"

다들 키를 재어 금을 긋고 옆에 이름을 썼다. 용자는 창씨개명을 해도 바꾸지 않아도 되는 이름 '남용자'를 한자로 쓰고, 춘자와 여원은 새로 창씨한 이름을 썼다. 나는 바꾼 이름이 미워 제일 마지막에 원래 이름대로 '김후득'이라고 썼다. 같은 학년이어도 셋 다 나보다 한 살, 두 살 나이가 많았다.

그런 표시를 해놓았다는 것조차 까마득히 잊고 있다가 일년 만에 다시 길옆 비각 안으로 들어온 것이었다. 들어와서야 지난해 키를 재 놓았다는 것을 생각해 냈다. 다시 쟀을 때 내 키가 지난해 용자의 키와 같았다. 생일도 같은 5월이어서 지금 재 놓고 내년에 와 본다면 그때도 같을지 모른다. 여원도 나보다 한 살 많았지만, 키는 그때도 지금도 나보다 작았다. 언젠가 길에서 본 여원의 어머니가 그랬다. 두 살 많은 춘자는 그때 재 놓은 키에서 더 많이 자라지 않았지만, 우리보다 컸다. 키까지 다시 재어도 비는 그칠 생각을 하지 않았다.

"재미있는 얘기가 있는데……"

아무것도 하지 않고 비만 그치길 기다리기엔 뭔가 심심하다는 얼굴로 용자가 말했다.

"어떤 얘기?"

여원이 물었다.

"이건 좀 긴 얘기야. 장화 홍련."

딱지 빼앗기를 하기 전까지는 이따금 용자가 할머니에게 들은 옛날얘기를 우리에게 해주었다. 거기에도 지켜야 할 선 같은 게 있어서 교실에서는 절대 하지 않고 쉬는 시간이나 점심시간 운동장 가에 모여서 했다. 오오모리 센세이였다면 그마저도 어림없는 일이었을 것이다. 다른 일에도 무서웠지만, 국어 상용에 대해서는 더욱 엄격하고 무서웠다. 용자가 들려주는 옛날얘기 때문에 지난해 교무실에서 선생님들 사이에서도 말이 있었던 듯했다.

오오모리 센세이는 그러잖아도 우리가 일본말로 생각하는 폭이 좁아 질문을 하면 자기 생각을 발표하는 말도 짧고 표현도 짧다고 했다. 조선말로 옛날얘기를 하는 걸 그냥 두면 그게 더욱 굳어져 어떤 것에 대해서든 버릇처럼 먼저 조선말을 떠올리고 그걸 일본말로 다시 생각해 말하게 된다고 했다. 그것은 자라는 동안 학습에도 방해가 되고 생각을 넓히는 데도 방해가 되는 일이라고 했다. 우리가 하는 옛날얘기에 좀 더 너그러운 사람은 성덕 학교에 한 명뿐인 여자 선생님인 난요(남양 홍씨여서 난요(南陽)로 창씨한) 센세이였다.

"일본 옛날얘기가 교훈적이듯 어느 나라 어느 곳 옛날얘기든 다 교훈적이지요. 학교에 와도 집에 가도 읽을 책 한 권 없는 아이들이 옛날얘기라도 서로 많이 하고 많이 들어야 살아가는 이치도 깨닫고 생각도 넓어지지요."

교무실에서 난요 센세이는 그걸 어린 시절 백 권의 책을 읽은 것과 열 권의 책을 읽은 것과 같은 차이라고 말했다고 한다. 그걸로 두 선생님의 의견이 부딪쳤다는 얘기는 듣지 못했다. 국어 상용을 강제하기 전의 일이었다. 우리 담임선생님이었던 안도 센세이는 어느 쪽도 편들지 않았지만 교실에서 그러는 게 아니면 그냥 넘어가 주었다.

우리 반 여자아이들이 알고 있는 옛날얘기 대부분은 용자가 들려준 것이었다. 아는 얘기도 용자가 하면 새로운 얘기를 듣는 것처럼 재미있었다. 용자가 하는 옛날얘기는 모두 할머니가 해준 것이었다. 용자 할머니의 옛날얘기 솜씨는 납돌 어른들이 더 잘 알았다. 어머니도 용자가 할머니를 닮아 말을 재미나게 한다고 했다.

"해 봐."

여원이 재촉했다.

"국어로?"

"응."

"국어로 하면 말하기가 어려워 재미가 좀 없어."

 그건 나와 용자가 어릴 때 경험한 일이었다. 우리가 학교에 입학하기 전 삼촌이 우리에게 일본말 연습으로 짧은 옛날얘기 '할아버지는 산에 나무하러 가고, 할머니는 냇물에 빨래하러 가고'를 일본말로 바꾸어서 말해보라고 했다. 그 얘기는 짧고 쉬운데도 말을 바꾸기가 쉽지 않았다.

"그래도 해 봐."

 다시 여원이 재촉했다.

"무카시 무카시……"

 옛날에 옛날에……

"평안도 어디에 배 좌수라는 사람이 살았는데, 좌수는, 음…… 요즘 면소 같은 마을의 면장 같은 벼슬이야."

 용자가 더듬더듬 옛날얘기를 시작했다.

"좌수 부인이 어느 날 잠을 자다가 꿈을 꾸었다. 꿈에 선녀가 나타나서 꽃 한 송이를 주었다. 부인은 꽃을 받자마자 잠이 깨었다. 그게 아기를 가질 때 꾸는 태몽이었다. 열 달 후 딸이 태어나자 장화라고 이름 지었다. 부인은 2년 후에 다시 같은 꿈을 꾸고, 두 번째 딸을 낳았다. 동생의 이름은 홍련이었다."

 말을 중간중간 끊어가며 시작은 했지만, 옛날얘기라는 게 참 이상해서 똑같은 얘기도 일본말로 '무카시 무카시'하면 할머니한테 직접 듣는 것 같은 재미가 나지 않았다. 얘기 속의 좌수가 무언지, 고을은 또 무언지, 그걸 일본말로는 어떻게 바꾸어야 하는지, 어려운 말이 나오면 얘기하는 사람과 듣는 사람이 서로 물어가며 낱말을 정리하느라 더듬거릴 수밖에 없었다.

할머니한테 들을 땐 오금이 저리고 손에 땀이 쥐어지던 얘기도 '무카시 무카시'하면 긴장감이 없었다. 아무리 똑같이 옮기려 해도 가슴이 두근거리다가 쫄깃해지고, 뒤를 돌아보는 것도 무서울 만큼 목덜미가 오싹해지는 떨림이 없었다. 지난해 용자가 할머니에게 들은 그대로 '옛날에 옛날에' 얘기할 때는 어떤 얘기도 원래의 긴장감이 되살아나 호랑이가 나오고 귀신이 나오는 대목에서는 누가 어깨를 살짝 건드리기만 해도 소스라치게 놀라곤 했다.

"정말 재미있는 얘긴데, 국어로는 내가 잘하지 못하겠네. 우리 할머니는 국어를 모르기도 하지만 조선 얘기는 조선말로 해야 제맛이 난다고 했는데."

그러자 여원이 잠시 무언가를 생각하다가 조심스럽게 말했다.

"우리끼리 전처럼 조선말로 하면 안 될까?"

"조선말로?"

"우리끼리만 알고……"

"우리끼리 어떻게?"

"조선말 한 거 다른 사람들한테는 비밀로 하고, 딱지도 빼앗지 말고······"

다시 여원이 나와 춘자의 얼굴을 살피며 말했다. 그러자 춘자와 용자가 '부반장인 너만 허락하면 그렇게 할 수 있어' 하는 얼굴로 나를 바라보았다.

'장화 홍련'에 대해서는 아버지와 어머니가 나누는 얘기를 얼핏 들은 게 있었다. 다른 옛날얘기처럼 누가 지어낸 것이 아니라 예전에 실제로 있었던 얘기를 심청전이나 춘향전처럼 얘기책으로 만든 것이라고 했다. 어머니는 글을 배우지 않아 책을 읽지는 못하고, 동네 아주머니들이 모여 누가 읽어주는 것을 함께 들으러 다녔다.

"뭘 그렇게 저녁마다 나가우?"

어느 날 아버지가 묻자 어머니가 대답했다.

"건금집에 얘기책 들으러 가요."

"다들 낮에 일하고 고단할 텐데."

"얘기가 재미있으니 꾸벅꾸벅 졸면서도 모이네요. 내 눈이 까마니 남이 읽는 걸 듣기라도 해야지요."

"무슨 얘긴데 그러우?"

"단오장에서 사 온 책인데 지금 듣는 건 장화홍련전이랍니다. 지어낸 얘기가 아니라 예전에 있었던 얘기라는데, 이제 읽을 책도 몇 권 안 남았어요."

"지금 학교에서 아이들한테 하는 모양 같아서는 조선어 책 읽기도 면소와 주재소에서 언제 단속하고 훼방 놓을지 몰라요. 그러기 전에 부지런히 다니며 들어둬요."

"그러잖아 단오장에서 책을 팔면서도 일본 순사 눈치를 보느라 좌판을 연신 펼쳤다가 감췄다가 하더래요."

아마 용자 할머니도 마을에서 책 읽는 것을 들었을 것이다. 아니면 용자 할머니는 워낙 옛날얘기에 밝으니 그전에 들었던 얘기인지도 모른다. 한 집에 모여 책을 읽을 때면 젊든 늙든 동네 여자들이 다 모인다고 했다. 나도 무슨 얘기기에 어머니가 쌀 한두 홉 차려 들고 마실 가나 했었다. 모두 쌀을 들고 모이는 건 아니고, 가져올 형편이 되는 사람만 쌀이든 보리쌀이든 한 홉이거나 두 홉 가져온다고 했다.

"어떻게 할까?"

여원이 다시 나를 보았다.

"정말 비밀로 할 수 있을까?"

"하지. 우리 모두 같은 죄인인데."

그 말이 께름칙했지만, 오히려 께름칙하기에 따로 다짐받지 않아도 될 가장 확실한 약속이 될 것이다. 나도 제목만 들은 장화 홍련의 내용이 궁금했다.

"좋아. 그럼 우리 손가락을 걸고 어떤 일이 있어도 비밀로 지키자. 빠져나가는 사람은 어떻게 되는지 알지?"

"그래. 그러면 약속한 손부터 썩고 입부터 썩는 거야. 맹세해."

여원이 내민 새끼손가락에 다들 손을 걸고 약속했다. 그러자 용자가 옛날얘기는 역시 우리말로 해야 재밌지, 하는 얼굴로 다시 옛날에 옛날에, 하고 조선말로 얘기를 시작했다. 첫날 얘기는 비가 그친 다음에도 조금 더 이어져 장화와 홍련이 억울하게 죽을 때까지였다. 그 얘기는 다음 날까지 이어졌다.

매일은 아니지만, 다른 학년 아이들 없이, 또 지켜보는 사람 없이 넷이서만 앞고개를 넘을 때 누가 작은 소리로 오늘 얘기할까, 하면 몰래 길옆 비각 안으로 들어갔다. 한 사람이라도 집에 바쁜 일이 있거나 다른 사정이 있으면 그냥 집으로 갔다. 그건 꼭 네 사람 모두여야 했고, 네 사람만이어야 했다. 소나기가 내릴 땐 한꺼번에 우르르 들어갔지만, 옛날얘기를 할 때는 사람도 없는 길가에 서 있는 나무까지 눈치를 보며 한 사람 한 사람 몰래 들어갔다.

어떤 날은 개미귀신이 만들어 놓은 모래 함정에 빠지듯 그러면 안 되는 일에 자꾸 깊이 들어가는 것 같아 마음이 무겁기도 했다. 새로운 얘기를 듣는 즐거움보다 들은 다음 부담이 클 때가 더 많았다. 들을 때는 얘기 속에 흠뻑 빠져도 밤에 잠들기 전 혼자 낮의 일을 생각하면 무게와 깊이를 알 수 없는 불안이 빈 하늘에 먹장구름 모이듯 마음을 덮어 왔다.

그걸로 나쁜 꿈을 꾼 날도 있었다. 네 사람 모두 앞고개 비각이 아닌 학교 앞을 흐르는 남대천 아래의 젠주(강릉 안목) 바닷가 모래 위에 서 있었다. 가을 해여도 얼굴과 등에 땀이 흐를 만큼 뜨거웠다. 나와 여원과 춘자는 바다를 향해 서고, 용자는 우리를 보고 서서 조선말로 얘기를 시작했다. 옛날에 옛날에……

얘기하는 동안 우리는 발바닥을 모래에 딱 붙이고, 발가락만 움직여 꼬물꼬물 땅을 팠다. 심청이 우리 눈앞에 펼쳐져 있는 것 같은 시퍼런 바다에 몸을 던지는 얘기였다. 그렇지만 용궁에 들어가 다시 살아나와 아버지를 만나 눈도 뜨게 하고, 그래서 그래서…… 모두 행복하게 잘 살았단다. 재미있지? 그래, 재미있어. 용자가 묻고 우리가 대답했다. 그것과 동시에 발밑에 발가락으로 판 모래가 허물어지며 우리 몸이 그대로 앞으로 꼬꾸라졌다. 깨어났을 때 땀으로 이불이 흠뻑 젖어 있었다.

반대로 어떤 날은 턱없이 마음이 밝아지고 강해지기도 했다. 전에 작은아버지는 아버지에게 이러다가는 조선말이 아이들 세대까지 내려가면 다 없어지고 말 거라고 했다. 그때는 속으로 고개를 끄덕였지만, 어린 생각에도 지금 우리가 하는 식으로 옛날얘기만 잘 전달되어도 책과 글로는 온 세상의 조선말이 다 없어지더라도 말로는 조선말이 절대로 사라지지 않고 입에서 입으로 살아남겠다는 생각이 들기도 했다. 그래봤자 고작 한두 자락 옛날얘기고 어른이면 누구나 아는 얘기지만, 우리가 무슨 대단한 일을 하고 있는 것처럼 느껴지기도 했다. 벌써 나와 남렬이가 아는 옛날얘기 주머니가 달랐다.

거기에서 딱 그치면 좋은데 그러지 못했다. 그 일이 뒷날 내 운명 전체는 아니더라도 참으로 많은 걸 흔들어 놓게 될지 몰랐다.

춘자의 청으로 이 세상에서 가장 무서운 얘기를 듣던 날이었다. 춘자는 전부터 좀 더 무섭고 오싹한 얘기를 해달라고 졸랐다. 다리 잘린 귀신이 '내 다리 내놓아라'하는 얘기도 별로 무서워하지 않고, 목 없는 여자가 밤마다 우물에서 두레박을 타고 나타나는 얘기도 무서워하지 않았다.

"알았어. 정말 무서운 얘기를 해줄게."

용자가 어른 셋이 대낮에 함께 들어도 무섭다는 '여우 누이' 얘기를 시작했다.

옛날에 옛날에 어느 마을에 아들 셋을 둔 부부가 살았다.

살림도 넉넉한 부자였는데 한 가지 부족한 게 있다면 아들만 여럿이고 딸이 없다는 것이었다. 마음도 간절했다. 부부는 극진한 마음으로 여우라도 좋으니 제발 딸을 갖게 해달라고 온 정성을 다해 치성을 드렸다. 홀연히 신령이 나타나 정말 여우라도 좋으냐고 물었다. 부부는 진심으로 그렇다고 대답했다. 마침내 소원이 이루어져 그 집에 예쁜 딸이 태어났다.

얼굴도 곱고 귀한 딸이라 아버지는 딸이 해달라면 무엇이든 다 해주었다. 딸이 열 살쯤 자랐을 때 집안에 하나둘 이상한 일이 일어나기 시작했다. 보름밤이 지나고 아침이 되면 집안에서 키우는 닭과 개, 소와 말, 돼지가 한 마리씩 온몸에 시뻘겋게 피를 묻힌 채 창자와 심장, 간과 허파를 빼앗긴 채 죽어 나갔다. 아무도 알 수 없는 일이어서 아버지는 세 아들에게 끔찍한 일을 저지른 범인을 찾아내라고 했다. 아버지의 명령을 받은 위에 두 아들은 차례로 보름날 밤 밤새 마당을 지켜보았으나 한밤중에 밀려오는 잠을 물리치지 못해 범인이 누구인지 알아내지 못했다.

아버지는 셋째아들에게 범인을 찾아내라고 했다. 셋째아들은 보름날 잠이 오면 허벅지를 찔러 잠을 쫓을 대바늘을 준비하고, 미리 숨어든 헛간 문틈으로 바깥을 내다보며 밤이 깊어지기를 기다렸다.

"보름날이니까 달이 둥그렇게 떴지. 달이 중천에 떠올랐을 때 어디선가 한 줄기 바람이 마당 안으로 휘익, 불어오면서 마치 바람에 열리는 것처럼 삐걱, 하고 누이동생 방문이 열리는 거야. 동생이 문을 열고 마루로 나와 누가 자신을 지켜보고 있는지 살피면서 이쪽저쪽으로 고개를 돌리는데 달빛에 얼굴이 새하얗게 빛나는 거야. 헛간 문틈으로 몰래 그 모습을 지켜보던 셋째 오빠는 놀라지 않을 수 없지. 그래도 정신 바짝 차리고 이게 무슨 일인가 싶어 자기도 모르게 침을 꼴깍 삼키는데, 그 소리를 들었는지 누이동생이 갑자기 헛간 쪽으로 고개를 휙, 돌리는 거야. 그러니 오빠는 더 놀라지.

동생이 이쪽을 보고 소리 나지 않게 흐흐흐 웃는데, 그때 오빠가 바라본 동생의 눈이 평소와는 완전히 다른 거야. 동그스름하던 눈이 달빛을 받아 옆으로 길게 찢어지면서 새파랗게 변하는 거야. 그러면서 이 밤중에 다들 잠을 자야지 누가 날 보겠어? 하는 얼굴로 헛간 쪽을 향해 한 번 더 씨익, 웃는데 오빠로서는 그것만으로도 소름이 쫙 끼치지. 내가 숨어서 보는 게 들켰나, 하고 정말 기절할 뻔했지.

그래, 호랑이에게 물려가더라도 정신을 바로 차리면 산다더라 하고, 연신 바늘로 허벅지를 찔러가며 동생을 바라보니 동생이 마루에서 마당으로 소리도 나지 않게 훌쩍 뛰어내려오는 거야. 빈 마당에 내려오니 달빛이 더 잘 비치지. 마루에서는 누이의 얼굴이 눈빛만 파랗게 빛나고 다른 곳은 하얗게 보이던 게 마당에서는 얼굴 전체가 숫돌에 갈아놓은 칼날처럼 파르스름하게 변하는 거야. 그게 둔갑에 뛰어난 여우의 원래 얼굴이거든. 그러고는 저고리의 소매 팔뚝을 쓱 걷어 올리는데, 이 팔뚝이 정말 칼날 같으면서도 칼등과 칼 몸집에 하얀 털이 숭숭 나 있는 거야. 아버지가 소원을 빈 대로 여우가 사람으로 둔갑하여 태어난 거니까. 어때, 으스스하지?"

"그래, 뜸 들이지 말고 계속해 봐."

춘자가 저고리의 고름을 들어 눈 밑과 코를 가리고 재촉했다.

일이 잘못 흘러간 것은 바로 그 뒤의 얘기로 누이동생이 부엌으로 가 손에 미끌미끌한 참기름을 바르고 나온 다음 외양간으로 들어가 잠든 소의 엉덩이로 손을 쑥 집어넣어 간을 꺼내먹는 장면을 얘기할 때였다.

"오빠가 헛간에서 몰래 나와 외양간 옆 기둥에 바짝 붙어 숨도 제대로 못 쉬면서 지켜보는데 동생이 한 손으로 소의 간을 꺼내 들고 우적우적 씹어먹는 거야. 소는 벌써 외양간 바닥에 털썩 쓰러져 있고. 아까 달빛에 파르스름하게 보이던 얼굴 입가에도 피가 뚝뚝 흐르고, 손과 팔뚝에도 피가 뚝뚝 떨어지면서 말이지."

"너희들, 뭐하는 거야?"

순간 여우의 손이 내 얼굴 앞으로 확 다가오는 것처럼 놀랐다. 비각 앞쪽에서 소리도 없이 나타난 젊은 남자의 목소리였다. 우리는 비각 비석 뒤쪽에 앉아 있다가 사람보다 먼저 그 소리를 들었다.

"흐업!"

우리는 제대로 비명조차 지르지 못하고 숨을 멈췄다. 나보다 더 놀란 건 앞쪽을 보고 앉은 춘자였다. 춘자는 손으로 입도 제대로 가리지 못한 채 뒤로 엉덩방아를 찧었다.

"너희들 성덕 학교 다니는 아이들이지?"

"……"

"여기서 뭐 하는 거야?"

서른쯤 되어 보이는, 어디 관공서에 다니는지 작은아버지처럼 군복색의 제복을 갖춰 입은 남자였다. 키는 중간 정도로 그리 크지 않지만, 몸은 찔러도 피 한 방울 나올 것 같지 않게 다부져 보였다.

"아무것도 안 했어요."

얘기는 용자가 했어도 무리의 대표인 내가 나서서 대답했다.

"아무것도 안 해?"

"예."

"내가 들었는데도 아무것도 안 해?"

"……"

우리는 용자가 하는 얘기에 팔려 정신이 없었고, 남자는 비각 안에 사람이 있는 걸 보고 살금살금 다가와 우리가 하는 얘기를 엿들은 듯했다.

"너는 어디 사는 누구냐? 동네하고 택호를 말해봐라."

"……"

"얼른!"

이미 들킨 마당이었다.

"신석리 은교집 딸입니다."

"어라, 신석리면 납돌?"

"예."

"그러면 진각이 형님 손녀라는 얘긴데. 나이로 윤기의 딸 같지는 않고, 정기의 딸이냐?"

"예."

우리 집을 아는 사람이었다. 할아버지를 형님이라고 부르고, 자기보다 나이가 많을 듯싶은 아버지의 이름을 하대하듯 부르는 걸로 보아 강릉김씨 집안의 할아버지뻘인 듯했다. 그러나 나이는 작은아버지와 비슷하거나 아래로 보였다.

"너는?"

남자는 다른 친구들에 대해서도 물었지만, 구르뫼와 달부름들 쪽 사정은 잘 알지 못하는 듯했다.

"너희들 학교에서 단속하니까 여기에 몰래 모여 조선어로 옛날얘기를 한 거지?"

"아니에요."

"아니긴 뭐가 아니야?"

"……"

그런 중에도 남자가 아주 남이 아니라 집안사람인 것이 조금은 의지가 되었다. 남자는 몇 학년이냐고 물었다.

"5학년입니다."

"5학년이면 국어 상용도 앞장서 실천해야지. 황국신민으로 인고 단련하고."

"오늘 처음이에요. 무서운 얘기가 있다고 해서……"

남자는 다시는 여기에 모여 그런 짓을 하지 말라고 말하고는 우리를 보내주었다. 집안 어르신 같은데 아저씨는 어느 댁의 뉘시냐고 물었어야 했는데(그러면 제복을 입고 있는 걸 뽐내기 위해서라도 말했을 텐데) 그러지 못했다. 그가 누군지 묻고 난 다음 집에 와서 그런 일이 있었다고 어른들께 얘기했다면, 혹시 뒷수습이 되었을지 모른다.

우리끼리도 그날이 처음이었고, 나나 춘자가 무서운 얘기를 듣고 싶다고 해서 모였던 것이라고 단단히 입을 맞추었어야 했다. 아니, 그렇게 해도 잘못되었을 것이다.

가을 추수를 앞두고 절 논의 소작료를 매기기 위해 곡간 스님이 납돌에 와 한 해 농사의 결실을 둘러보는 날이었다. 길옆 느티나무 아래에 아침 일찍부터 마을 사람들이 모여 있었다. 같은 논이라도 매년 농사가 달라 수확 전 들판의 결실을 보고 난 다음 그해의 소작료를 매겼다.

"어, 이상하다."

마을 사람들 앞을 지나며 용자가 말했다.

"뭐가?"

"내가 인사를 드려야 하는데, 곡간 스님이 바뀐 거 같아. 같이 온 행자 스님은 작년 그 스님인데."

"정말 그러네."

"다른 분이라도 인사를 드리고 가야지. 잠깐만 기다려 봐."

용자는 아직 논을 둘러보기 전 마름 어른과 함께 준비하고 있는 새로 온 곡간 스님에게 다가가 인사했다. 용자는 행자 스님한테도 인사하고, 마을 사정을 두루 살펴 곡간 스님에게 전하는 마름 어른과도 몇 마디 얘기를 나누고 왔지만, 얼굴이 밝지 않았다.

"왜?"

"먼저 오시던 곡간 스님은 다른 절로 가셨대."

"그럼 네 학비는 어떡해?"

"그러게 말이지. 새로 온 스님한테 얘기는 했는데."

학교에서는 더 나쁜 소식이 우리를 기다리고 있었다.

아직 누군지도 모르는 비각에서 본 제복이 학교를 방문한 게 어제 오후의 일인 듯했다. 아침 운동장 조회가 끝난 다음 오오모리 센세이가 굳은 얼굴로 다가와 너는 교실로 바로 들어가지 말고 교무실로 오라고 했다. 불현듯 떠오르는 일이 그것이었다. 이래서 센세이가 무섭다고 학교를 그만두기도 하는구나, 하는 생각이 절로 들 만큼 머릿속에 겁부터 채워졌다.

들키기 전에야 아무 일이 없는 것이지만, 발각되고 보니 작은 일이 아니었다. 운동장에서 뛰어놀며 어쩌다 한마디 튀어나오는 조선말도 딱지를 뗐고 빼앗기며 단속하는데 네 사람이 몰래 숨어서 조선어로 거의 한 달가량 옛날얘기를 한 것이었다.

교무실로 들어서자 난요 센세이가 안타까운 눈빛으로 나를 바라보았다. 한 번도 우리 담임이었던 적이 없는 난요 센세이가 나를 특별하게 여기는 것은 지난 4학년 학년말 성적이 나왔을 때부터였다. 그때 나는 4학년에서만 일등을 한 것이 아니라 전체 성적을 점수로 비교했을 때 전교에서 일등을 했다. 난요 센세이가 특별히 좋아하며 나를 따로 불러서 연필 두 자루를 주었던 것은 1학년에서 6학년까지 반마다 세 배나 많은 남학생들을 제치고 일등한 유일한 여학생이기 때문이었다.

그래서 더 가깝기도 하지만, 내가 난요 센세이를 인상적으로 느꼈던 것은 지난해 모두 창씨개명을 할 때였다. 교무실에서 교장 센세이의 압박도 심했을 텐데 다른 센세이보다 늦게 끝까지 창씨개명을 하지 않고 여름 방학을 맞았다. 그때는 우리도 모두 창씨개명을 했다.

"아버지가 하지 않습니다. 아버지의 딸인 제가 혼자 결정으로 아버지와 다른 성을 쓸 수가 없습니다."

2학기가 되어서도 가을 학기가 중간쯤 지난 다음, 거의 마지막 압박에 이르러서야 함흥에 계시는 부모님이 한 번 학교를 찾아왔다 간 다음 난요라고 성을 바꾸었다. 우리 중에는 아무도 그런 모습을 본 사람이 없는데도 소문은 난요 센세이가 아버지를 잡고 눈물을 많이 흘렸다고 했다. 후에도 난요 센세이는 교무실이나 골마루에서 나를 보면 일부러 손을 잡아 주거나 머리를 만져주며 "후득아, 너는 꼭 공부를 하렴." 하고 예뻐해 주었다.

난요 센세이를 보자 이런 모습을 보이는 것에 대해 죄송한 마음도 들고, 한편으로 난요 센세이라면 충분히 이해해 줄 거라는 새로운 용기도 났다. 내가 딱지를 남의 것을 빼앗지도 빼앗기지도 않고 늘 열 장을 유지하는 것에 대해서도 난요 센세이는 지나가는 말처럼 후득이는 한결 같구나, 라고 말했다.

 그래, 이미 벌어진 일이다. 지금도 겁이 나지만, 더 겁먹지 말자. 변명하려 들다 오히려 더 나쁘게 될 수 있다. 처벌이 따르면 처벌도 당당하게 받자. 그런 마음으로 용기를 내어 오오모리 센세이 책상 앞으로 다가갔다.

"가네야마 고우도쿠."

"하이."

"내가 널 왜 불렀는지 아는나?"

"하이."

"그럼 무슨 일인지 네 입으로 말해봐라."

"학교를 마치고 친구들과 집에 가다가 앞고개 비각에 들어가서 조선말로 옛날얘기를 했습니다."

 센세이는 서리가 내린 것 같은 얼굴로 묻고, 나도 겁은 나지만 맨발로 서리 위를 걷듯 한 마디 한 마디 차분하게 대답했다.

"누구누군지 말해라."

"저와, 미나미 요코(남용자), 아오키 하루코(심춘자), 기무라 레이엔(박여원)입니다."

 다른 학년들은 국어 상용을 해도 성 다음의 이름까지 일본식으로 부르도록 강제하지 않는데 우리 반은 성뿐만 아니라 뒤에 이름도 서로 물어서라도 꼭 일본식으로 부르게 했다. 센세이는 그렇게 하는 것이 제대로 내선일체 정책에 따르는 창씨개명이라고 했다.

"언제부터 그랬느냐?"

"2학기 개학하고 소나기가 내렸던 목요일부터 지난주 수요일까지였습니다. 매일은 아니고, 전교생이 같은 시간에 하교하는 토요일과 네 사람 가운데 한 사람이라도 집안일이 바쁘면 그러지 않았습니다."

"그게 언제부터 언제까지인지 묻자마자 어떻게 금방 잘 기억하고 대답하는 거지?"

"처음엔 그렇지 않았는데, 시간이 지날수록 걱정이 커졌습니다."

"그렇게 마음의 부담이 커졌는데도 강릉군 근로보국대장에게 발각되지 않았으면 계속 그랬을 것 아니냐?"

"……"

거기에 대해서는 변명하지 않았다. 그건 오오모리 센세이가 가장 싫어하는 것이었다. 그날 비각에서 우리를 보고 다가온 사람이 누군지 여태까지 궁금했다. 군복 같은 제복을 입고 할아버지와 아버지의 이름까지 알고 있는 그 사람이 강릉군 근로보국대장이라는 것을 이제야 알게 되었다. 아마 그도 앞고개 너머 어딘가에 다녀오다가 우리를 보았을 것이다.

"너희 네 명뿐이냐?"

"그렇습니다."

"너희와 관련된 어른이 있느냐? 새로운 옛날얘기를 알려주는다든가, 옛날얘기 책을 빌려준다거나 전해준다든가."

"없습니다. 옛날얘기는 미나미 요코가 할머니에게 들은 걸 우리에게 해주었습니다. 국어 상용을 하기 전 4학년 때도 미나미 요코가 우리 반 여자들에게 옛날얘기를 가끔 해주었습니다."

"미나미 요코 할머니 말고 관련된 어른이 정말 없느냐?"

"없습니다."

"상업학교에 근무하는 너의 숙부라든가."

"아닙니다. 그러지 않았습니다."

"거기까지는 그러기가 쉽지 않겠지. 알았으니 교실에 가서 기다려라."

센세이 앞에 서서 쓰러지거나 비틀거리면 안 된다고 양 허벅지 옆 치마의 바느질 선을 얼마나 꽉 움켜잡았는지 그 부분이 손에서 흐른 땀에 젖어 있었다. 교무실을 나오자 난요 센세이가 출석부를 들고 따라와 뒤에서 말없이 어깨에 손을 얹어주었다.

'선생님. 감사합니다.'

돌아보면 그대로 울음을 터뜨릴 것 같아 마음속의 인사도 선생님은 뒤에 있는데 앞으로 고개를 숙여 드리고 5학년 교실로 들어갔다.

"무슨 일이래?"

누군가 그렇게 물었지만, 용자나 춘자가 말하지 않아도 분위기로 보아 교실에서도 이미 다 알고 있는 듯했다.

그 일로 나와 용자와 춘자와 여원은 일주일이 아닌, 10월 한 달간 변소 소제로 정해졌다. 그러기 전 우리가 감추고 속이는 것은 없는지 대질신문을 하듯 네 사람 모두 방과 후에 교실에 남아 센세이의 조사를 받았다. 그간에 있은 일들과 나눈 옛날얘기들은 또 어떤 것인지, 그것이 맞는지 아닌지 제목을 적어냈다.

교실에서 모두 지켜보는 앞에서 손바닥이 부러질 만큼 회초리를 맞았다. 춘자와 여원은 서른 대였고, 얘기를 한 용자와 부반장으로 단 한 번도 그걸 말리지 않고 계속하게 한 나는 쉰 대였다. 스무 대를 지난 다음 너무도 아파 저절로 손바닥이 오므려져 왼손 엄지손가락 두 번째 마디가 찢어지며 피가 튀었다.

"똑바로 펴라!"

벌은 피를 닦아낸 다음 이미 부어오른 손바닥과 손가락을 똑바로 펼친 채 계속되었다. 회초리를 휘두르는 건 오오모리 센세이였지만, 손바닥에 매로 와 닿는 것은 나에 대한 센세이의 분노와 실망이었다. 아이들은 얼굴을 찡그렸지만,

센세이의 얼굴은 처음부터 끝까지 녹지 않는 서리처럼 차가웠다. 그동안 나의 '국어 상용' 딱지가 단 한 번도 열한 장인 적도 아홉 장인 적도 없었던 것도 처벌에 포함되었을 것이다. 매주 딱지 검사 때마다 오오모리 센세이는 그걸 자신에 대한 반항을 넘어 더 나쁜 뜻으로 생각했다.

부모들도 학교에 불려 와야 했다. 아버지는 절대 가지 않겠다는 용자 아버지를 달래서 함께 학교로 왔다. 교장 센세이는 불려온 부모들에게 운동장에서 뛰어놀면서 한두 마디 조선어를 한 것도 처벌하는데 총독부의 지시를 어기고 넷이서 무리 지어 한 달가량 방과 후 숨어서 옛날얘기를 한 것은 퇴학시켜야 마땅한 일이라고 했다.

"이렇게 큰 잘못을 저질렀는데도 왜 용서하고 두고 보기로 한 줄 아시오?"

불려 온 어른들은 묵묵히 듣기만 했다.

"담임 센세이가 자신이 아이들을 잘못 가르쳐서 이런 일이 생겼다고, 앞으로는 절대 그런 일이 없을 거라고, 공부하는 아이들의 장래를 생각해서 용서해달라고, 그래서 센세이가 벌도 혹독하게 내리고, 앞으로 잘 이끌어가겠다고 보증했기 때문이오."

그게 이제까지 우리가 봐온 오오모리 센세이였다. 그걸로 고마워하라는 사람도 아니었고, 따르라는 사람도 아니었다.

스스로 어떤 선을 정하고 그것을 차갑게 지켜보고 지키는 사람이었다. 어려도 이제 그쯤은 알 수 있을 것 같았다.

 학교에 다녀온 다음 용자 아버지는 용자에게 이제까지 절에서 주던 학비 턱의 소작료 감면도 없어지고, 선생이 하지 말라는 잘못을 해서 부모까지 불러들일 거면 이참에 아예 학교를 그만두라고 화를 냈다. 이 일이 없어도 용자 아버지는 중이논 소작료가 원래대로 돌아간 데 대한 화풀이를 하듯 용자에게 이제 학교를 그만 다니라고 했다. 누구나 그랬지만, 용자로서는 더욱 시기가 안 좋았다.

 아버지는 학교에 불려갔다 온 다음 얼굴만 좀 어두워졌달 뿐 거기에 대해서는 별다른 말을 하지 않았다. 왜 그랬냐, 앞으로는 그러지 마라, 하는 말도 하지 않았다. 딸의 잘못으로 자존심이 상한 모습도 아니었다. 말하지 않더라도 지금 네 마음속의 불안을 아버지가 잘 안다는 얼굴로 그윽이 내 행동을 지켜보았다. 어머니에게도 그렇게 말한 듯했다. 할아버지를 뵈러 자주 납돌로 오는 작은아버지도 달리 말하지 않았다. 작은아버지와 함께 온 작은어머니만 우리 후득이가 힘들었겠구나, 하고 가만히 내 손을 잡아 주고 왼쪽 엄지손가락의 상처를 살펴주었다.

 삼촌 혼자 강릉김씨, 아니 이제는 가네야마 집안의 할아버지뻘(삼촌에게는 아저씨뻘)인 강릉군 근로보국대장에게 거칠

게 욕설을 뱉었다. 성덕면보다 남쪽 강동면 사람이라고 했다. 강동면 집에 다녀오다가 우리를 보았을 것이다.

"개놈의 자식. 총독부 똥이나 주워 처먹는 주제에."

"어디 나가서는 그런 말을 하지 마라."

아버지가 삼촌에게 말했다.

"김진벽이 그 새끼가 작년 가을에도 강릉에서 보국대 수십 명을 강제로 뽑아 일본 가고시마현에 한 달 동안 품삯 한 푼 없이 보냈어요.[26] 농업학교 졸업생들까지 명단에 강제로 집어넣어 우리도 알 건 다 알고 있다고요."

"그렇다 해도 너는 그렇게 말하지 말라니까."

"그런 새끼가 같은 김씨 일가인 것도 부끄러운 일이에요. 이번 일도 애들이 그럴 수 있는 거지, 자기가 근로보국대장이면 대장인 거지, 그게 근로보국대하고 무슨 상관이라고 학교까지 찾아가서 떠드냐고요. 조선 전체 다른 군에서는 단 한 군데도 단독으로 하지 않은 농업보국대 파견도 그렇고, 그런 걸로 어떻게든 총독부에 잘 보여 자리 하나 차지해 보려고, 그 간신 같은 새끼가……"

작은아버지도 그 얘기를 듣고 혀를 찼다.

---

26 대부분의 보국대는 조선총독부가 직접 모집하였으나 군 단위로는 1940년 강릉군이 유일하게 일본 가고시마현에 농업보국대를 파견하였다. 이 보국대는 가고시마현의 중일전쟁 입영자나 입영 사망자 집에 한 달 동안 파견되었다가 돌아왔다. <樋口雄一, 戰時下朝鮮の農民生活誌, 社會評論社, 1998>

"강릉은 한 다리만 건너면 다 알지요. 그 사람도 서울에 올라가 공부를 했는데 항렬은 위여도 제 고보 후배예요."

"그럼 거기도 휘문을 다녔누?"

"학교 입학할 때부터 학업은 뭐 그럭저럭 하는 정도인데 글씨를 잘 써서 그런 쪽 대회에 나가 상도 제법 많이 받았어요. 졸업 후 본인은 내지로 유학하고 싶어 했는데 형편이 안 돼 강릉에 내려와서 이곳저곳 기웃거리다가 보국대 완장을 찼다는 얘기를 들었어요."

우리는 성덕면 동네가 좁아 잘 몰랐지만, 우리가 한 일이 강릉군 내의 다른 학교들에까지 국어 상용에 특별히 신경 쓰고 단속해야 할 사례로 알려졌다. 성덕 학교에서 다른 학교로 연락해서가 아니라 학교는 오히려 감추고 싶어 했지만, 강릉군 근로보국대장이 가는 곳마다 무용담처럼 떠들어서라고 했다. 비각에서 처음 발각되었을 때 내가 김씨 집안 어느 댁의 어르신이냐고 묻고, 그걸 집에 와서 어른들께 얘기해도 그의 자랑 같은 떠벌림으로 처음부터 수습할 수 없었던 일인지 모른다.

아버지는 그걸 핑계 삼아 지난 몇 년간의 부담에서 벗어나듯 신석리 구장 자리를 내려놓았다. 그걸 제일 반긴 사람은 사랑의 할아버지였고, 할아버지보다 더 반긴 사람이 예전 구장이었다. 그가 4년 반 만에 다시 구장을 맡았다. 문서를 작성하는 일이야 이제 아버지가 해주지 않더라도 면소 앞에 그런 일을 대신해주는 대서소가 생겨 따로 돈만 내면 되었다.

  우리의 변소 청소는 11월에도 이어졌다. 처음보다 갈수록 소문이 커지고 있는 것에 대해 교장 센세이가 추가로 내린 벌이자 단속이라고 했다.

우리들의 가두행진

 겨울 시작과 함께 새로운 전쟁이 시작되었다.

 10월에 시작된 우리의 변소 청소는 12월이 되어도 계속되었다. 삼촌은 우리 편을 들어 아이들이 그럴 수도 있다고 했지만, 어쩌다 하루 이틀도 아니고 한 달 가까이 어른들 몰래 비각에 숨어 조선말로 옛날얘기를 나눈 것이 그때 우리 생각처럼 단순한 놀이가 아니었다.

 학교 중앙 통로에 걸려 있어 하루에도 몇 번이고 그 앞을 지날 때마다 절을 해야 하는 덴노헤이카의 사진 아래 붙여놓은 우리 학교 교훈도 '좋은 국민이 됩시다'였고, 그러기 위해서 첫 번째 지켜야 할 일도 '국어로 말합시다'였다. 그걸 붙여놓은 게 3년 전이었다. 더구나 지금은 국어로 말하길 권하는 정도를 넘어 서로 딱지를 빼앗고 빼앗기면서 국어로만 말해야 하는 때였다.

벌은 아마도 겨울 방학 때까지 계속될 것 같았다. 처음엔 5-6학년 여자 변소만이었지만, 밖으로 소문이 커진 다음 교장 센세이가 추가로 내린 벌에 따라 11월부터는 1학년부터 6학년까지 여자 변소 세 칸 모두와 교원용 변소까지 청소했다. 그것까지도 읍내 학교와 읍 가까운 학교들에 단속 사례처럼 퍼져 성덕 학교는 전교 1등 여자애가 친구들과 몰래 조선말로 옛날얘기를 하다가 걸려 몇 달째 학교 변소 청소를 전부 하고 있다고 했다.

소문이야 어떻든 날이 추워지니 청소하기가 더 힘들어졌다. 공부를 마치고 춘자와 함께 운동장 가에 있는 우물에서 함석 바게쓰[27]에 물을 퍼담아 변소로 옮길 때 난요 센세이가 안타까운 얼굴로 손을 잡아 주었다.

"후득아, 힘들지?"

"아닙니다. 괜찮습니다."

"나중에 어른이 되어서도 이 일 잊지 말고, 너는 꼭 공부해서 학자가 되렴."

그 말을 들을 때면 변소 청소를 하여 특별하게 듣는 격려처럼 힘이 났다.

"예. 열심히 하겠습니다."

---

27 버킷의 일본식 발음 バケツ

"지금은 일본어만 써야 하지만, 나중에 공부를 많이 해 학자가 되면 나라 간의 말과 글을 연구하는 것도 학문이란다. 또 지금은 조선말로 옛날얘기를 해서 청소를 하고 있지만 그런 걸 연구하는 것도 학문이란다."

난요 센세이는 수를 놓아 다린 광목 손수건으로 내 젖은 손을 닦아주었다.

"다친 자리는 흉터가 생겨도 잘 아물었구나."

"이제 괜찮습니다."

"후득아."

난요 센세이는 다시 주위를 살핀 다음 작은 소리로 내 이름을 불렀다.

"예."

"이건 내가 어디에서 본 말인데 나라의 말을 잘 지키는 건 감옥에 갇혔어도 감옥의 열쇠를 가지고 있는 것과 똑같은 거란다.[28] 그러니 변소 청소하는 걸로 기죽지 말고 너는 꼭 공부를 해서 큰 학자가 되어야 해."

난요 센세이는 더 하고 싶은 말이 있어도 참는다는 얼굴로 그윽이 나를 바라보았다.

물 바게쓰는 나와 춘자가 함께 들고 다닐 수밖에 없었다.

---

28 알퐁스 도데의 「마지막 수업」에 나오는 아멜 선생의 말.

여원은 춘자보다 키가 작아 함께 들면 바게쓰가 출렁거려 치마에 물이 뚝뚝 흘러 속곳까지 적셔 청소를 마치면 종아리가 퍼렇게 얼어붙었다. 용자는 신발이 다 해져서 밑창에 다른 고무 조각과 가죽을 덧대 노끈으로 묶어 신어 우물가에만 가도 아래에서 물이 올라와 신발 속의 버선부터 젖었다. 그냥 젖기만 하는 게 아니라 이미 절반 동상이 든 발처럼 발개졌다. 그럼에도 용자는 그걸 미안해 하고, 여원은 키가 작아 바게쓰를 함께 균형 있게 들지 못하는 걸 미안해 하고, 춘자는 무서운 옛날얘기를 조른 걸 미안해 하고, 나는 부반장으로 중간에 그걸 끊지 못한 걸 미안하게 여겼다.

청소 검사는 주번 센세이가 돌아가며 했다. 그동안 우리도 벌칙으로 하고 있는 청소에 책 잡히지 않으려 진심으로 열심히 물을 뿌려 씻고 닦았다. 다른 학년 남자 당번들이 우리 때문에 듣지 않아도 될 지적을 듣는다고 불평할 정도였다.

"그래, 우리는 이걸로 인고 단련하자. 전쟁도 났는데……."

전쟁과 '인고 단련'은 어디에 갖다 붙여도 말이 되었다.

겨울의 시작과 함께 전쟁은 이미 하고 있는 지나에서가 아니라 멀리 태평양 한가운데서 벌어졌다고 했다. 세상이 온통 그 얘기뿐이어서 어디서나 듣는 것이지만, 이 추운 겨울에 논도 있고 밭도 있고 걸어갈 길도 있는 땅 위에서가 아니라 보이는 거라곤 시퍼런 물밖에 없는 바다 한가운데서 어떻게 전쟁이 날 수 있는지 처음에는 그것이 궁금하고 이상했다. 함대라는 것은 무언지, 항모라는 건 또 무언지, 그걸 제대로 알려준 사람은 할아버지를 뵈러 자주 납돌로 오는 작은아버지였다.

"비행기가 뜨고 내릴 수 있는 큰 항모가 함대를 거느리고 몰래 이동해 200대도 넘는 항공기가 태평양 한가운데 진주만을 한꺼번에 폭격했답니다."

"거기는 왜?"

할아버지는 그게 궁금했지만, 나는 대체 배가 얼마나 크기에 그 위에 비행기를 싣기도 하고, 뜨고 내리기도 하는지 궁금했다.

"거기에 미국 해군 기지가 있으니까요. 그렇게 먼저 폭격하고, 다음날 방송으로 선전포고를 했답니다."

"방송으로?"

이번엔 아버지가 물었다.

"대본영에서 일본이 미국 영국과 전투를 시작했다고 뉴스를 내보냈답니다."

"전쟁은 왜 하는 거누?"

"미국이 일본의 중국 대륙과 남방 진출을 견제해서 석유를 묶고 길을 막으니 기습적으로 먼저 치고 들어간 거지요."

"그러면 이쪽이 이기는 전쟁이누?"

"저쪽은 가만있는데 기습을 했으니 당장이야 그렇지만 이쪽도 해군이 세지만 미국이라는 나라가 워낙 크고 강하니 나중까지는 두고 봐야겠지요. 이런 전쟁이 한두 달 안에 끝나는 것도 아니고요."

뭔가 큰 전쟁이 시작된 것 같은데 비행기를 싣고 다닐 수 있을 만큼 큰 배도, 그 소식을 알리는 방송 얘기도 우리가 사는 세상과는 다른 세상 얘기 같았다. 라디오를 통해 방송을 듣는 얘기를 우리는 책에서만 배웠다. 납돌마을엔 아직 라디오가 있는 집이 없었다.

이제 마을 구장 자리를 내놓아 면소에 출입하지 않는 아버지도 어디에서 듣고 오는 소식인지 이번 전쟁은 육지에서도 일본의 힘이 파죽지세와 같다고 했다.

"대나무를 쪼갤 때 칼을 끄트머리에 대고 살짝만 툭 쳐도 아래까지 단번에 좍 갈라지지? 그런 기세라는 거야."

삼촌의 설명처럼 일본이 그동안 중국 홍콩에 들어와 있던 영국군을 몰아내고, 남쪽 인도지나반도의 영국군도 마저 밀어내고 있다고 했다. 이런 소식은 운동장 조회 시간에 교장 센세이도 추운 날씨 속에 우리를 인고 단련시키듯 매일 같은 얘기를 되풀이해 말했다.

눈이 우리 허리까지 내렸다. 산과 들에 쌓인 눈이 녹을 사이 없이 방학을 하고 해가 바뀌었다. 우리의 변소 청소는 겨울 방학이 되어서야 끝이 났다. 한 달이 넘는 여름 방학에 비해 겨울 방학은 보름밖에 되지 않았다. 그래도 개학했을 때 그동안 읍내에까지 퍼졌던 성덕 학교 여자아이들의 옛날얘기 소문은 총독부가 새롭게 내린 풍속 지시에 묻혀 조금 잠잠해진 듯했다.

"이제 충분히 반성하고, 앞으로는 절대 그런 일이 없으리라 믿는다."

우리 네 사람을 교실 앞으로 불러내 마지막으로 한 사람, 한 사람 다짐을 받으며 오오모리 센세이가 말했다. 이제는 교실에서든 운동장에서든 조선말을 쓰는 아이가 거의 없어졌다. 집에서 어른들하고만 썼다.

총독부가 새롭게 내린 풍속 지시는 이제 조선도 내지와 마찬가지로 모든 가정이 천황궁의 사방배[29]에 맞추어 양력설을 쇠고 음력설을 절대 쇠지 말라는 것이었다. 곧 다가오는 음력설을 명절로 여기지도 말고, 차례를 지내서도 안 되며, 친척끼리 서로 방문하듯 세배 다니는 것도 세상을 어지럽히는 풍속으로 단속할 거라고 했다.

이제는 설날도 내선일체였다. 구장이 집집마다 다니며 말

---

29 새해 첫날 아침 일찍 천황이 이세신궁 등 각지의 신들에게 제사를 올리는 일본 궁중 의식

을 전하며 면소에서 그날 꼭 단속 나올 거라고 했다. 정말 그럴지 아닐지는 설날이 되어봐야 알겠지만, 그래도 조심은 하는 분위기였다.

  그러나 그런 단속이 아니더라도 우리 집은 설날을 제대로 즐길 수 없었다. 삼촌이 아버지의 뜻에 따라 다시 본 함흥사범학교 시험에 또 떨어지고 말았다. 사범학교는 국민학교(소학교) 졸업자를 뽑는 5년제 심상과와 삼촌처럼 5년제 중등학교를 나온 사람들이 지원할 수 있는 1년제 강습과가 있었다. 지난해에도 경쟁률이 높았지만, 올해는 더 높아 심상과는 15대1이나 되고 강습과도 10대 1일 넘었다고 했다. 들어가면 졸업할 때까지 수업료도 없고, 졸업하면 바로 교원이 될 수 있어 전국의 수재들이 다 사범학교로 모여든다고 했다. 지나간 얘기지만 삼촌에겐 농업학교를 다니는 동안 공부도 계속하고 강습과의 경쟁률도 낮았던 지난해가 좋은 기회였던 듯했다.

  삼촌이 시험에서 떨어지자 작은아버지는 지난해처럼 다시 서울의 전문학교 얘기를 했지만 그러기도 쉽지 않아졌다. 아버지와 작은아버지를 차례로 서울로 불러주었던 작은댁 할아버지가 지난해 세상을 떠나 이제는 그런 의지처도 없어졌다.

"후더가. 나는 이제 학교 그만두게 될 거 같아."

겨울 방학이 끝난 다음 함께 학교로 가는 길에 용자가 말했다. 그동안 서로 말하지 않아도 마음속으로 걱정하던 일이어서 왜, 라고 묻지 못했다. 가을에 큰 산에서 스님이 내려와 중이논 소작료를 매기던 날 혹시 이러지 않을까 짐작되던 게 있었다. 거기에 우리가 조선말로 몰래 나눈 옛날얘기로 아버지들까지 학교에 불려 갔다 왔다. 학비로 보면 가장 나쁜 일에 분위기로 보면 또 그만큼 나쁜 것이 더해진 셈이었다.

"학교 가지 말라고 아버지가 신발도 안 사줘."

"왜?"

"전에는 학비를 절에서 내줬는데, 이제 그게 없어졌으니 당장 월사금 낼 돈도 없다고 지금이라도 그만두래."

"그래도 졸업은 해야지 않나. 이제 일 년밖에 안 남았는데."

"아버지가 학교에 불려 갔다 온 다음 이제는 그것도 싫다고, 신발도 그래서 더 안 사주는 것 같아."

"사달라고 했어?"

"사고 싶으면 내가 벌어서 사래. 고무신 한 켤레를 사자면 어른 지게로 장작 한 짐을 팔아야 하는데."

마을을 나와 냇둑 옆길을 걸어가는데 멀리 대관령에서 바다를 향해 휘몰아치듯 불어오는 바람이 당장 귀 한쪽을 떼어가는 듯했다. 칼바람이 불어도 머리와 귀는 보자기로 감싸 동여매면 그래도 견딜 만했다. 귀보다 더 시리고 아픈 게 발이었다. 이 추위 속에 용자는 지난해 변소 청소를 할 때 바게쓰로 물을 길어오는 일조차 할 수 없었던 신발을 그대로 신고 있었다. 이미 밑창이 드러나 발등 부분만 남은 것에 나무로 밑판을 대서 노끈으로 얽어매었다. 발에 꿰고 있어도 이미 신발이라고 할 수 없는 지경이었다. 아침이라 눈이 녹은 진흙 길이 얼어 있기는 하지만, 학교까지 가면 녹은 흙물이 저절로 신발 밑창으로 올라왔다. 버선 안에 발싸개를 하고 있어도 그것도 이미 흙물에 젖어 한겨울에 젖은 발로 학교로 가고 있는 것이었다.

"지금 걸을 때는 잘 몰라. 학교에 가면 얼었던 발이 녹아서 막 가려워."

"집에서는?"

"그냥 짚신을 신어. 그건 누가 보지도 않고 동네에서는 봐도 괜찮으니까."

어른들 생각엔 저렇게 밑창 없이 닳은 신발보다는 차라리 걸음이라도 편한 짚신이 낫겠다 싶겠지만, 실제로 그렇다 해도 우리에겐 짚신보다 저게 나았다. 학교로 짚신을 신고 가기엔 우리 둘 다 이제 행색의 부끄러움을 아는 나이가 되었다. 용자는 열네 살이었고, 나는 열세 살이었다. 내 신발도 많이 닳아 새 학기가 되면 새 신발을 사 달라고 해야 할 것 같았다.

겨울 방학이 끝난 다음 3학기가 되자 용자는 가끔 학교에 나오지 않는 날이 있었다. 처음엔 드문드문 그러다가 이내 절반은 나오고 절반은 나오지 않았다. 센세이가 물으면 집에서 아버지가 가지 못하게 붙잡는다고 했다.

"오늘 오는 것도 아버지 몰래 나왔어요."

결석에 대해 호랑이 같은 오오모리 센세이도 그 말에는 당황한 듯 야단치지 못했다. 그럴수록 더 오라고 하지도 못했다. 함께 집으로 돌아오는 길에 용자의 신발과 발을 보면 나도 내일은 쉬지 말고 학교에 가자고 말하기가 어려웠다. 어떤 날은 학교에 가다가, 또 집으로 돌아오다가 신발 윗부분과 바닥을 묶은 노끈이 끊어져 중간에 고개를 숙이고 엎드려 언 손으로 그걸 다시 둘둘 감아 묶을 때도 있었다.

"지금 내가 절반이라도 학교에 가는 건 공부를 하러 가는 게 아니야."

"그럼?"

"우리 아버지 보라고 일부러 더 가는 거야. 아버지가 가지 말라고 해도 나는 학교에 갈 거라는 거 보여주려고."

3월에 6학년의 졸업식이 있었다. 행사는 6학년 교실과 5학년 교실 사이를 막았던 널판을 터서 두 교실을 사용했다. 나는 재학생을 대표해 이제 학교를 떠나는 6학년 선배들과의 이별을 아쉬워하며 앞날의 성공과 축복을 비는 송사를 읽었다. 답사는 6학년 반장이 했다. 해마다 송사는 5학년 여자 부반장, 답사는 6학년 남자 반장으로 정해져 있었다. 송사 원고도 더듬더듬 내가 쓰고 난요 센세이가 다시 찬찬히 글을 봐주었다.

졸업식 분위기가 최고로 무르익었을 때 '헤어지기도 전 벌써 이렇게 눈물이 나고 그리워지는데 내일부터 언니 오빠들이 없는 교실 옆을 어떻게 지나가나요? 언니 오빠들이 오지 않아도 우리는 그동안 운동장에서, 골마루에서 마주쳤던 다정한 얼굴이 떠오를 거예요. 우리가 부르면, 그래서 마음으로 그 소리를 들으면 멀리에서도 나 여기에 있다고 대답하고 손을 흔들어 주세요.' 하는 부분은 난요 센세이가 새로 써준 것이었다. 내가 그 부분을 읽는 동안 졸업생들은 아예 엉엉 울고, 식장 앞과 뒤에 선 센세이들과 손님들 눈에도 눈물이 맺혔다.

"견우직녀 이별사가 따로 없네."

"어쩌면 목소리도 저리 낭랑하게 사람을 울리는지."

졸업식에 초대된 손님들이 말했다. 손님들의 칭찬에 교장 센세이도 흡족한 얼굴을 했다. 그러나 졸업식을 준비하기 전 재학생 송사를 누구에게 맡겨야 하는지에 대해 교무실에서 센세이들 사이에서도 의논이 있었다고 했다. 다른 해 같으면 당연히 5학년 여자 부반장이 할 일이지만, 올해는 우리가 국어 상용을 어기고 저지른 일 때문에 선뜻 그러기도 쉽지 않았다고 했다. 변소 청소 벌이 끝났다 하더라도 당장 2학기 수신 과목의 점수는 갑에서 병으로, 조행 점수는 병 다음 정으로 떨어졌다. 오모모리 센세이는 그런 일에는 가차 없었다.

그래도 예전대로 부반장인 나에게 송사를 맡긴 건 오오모리 센세이가 앞으로는 그런 일이 없도록 잘 지도하겠다고 약속하고, 난요 센세이도 옆에서 함께 지도하겠다고 거들어서라고 했다. 난요 센세이 지도 아래 송사 낭독 연습도 하루 따로 남아서 했다. 송사 연습을 하는 동안 다른 센세이들이 기웃거리기도 했지만, 난요 센세이는 한 번도 그 일에 대해서는 말하지 않고, "후득아, 너는 꼭 공부를 해서 학자가 되렴." 하는 말만 했다.

6학년이 졸업해 나간 다음 주의 일이었다. 인도지나를 지나 마레(말레이)반도에 상륙한 황군이 그야말로 파죽지세로 남진해 지난달 쇼난도[30]를 함락한 것을 기념하여 강릉국민

---

30 1942년 싱가포르를 점령한 일본은 이곳을 '쇼와시대에 점령한 남쪽 섬'이라는 의미로 쇼난도(昭南島소남도)라고 불렀다.

학교와 읍내에서 가장 가까운 성덕국민학교가 다이쇼마치[31]까지 가두 행진을 한다고 했다. 상급 학교인 농업학교와 상업학교, 지난해 문을 열어 아직 한 학년뿐인 강릉고등여학교는 이미 지난달에 가두 행진을 마쳤다. 상급 학교가 없는 다른 군에서 국민학생들이 가두 행진을 해 강릉군도 거기에 맞춰 한 번 더하는 것이라고 했다.

"모두 운동장에 나가 모여라. 오늘 쇼난도 함락을 축하하는 가두 행진을 한다."

두 번째 시간이 끝난 다음 오오모리 센세이가 말했다.

멀리까지 걸어야 해서 1, 2학년은 교실에 남고, 3, 4, 5학년은 운동장으로 나갔다. 센세이가 히노마루(일본 국기의 붉은 원)가 그려진 머리띠를 하나씩 나누어주었다. 농업학교에서 먼저 사용한 것을 빌려온 것이라고 했다. 이날은 용자도 학교에 나왔다. 늘 성덕 면소 거리만 왔다 갔다 하던 우리가 읍내 다이쇼마치에 나가볼 기회가 많지 않았다. 행진도 행진이지만, 우리에겐 강릉 읍내에서 제일 번화한 상점 거리와 시장을 둘러볼 모처럼 만의 기회였다.

인솔은 오오모리, 안도, 난요 센세이가 하고 뒤에 교장 센세이가 따라왔다. 다이쇼마치라면 전에 덕선이 언니가 분통

---

31 대정정(大正町). 강릉에 일본인들이 모여 살던 곳으로 1931년 강릉면이 읍으로 승격될 때 이를 기념하여 붙인 거리 이름. 현재 강릉중앙시장 거리.

을 사고 양산을 사러 다니던 곳이었다. 나는 그곳이 덕선이 언니가 어른들 몰래 출입하는 곳이어서 성덕에서 아주 먼 데 있는 줄 알았는데 남대천 광정다리를 건너면 바로 다이쇼마치 입구였다. 읍내 작은아버지 집에 놀러 갔다가 작은어머니와 함께 치맛감을 끊으러 가본 적이 있었다.

강릉국민학교는 뽀뿌라마치[32] 아래쪽에서 걸어 내려오고 성덕국민학교는 광정다리를 건너 남대천 옆길을 따라 올라가 다이쇼마치 광장에서 만났다. 이미 누군가 그곳에 연단을 설치해 놓고 마이크와 확성기도 준비해 놓았다. 그것도 구경거리라고 많은 사람이 광장 주변을 빼곡하게 메웠다.

여러 사람이 차례로 연단에 올라 황군의 용맹스럽고도 자랑스러운 승리와 덴노헤이카의 만수무강을 빌었다. 모두 조선말에 인이 박인 어른들이라 일본말로 하는 연설 중간중간 버릇처럼 조선말이 섞여 나오기도 했다. 그중엔 우리와 앞고개 비각에서 맞닥뜨렸던 강릉군 근로보국대장도 있었다. 그가 연단을 내려온 다음 난요 센세이가 나를 불러 가위로 오려 반으로 접은 신문을 주었다.

"후득아. 다음 다음번 순서에 너를 부를 거야. 부르거든 얼른 연단에 올라가 이걸 읽어."

---

32 병자년(1936년) 홍수 때 강릉 남대천 물길이 바뀐 다음 새로 길을 내고 포플러를 심은 거리.

아마 그 순서는 처음부터 정해졌던 것이 아니라 그 자리에서 끼워 넣은 것인 듯했다. 미리 계획된 것이었으면 졸업식 송사처럼 학교에서 몇 번 연습했을 것이다. 신문을 받아든 나는 제풀에 놀라지 않을 수 없었다.

"이건 전부 조선말인데요."

나는 난요 센세이보다 오오모리 센세이 쪽을 보고 말했다.

"이건 사람들 보라고 총독부 신문에 실린 거니까 그대로 읽어도 돼. 여기 모인 사람 모두 조선 사람이니 그래야 잘 알아듣지."

난요 센세이가 말했다. 그 옆에 오오모리 센세이는 뭔가 썩 내켜 하는 얼굴이 아니었지만, 따로 말을 하지 않았다.

"교장 센세이도 그렇게 하라고 하셨어."

다시 난요 센세이가 말했다. 아마도 이 허락은 난요 센세이가 오오모리 센세이와 의논하지 않고 교장 센세이에게 직접 받은 것인 듯했다. 오오모리 센세이의 얼굴이 그랬다. 그래도 내겐 이상한 일이었다. 우리에겐 조선말로 입도 벙긋 못하게 하면서 그걸 연단에 올라가 많은 사람들 앞에서 마이크에 대고 읽으라고 했다.

"다음은 오늘 가두 행진에 나온 성덕국민학교 5학년 가네야마 고우도쿠 생도가 나와서 우리 자랑스러운 황군의 쇼난도 함락에 대한 축시를 읽겠습니다."

난요 센세이가 가볍게 내 등을 밀었다. 그다음은 내가 무슨 정신으로 연단에 올라 그것을 읽었는지 모른다. 처음으로 내 입에 사람 목소리를 천둥처럼 키우는 마이크라는 물건을 대 본 순간이었다.

씽가폴 함락 [33]

아세아의 세기적인 여명은 왔다

영미의 독아에서

일본군은 마침내 신가파를 뺏아 내고야 말았다

동양 침략의 근거지

온갖 죄악이 음모되던 불야의 성

씽가폴이 불의 세례를 받는

이 장엄한 최후의 저녁

씽가폴 구석구석의 작고 큰 사원들아

너의 피를 빨아먹고 넘어지는

영미를 조상하는 만종을 울려라

얼마나 기다렸던 아침이냐

---

33 노천명이 쓴 이 시는 1942년 2월 19일 조선총독부 기관지 《매일신보》에 실렸다.

동아민족은 다 같이 고대했던 날이냐

오랜 압제 우리들의 쓰라린 추억이 다시 새롭다

일본의 태양이 한번 밝게 비치니

죄악의 몸뚱이를 어둠의 그늘 속으로

끌고 들어가며 신음하는 저 영미를 웃어줘라

점잖은 신사풍을 하고

가장 교활한 족속이여 네 이름은 영미다

너는 신사도 아무것도 아니었다

조상을 해적으로 모신 너는 같은 해적이었다

쌓이고 쌓인 양키들의 굴욕과 압박 아래

그 큰 눈에는 의혹이 가득히 깃들여졌고

눈물이 핑 돌 땐 차라리 병적으로

선웃음을 쳐버리는 남양의 슬픈 형제들이여

대동아 공영권이 건설되는 이날

남양의 구석구석에서 앵그로싹손을 내모는 이 아침

우리들이 내놓는 정다운 손길을 잡아라

젖과 꿀이 흐르는 이 땅에

일장기가 나부끼고 있는 한

너희는 평화스러우리 영원히 자유스러우리

얼굴이 검은 친구여!

머리에 터번을 두른 형제여!

잔을 들자

우리 방언을 서로 모르는 채

통하는 마음 굳게 뭉쳐지는 마음과 마음

종려나무 그늘 아래 횃불을 질러라

낙타 등에 바리바리 술을 실어 오라

우리 이날을 유쾌히 기념하자

그것을 어떻게 읽고 연단 아래로 내려왔는지도 모른다. 처음 읽는 것인데도, 더구나 조선말로 무얼 소리 내 읽는 것은 몇 년 만의 일인데 저 긴 글을 한 줄도 중간에 더듬거리거나 막혀서 다시 읽은 부분이 없었다. 한 줄 한 줄 이어지는 순간의 긴장 속에 나도 모르게 해낸 일이었다. 그것을 다 읽고 났을 때 눈앞에는 아무것도 보이지 않고, 내 머리 위로 새 떼처럼 날아오듯 들려오는 와, 하는 함성과 박수 소리만 들렸다. 모두 어른들의 순서였고, 그날 그것만 아이의 순서여서 더 그랬는지 모른다. 내가 들은 박수 소리의 절반은 제일 앞쪽에 자리한 성덕 학교 아이들이 바로 옆에 자리한 강릉 학교 아이들 보란 듯이 더 세게 손바닥이 부서질 듯 친 것이었다.

가두 행진할 때도 그랬지만, 다이쇼마치 광장에 도착해서도 강릉국민학교와 성덕국민학교 사이에 은근한 경쟁이 있었다. 행사 자리를 정렬하는 사람이 마이크로 성덕 학교, 강릉 학교, 하고 부르면 서로 더 큰 소리를 내기 위해 악을 쓰고 대답했다. 저쪽은 일본인 학생까지 있는 읍내 학교였고, 우리는 남대천 건너 면소에 있는 학교였다. 학생 수도 많아 저쪽은 육상부에 송구부까지 있었다. 우리는 송구공이 어떻게 생겼는지도 몰랐다. 그런 차이 속에 학생들뿐 아니라 인솔 나온 센세이와 교장 센세이 사이에도 자신의 명예처럼 양보할 수 없는 무엇이 있었던 듯했다. 난요 센세이가 미리 준비해온 시를 교장 센세이에게 보여주고 학생 낭독을 건의한 것 같았다.

교무실에 신문철이 있었지만, 난요 센세이는 어떻게 그런 분위기를 짐작하고 한 달 전에 나온 신문을 오려 준비할 수 있었는지 다른 사람은 몰라도 나는 충분히 짐작할 수 있었다. 고맙다고 인사를 하면 오히려 고마운 마음이 줄어들까 봐 인사도 하지 못했다. 마음이 오고 간다는 게 어떤 것인지 처음 알았다. 그런 내 마음을 난요 센세이도 잘 알고 있었다. 그걸로 나는 지난가을 우리가 나눈 옛날얘기에 대해 면죄부를 받고, 2학기 때 갑에서 병과 정으로 떨어진 수신과 조행 점수도 학년말에 다시 갑으로 올릴 수 있었다. 그게 모두 졸업식 송사로부터 이어진 일이었다.

먼젓번 졸업식 송사는 학교와 성덕 면소 거리에서만 소문이 났다. 가두 행진에서 성덕 학교의 여자아이가 어른보다 더 카랑카랑한 목소리로 어느 한 줄 더듬거리는 데도 없이 듣는 사람 마음까지 끓어오르게 쇼난도 함락 축시를 읽더라고, 그날 행사를 지켜본 사람들과 읍내 상급 학교들에도 소문이 난 듯했다. 사람 모이는 게 행사고 구경이었다.

"후더가. 그날 니가 축시를 읽었나?"

다음 주 월요일 학교 가는 길에 섬돌 다리에서 일부러 기다렸다가 근숙이 언니가 물었다.

"응."

"내 그럴 줄 알았다. 친구들이 얘기해서 성덕 학교에서 그랬다면 우리 오빠 선생님 조카일 거라고 얘기했다."

근숙이 언니는 삼촌을 여전히 '우리 오빠 선생님'이라고 불렀다.

납돌로 온 작은아버지도 근숙이 언니와 똑같이 물었다.

"가두 행진 때 네가 씽가폴 시를 읽었더냐?"

칭찬도 그렇다고 나무라는 말도 아닌 목소리였다.

"예."

"저는 안 가봤지만, 가본 사람들이 다 후득이 얘기를 했대요. 어른들이 하는 얘기는 만날 그 얘기라 들어볼 것도 없고, 어린애가 연단에 올라와 어쩌면 글을 그렇게 사람 가슴 울리게 잘 읽느냐고요."

작은어머니도 어머니에게 말했다.

"시키니 했겠지만, 앞으로는 그런 거 네가 먼저 나서서는 하지 마라. 남보다 앞서 뛰는 걸음이 발목 잡힌다."

무슨 뜻으로인지 아버지도 한마디 했다.

"그런데 세상일이라는 게 어떻게 보면 참……"

아버지와 작은아버지가 중간 사랑에 앉아 보름차례에 쓰고 남은 과줄과 약과를 놓고 얘기했다.

"전에 형님이 구장을 막 맡으셨을 무렵 면소에 가면 거기 직원들이 「찔레꽃」인가 뭔가 하는 연재소설을 돌려 보느라 일을 제대로 못 본다고 하셨잖아요."

"그게 「찔레꽃」이었던가?"

"예. 제가 농업학교에 있을 때 학교 교원들도 그랬거든요."

"그런데 갑자기 그 얘긴 왜?"

"후더기가 가두 행사에서 신문에 난 시를 읽었다니까 생각이 나서요. 예전에 그게 김말봉이라는 여자 작가가 쓴 소설이었는데 인기가 정말 대단했거든요. 그러다 이태 전에 총독부가 발간하는 《매일신보》말고는 조선어 신문을 다 폐간시킬 때 누가 김말봉에게 그럼 이제 신문에 일본말로 소설을 쓰라고 했대요."

"그랬더니?"

"김말봉이 자기는 일본말을 모른다고 했대요. 일본에서 공부하고 신문기자까지 한 신여성이 일본말을 모른다는 게 말이 되느냐고 계속 쓰라고 하니까 김말봉이 자기는 이제 작가 활동 그만두고 살림만 할 거라고 연락도 안 되는 곳으로 아예 들어가 버렸대요."

"억만금을 줘도 싫은 건 싫은 게지. 글을 쓰는 사람에게."

"그래야 하는데 그런 김말봉은 스스로 대중작가라고 하던 사람이고, 후더기가 읽은 시를 쓴 노천명은 얼마 전까지 단정하게 「사슴」 같은 시를 쓰던 시인인데 언제부턴가 저런 시를 쓰니 사람 일은 참 알 수 없다 싶기도 하고요."

"세상이 자꾸 그렇게 만드는데 뭐."

"아무리 그렇게 만들어도 하지 말아야 할 일이 있는 거지요."

"동생은 아직도 글을 붙잡고 있지?"

"붙잡고는 있지만, 조선어로는 써도 발표할 수 없으니 이젠 쓰는 대로 그냥 서랍에 넣어두는 거죠. 기약이 있거나 없거나."

"그 일도 기약이 없겠지만, 명기 일도 그렇지. 나는 저 녀석이 올해 사범학교 강습과 시험에 꼭 붙었으면 했는데."

"선생이 아니더라도 할 일은 많죠."

"할 일이야 있겠지만, 내가 들은 얘기가 있어서 그래. 명기가 올해 스무 살이잖은가. 지금 세상 돌아가는 모습 같아서는 조선 사람도 문자 해독만 하면 죄다 잡아서 전쟁터로 내몬다는데 말이지."

"사범학교도 사범학교대로 막상 들어가면 조이는 게 많지요."

"그래도 거기는 교원 수가 부족해 강제로 붙잡아 끌고 가지는 않지. 교원도 전쟁터로 내몰지 않고."

아버지는 어두운 등잔 불빛 아래 삼촌의 나이를 걱정하고 있었다. 새로 전쟁이 막 시작되고 불과 두 달 만에 쇼난도를 함락하고 난 다음엔 조선인들도 전쟁에 알아서 지원해야 하고 지원하지 않으면 강제로라도 끌고 가겠다는 분위기로 바뀌어 가고 있었다. 어린 우리가 보아도 그랬다. 그런 일에 아무것도 모를 우리들의 가두 행진도 그런 분위기 중의 하나였다.

천황폐하가 하사한 고무신

며칠 후 5학년 종업식 날 용자가 학교에 왔다.

전날엔 결석했다. 센세이가 종례 때 내 이름을 부르며 말했다.

"내일은 너희들이 5학년 과정을 마치는 날이다. 미나미 요코가 가정 형편상 학교를 다니지 못하더라도 6년 중 5학년 과정을 수료했다는 증서가 통신부인데 내일 꼭 와서 받아 가라고 해라. 친구들과도 인사하고."

용자 집으로 가서 그 말을 전하는데 마음이 아팠다.

조회를 하듯 운동장에서 종업식을 하며 1학년부터 5학년까지 학년마다 세 사람씩 우등생의 이름을 부를 때, 나는 마음속으로 다시 한번 난요 센세이에게 고마움을 느꼈다. 3학기 때에도 수신과 조행 점수가 2학기 때와 비슷하거나 조금 더 올라가 을과 병 정도에 머물렀다면 우등상을 받을 수 없었을 것이다. 다른 과목 성적이 아무리 높아도 우등생이 되는 데는 수신과목과 조행 점수가 함께 좋아야 했다.

우리는 운동장에서 바로 교실로 들어오고, 센세이는 교무실에 들러 우리에게 나눠줄 통신부와 함께 작은 말벌집 같이 생긴 갈색 주머니를 들고 왔다. 센세이는 우리가 5학년이 되어 처음 만났을 때처럼 75명이나 되는 학생을 한 사람 한 사람 교탁 앞으로 불러 통신부를 주었다. 남자들에게 먼저 나눠준 다음 여자 이름을 출석부에 적혀 있는 순서대로 불렀다. 내가 먼저 받고, 곧 용자 차례가 되었다.

"미나미 요코."

"하이."

용자가 앞으로 나갔다.

"그동안 어려운 가운데서도 공부하느라 애썼다."

"감사합니다."

"지난가을에 센세이도 실망하고 요코도 실망스러운 일이 있었지만 그것은 다 지나간 일이고, 센세이는 요코가 앞으로 어디에서 무얼 하든, 어떤 일을 하든 잘 해낼 걸로 생각한다. 늘 건강해라. 센세이도 진심으로 기원하고 응원하겠다."

"감사합니다. 센세이도 건강하십시오."

나 같으면 눈물이 흐를 텐데 용자는 의연하게 눈물을 참아내고 센세이에게 마지막 인사를 했다. 나는 자리로 돌아오는 용자를 바라보다가 이 난감한 상황에 서로 얼굴이 마주치면 오히려 어색할 것 같아 먼저 받은 통신부에 고개를 떨구었다.

통신부엔 5학년 1, 2, 3학기 동안 나의 성적과 월별로 수업일수와 출결석 상황, 신장과 체중 앉은키 등 신체 상황이 적혀 있었다. 그중에 제일 먼저 눈에 들어오는 것은 2학기 때의 수신과 조행 점수 병과 정이었다.

그 옆의 '수업증'에는 세로로 길게 '우(右)자는 국민학교 제5학년 과정을 수료하였음을 증명함. 쇼와 17년 3월 25일'이라고 쓰여 있었다. 다른 곳에는 교장 센세이와 담임 센세이의 동그랗고 작은 도장이 군데군데 찍혀 있는데, 그 칸에는 사각 모나카 만한 학교 도장이 찍혀 있었다. 전날 오오모리 센세이가 용자에게 통신부를 꼭 받아 가라고 한 것도 바로 이것 때문인 것 같았다. 오오모리 센세이는 통신부를 다 나누어준 다음 아직 펼치지 않은 주머니를 교탁 한쪽 옆으로 밀어놓고 우리에게 마지막 당부의 말을 했다.

"우리는 5학년 때 육지의 생물과 바다의 생물에 대해 공부하고, 또 동물과 식물에 대해 공부했다. 기억나느냐?"

"하이."

"그때 책에 나오지 않아 너희도 배우지 않고 센세이도 가르쳐주지 않은 것이 하나 있다."

우리는 무얼 배우지 않았는지, 센세이는 또 무얼 가르쳐주지 않았는지 모두 귀를 쫑긋 세웠다.

"식물이든 동물이든 어떤 생물도 자기 삶에 스스로 선택하고 결정할 수 없는 게 하나 있다. 이건 너희들도 마찬가지니 잘 생각하며 들어라. 그건 바로 자기가 태어날 자리에 대해서다. 태어나고 보니 너희처럼 대일본제국 조선의 어느 집안 자식일 수 있고, 센세이처럼 내지 시즈오카 바닷가의 가난한 집안의 셋째 아들이어서 태어나자마자 이름까지도 사부로[34]라고 미리 정해질 수 있다. 이걸 자기가 고르고 결정하여 태어나는 사람은 아무도 없다.

사람뿐 아니라 식물도 그렇다. 바람에 날려와 뿌리를 내리고 보니 자라기 좋은 땅일 수도 있고, 운 나쁘게 바위가 갈라진 틈새일 수도 있다. 센세이는 얼마 전에 산에 갔다가 그런 바위틈에서 아주 똑바르고 늠름하게 자라난 아름드리 소나무를 보았다. 그 나무는 자기가 원해서 바위틈에 뿌리를 내렸을까?"

그 물음에는 아무도 대답하지 않았다.

---

[34] 사부로(三郎), 셋째아들.

"뿌리를 내리고 보니 보통 땅이 아닌 바위틈이고, 이백 년도 넘는 시간 동안 아주 조금씩 자기 몸을 키우는 것으로 바위틈을 벌리며 아름드리 소나무로 자란 것이다. 우리는 자기가 태어나는 곳을 선택할 수는 없지만, 그 나무처럼 스스로 인고 단련하여 자기의 삶을 개척해 나갈 수는 있다. 공부를 계속하는 사람에겐 공부가 바로 그런 방법이고, 부득이 공부를 더 할 수 없는 사람은 또 그 사람대로 자신에게 맞는 방법이 있을 것이다. 그 방법까지 오늘 센세이가 다 말해줄 수는 없지만, 우리 성덕국민학교 5학년 학생들은 공부를 하는 사람은 더 열심히 공부하고, 새로운 길을 찾아가는 사람은 또 새로운 길로 모두 인고 단련하여 그런 나무와 같은 사람이 되길 바란다."

이야기가 무거워 아무도 박수를 치지 않았지만, 절반은 우리에게 절반은 이제 학교를 나오지 않는 용자에게 한 얘기였다. 또 6학년을 졸업한 다음 상급 학교에 가지 못하는 사람에게 미리 해주는 격려이기도 했다. 센세이는 얼마 전에 산에 갔다가 그런 소나무를 보았다고 했지만, 지난해 졸업한 근숙이 언니도 저 얘기를 듣고, 최우석도 들었을 것이다. 둘 다 상급 학교에 진학했어도 근숙이 언니보다는 최우석이 더 깊게 뜻을 새기며 듣고, 오늘 용자도 그럴 것이다. 어쩌면 센세이는 우리가 6학년 졸업할 즈음에 할 얘기를 용자 때문에 1년 앞당겨 한 것이지도 모른다.

 센세이는 조심스럽게 말벌 집을 닮은 주머니를 끌렀다. 우리의 시선이 모두 그것에 모아졌다. 놀랍게도 그 안에서 나온 것은 검정 고무신 한 켤레와 마치 눈을 우리 주먹만 하게 뭉친 것 같은 하얀 공이었다. 센세이는 공을 꺼내 가슴 앞에 들었다가 아래로 힘을 주어 튀기는 것이 아니라 그 자리에 가만히 놓듯 손의 힘을 뺐다. 그런데도 바닥에 떨어진 공이 다시 원래 높이만큼 올라왔다. 어쩌다 남학생 중에 누가 학교로 가지고 오는 고무공은 무릎까지도 올라오지 않았다. 센세이는 같은 동작을 두 번 반복해 보였다.

 "이건 그냥 공이 아니라 정구공이다. 이 공의 원료는 무엇인가?"

 "고무입니다."

 제일 앞에 앉은 4학년 때의 반장 주진하가 대답했다.

 "고무는 어디에서 나지?"

 "남쪽 열대지방에서 납니다."

 "그래. 그렇게 배웠지. 우리 대일본제국의 용감한 황군이 대동아의 평화와 질서를 위해 그동안 인도지나반도를 지배하고 있던 영국군을 쳐부수고 쇼난도까지 단숨에 점령해 들어갔다. 바로 그곳의 고무로 이 공을 만들었다. 덴노헤이카께서 황군의 쇼난도 점령을 치하하고 기념하여 그곳에서 보내온 고무로 만든 이 공을 조선의 학교로 보내주셨다. 교실마다 한 개씩이다. 지금은 5학년 공동의 공이고, 너희가 6학년이 되면 6학년 공동의 공이 된다. 오늘 종업식이니까 새 학기가 될 때까지 센세이가 잘 보관하고 있겠다. 센세이가 다른 학교로 가거나 바뀌면 새로 6학년을 맡는 센세이에게 전달하겠다."

센세이는 눈같이 흰 정구공을 교탁에 올려놓고 엄지와 집게손가락으로 그 옆의 고무신을 들어 보였다. 모양이 남자 고무신도 아니고, 코고무신도 아니었다. 생긴 것은 남자 고무신과 비슷하지만, 엄지발가락 쪽은 길고 새끼발가락 쪽은 비스듬히 짧게 만들었다.

"이 고무신도 쇼난도를 점령한 황군이 보내온 고무로 만든 것이다. 남쪽 쇼난도의 고무와 우리 대일본제국이 아세아의 평화와 공영을 위해 먼저 안정시킨 북쪽 만주 지역의 말가죽을 잘게 부수어 섞어 그냥 고무로 만든 신발보다 더 편하고 부드럽게 만든 것이다. 덴노헤이카께서 우리 황군의 쇼난도 점령을 축하하시며 조선의 각 학교로 앞으로도 황국신민으로 공부를 더 열심히 하라고 보내주신 하사품이다. 그러나 아무리 귀한 것이어도 이것은 누군가 신어야 하는 신발이어서 이 공처럼 공동의 것으로 할 수 없다. 우리 5학년은 오늘 아침 교무회의 때 교장 센세이께서 이 신발을 상으로 받을 학생을 정해 주셨다."

 그러자 교실의 모든 시선이 고무신으로부터 일제히 나를 향해 건너왔다.

 황군의 쇼난도 점령, 쇼난도 고무, 쇼난도 함락과 가두 행진, 쇼난도 함락 축시……

 겸손으로 하는 말이 아니라 센세이가 교장 센세이에 대해 말하기 전까지는 나도 내가 그 신발의 주인이 될 거라고 생각하지 못했다. 그럴 욕심도 내지 못했다. 그냥 바라보며 마음속으로 원할 수는 있어도 자기 것으로 욕심을 내기에 그 물건은 누구에게라도 서양 동화 속 신데레라(シンデレラ)의 유리구두와 같은 것이었다.

 "가네야마 고우도쿠. 앞으로 나와서 신어봐라."

 일흔네 개의 시선을 그대로 받으며 나는 앞으로 나가 센세이가 교단에 내려놓은 신발 속에 평생 처음 신발을 신어보는 사람처럼 조심스럽게 내 발을 넣어보았다. 버선을 신은 발에 조금은 헐거운 듯하면서도 정말 신데레라의 유리구두처럼 딱 맞았다. 양쪽 새끼발가락 쪽에 꽃잎에 앉은 나비 그림까지 찍혀 있는 것을 보니 일본식 여자 고무신인 듯했다.

 "역시나 임자가 맞는가 보군."

 센세이도 신데레라 얘기 속에 신발 임자를 찾으러 다니는 사람처럼 말했다.

"그러면 오늘 이걸 신고 집으로 가거라. 이따가 신발장의 신발은 여기 주머니에 담아가고."

"아닙니다. 오늘은 이대로 가져가서 어른들께 보여드리고 6학년 새 학기에 신고 오겠습니다."

내가 생각해도 6학년 졸업식 후 내가 더 자란 것 같았다. 센세이는 내가 벗은 신발을 다시 주머니에 넣어주었다. 그걸 들고 자리로 돌아오는 동안에도 계속해 일흔네 개의 시선이 나보다 신발주머니를 따라왔다.

"반장. 인사해라."

이기정이 자리에서 일어나 구령을 불렀다.

"일동 기립!"

우리는 의자를 미는 소리가 나지 않게 조심스럽게 자리에서 일어섰다.

"차려, 경례!"

"선생님 안녕히 계세요."

센세이도 우리에게 인사하고 교실을 나갔다. 여자아이들이 내 책상 앞으로 우르르 다가오고, 그 뒤로 다시 남자아이들이 빙 둘러섰다.

"꺼내 봐."

춘자가 말했다.

나는 주머니에서 신발을 꺼내 아이들이 만져볼 수 있도록 책상 끝에 놓았다.

"신어 봐도 되지?"

다시 춘자가 물었다.

"응."

"나한테는 아주 딱 맞는데 좀 작다."

두 번째로 신은 여원은 자기도 발에 맞기는 한데 좀 크다고 했고, 다른 아이들도 부러운 얼굴로 돌아가며 신발을 신어 보며 한마디씩 했다.

"내지는 코고무신을 안 신는 모양이지."

"고무와 말가죽을 섞어 만들었다는데 그냥 봐서는 잘 모르겠다."

"요코야. 너도 한 번 신어 봐."

다들 돌아가며 한 번씩 신어본 다음 춘자가 말했다.

"나는 발이 지저분해. 버선도 안 신고."

"괜찮아." 내가 말하고, "지저분하면 닦으면 되지. 고무신인데." 춘자가 말했다.

"아니야. 지금은 내 발이 좀 그래."

춘자가 다시 권해도 용자는 뒤로 물러나 신발을 신어보지 않았다. 버선을 신지 않아 발이 더러운 아이는 용자뿐이 아니었다. 조금만 더 생각하면 그게 지저분한 발 때문이 아니라는 걸, 오히려 그것이 절실하고 부러워서라는 걸, 그래서 자기 것도 아닌 것에 마음을 다스리듯 발을 넣어보지 않는 것이라는 걸 알았을 텐데 내가 눈치채지 못했다. 우선은 갑작스럽게 받은 큰 상에 놀라고, 아이들이 돌아가며 한 번씩 그것을 신어보고 벗어서 바라보고 하는 북새통에 당장 신을 신발도 없이 그것을 바라보는 용자의 마음을 헤아리지 못했다. 나는 책상 속의 책보를 꺼내 운동장에서 먼저 받은 우등상장과 상품으로 받은 자습장과 연필, 교실에서 받은 통신부와 함께 고무신 주머니를 쌌다.

집으로 돌아오는 길에도 그랬다. 얼른 집으로 돌아가 어른들께 그걸 보여주고 싶은 마음이 앞서 신발을 누구에게 양보한다는 건 생각할 수도 없었다. 학교에서 섬돌 다리까지는 구르뫼와 달부름들에 사는 춘자와 여원과 함께 왔다. 다리 앞에서 용자가 춘자와 여원에게 마지막 인사를 했다.

"이제 우리 못 보나?"

"아니. 내가 놀러 가도 되고, 너희가 놀러 와도 되지."

춘자와 여원은 눈물을 훔치는데 용자는 하얀 얼굴에 물기 글썽한 눈으로 하늘을 한 번 쳐다보는 것으로 눈물도 참고 울음도 참았다. 교실에서 센세이 앞에서도 그랬다.

섬돌 다리에서부터 마을 안까지는 용자와 둘이 걸어왔다. 걸어오며 한마디 말도 하지 않았다. 지난 5년 동안 요즘 용자가 결석했던 날 말고는 하루도 혼자 학교에 간 적이 없고,

하루도 혼자 집으로 돌아온 적이 없었다. 함께 나눈 얘기도 많고 용자가 들려준 얘기도 많았다. 1, 2학년 때는 한 살 많은 용자가 반쯤 언니 같았다. 중이보를 따라가면 나오는 바다 얘기도, 중이보를 거슬러 올라가면 이제는 절터만 남아 있다는 굴산사라는 큰 절 얘기도 용자에게 들었다. 봄이면 바다에 어머니와 함께 가서 파도에 밀려 나오는 미역을 주워 말려 아이를 낳는 집에 팔고, 굴산사 마을로는 나물도 뜯고 들일 품팔이를 가는 어머니를 따라가 보았다고 했다. 6학년 졸업식 전날 송사 연습을 할 때도 용자가 날 기다렸다가 함께 돌아왔다.

 5년의 마지막 날 처음으로 용자와 둘이 섬돌 다리에서 마을 안까지 돌아오는 길이 갑자기 불편하게 느껴졌다. 잠시 전 용자가 섬돌 다리에서 춘자와 여원과 나눈 이별 때문만이 아니었다. 우리는 한동네에 살아 학교에 가든 않든 계속 볼 수 있었다. 용자가 말하지 않으면 나라도 무어라고 말해야 하는데, 그날은 이제 학교를 그만두는 용자에게 무슨 말을 어떻게 해야 할지 막상 하려고 하면 꼭 해야 할 말도 떠오르는 말도 없었다.

 어떤 말을 해도 그걸로 오히려 더 어색해질 것 같은 긴장이 툭, 하고 끊어진 건 마을 안 중이보 앞에서였다. 용자의 한쪽 신발 노끈이 터졌다. 신발을 둘둘 감은 바닥 쪽의 실이 닳거나 풀린 듯했다.

"다 왔는데, 먼저 가."

엉덩이를 내리고 허리를 구부려 두 손을 신발 쪽으로 가져가며 용자가 말했다.

"아니. 같이 갈게."

"거의 다 왔는데 그냥 먼저 가."

그 말에 뭐라고 대답할 수 없었다. 용자는 끊어진 끈을 묶으려고 하다가 그게 잘 안 되자 바닥과 발등을 감은 끈을 한 바퀴 더 풀어 끈을 넉넉하게 해서 그것을 다시 묶으려고 했다. 그것도 여의치 않자 용자는 발에 겨우 꿰고 있던 신발을 벗어 옆 냇물로 휙 던져버렸다.

"흡……"

"괜찮아. 놀랄 거 없어. 이제 집에 다 왔고, 이건 앞으로 신을 수도 없고, 신지도 않을 거니까."

용자는 한쪽 신발도 마저 벗어 냇물에 던졌다. 오히려 그렇게 되어 발도 마음도 홀가분하다는 얼굴로 나보다 앞서 맨발로 걷기 시작했다. 땅은 얼지 않아도 이제 나물 싹이 막 올라오는 이른 봄이었다. 용자의 발가락이 땅을 막 비집고 올라온 작약 싹처럼 발갰다.

"괜찮아?"

"괜찮아. 이제 저건 신을 수도 없고, 집에서는 짚신을 신어. 학교 가지 않으면 그때야 아버지가 새 신을 사줄지 몰라."

 그럼 이거라도 신고 가, 하고 내가 신고 있던 신발을 벗어주고 새 신발을 꺼내 신는 것도 잠시 생각해 봤지만, 그때도 나의 욕심이 그것을 막았다. 덴노헤이카가 상으로 내려준 꽃신을 길가에서 그런 식으로 꺼내 신는 게 아니라 어머니 아버지께 신발주머니에 든 채로 보여드리고 싶었다. 마을 갈림길에 올 때까지 다시 한마디도 하지 않았다. 뒤에도 오래 생각나는 게 그 일이었다.

 내가 정말 용자의 친구고 정신이 바르게 박인 아이였다면, 그날 그러면 안 되었다. 지난가을과 겨울, 변소 청소를 같이할 때부터 용자의 신발을 봐왔었다. 이미 밑창이 빠져 바게쓰를 들고 우물가에도 갈 수 없었는데, 다른 건 몰라도 용자의 신발만큼은 어른들의 힘을 빌리지 않고 내 힘으로 어떻게 해줄 수 있었는데 그러지 못했다. 그걸로 용자가 용기를 내 아버지에게 덴노헤이카가 하사한 신발을 신고 계속 학교에 가겠다고 떼를 쓸 수도 있고, 신고 다닐 신발까지 얻은 마당이어서 용자 아버지도 마지막 한 해 공부를 더 허락할 수 있었다. 학비가 걱정이라면 낮에는 그 신발을 신고 학교에 가고, 파한 다음엔 면소 거리의 어느 집이나 광정다리 건너 읍내 어느 집의 허드렛일이나 애보기를 할 집을 구할 수도 있었다.

  그게 마지막 기회였는데 내가 그러지 못했다. 뜻밖의 상을 받은 다음, 그게 조선의 고무신과는 다르게 꽃과 나비가 그려진 덴노헤이카의 하사품이라고 하니 내 잗다란 욕심이 그걸 넘어서질 못했다. 학교에서는 금방 상을 받은 마음에 그런 생각을 하지 못했다고 해도 함께 다닌 5년의 마지막 날 하굣길 중이보 앞에서 누군가 지금이 바로 그때라고 알려주듯 용자의 신발 끈까지 툭, 하고 터졌는데 그 신호를 듣고도 외면한 것이었다.

홍숙인, 난요 센세이

 6학년 새 학기에 새 신발을 신고 학교에 갔다. 납돌에 다른 학년 아이들이 있어도 용자가 없으니 혼자 학교에 가는 것 같았다. 돌아오는 길도 그랬다. 모두 부러운 눈으로 바라보는 신발이 자랑스럽기는 하지만, 그 안에 내 못난 마음도 함께 들어있어 기분이 마냥 좋지만은 않았다. 마을로 혼자 걸어들어올 때면 용자가 나 때문에 학교를 다니지 못하는 것 같아 우울해지기도 했다.

 지금이라도……

 하는 생각을 잠시 했지만, 그건 이미 늦은 일이었다. 기회는 그날 중이보 앞에서가 마지막이었다. 그보다 조금 늦게 한 번 더 기회가 있었다면 집에 돌아와 아버지 어머니께 상으로 받은 물건을 보여드리고 용자 얘기를 했다면 어땠을까. 아버지는 가두 행진 때「씽가폴 함락」축시를 읽고 받아온 고무신보다 2학기 때 수신과 조행에 병과 정을 받고도 3학기에 다시 성적을 올려 우등상을 받아온 것을 더 다행처럼 여겼다. 고무신은 어머니가 좋아했다. 새로 신발 살 돈이 안 들어서 좋아하고, 그게 일본 공장에서 나온 것으로 조선 고무신과 모양도 다르고 재료도 다르게 만들었다는 걸 신기하게 여겼다.

그래도 그때 얘기했다면 어머니는 아쉬워해도 아버지는 용자가 그걸 신고 학교에 가든 않든 그렇게 하라고 했을 것이다. 아니면 상을 받은 건 내가 신고, 예전에 우리가 학교에 처음 들어갈 때 옷을 지어주었던 것처럼 새 신발 한 켤레를 용자에게 사주었을지도 모른다. 어느 것이든 마지막 기회처럼 신발을 들고 용자에게 갔어야 했는데 그러지 못했다. 아버지가 용자가 학교를 그만둔 걸 안 것은 1학기가 거의 끝나갈 무렵이었다. 면소에 다녀오던 길에 용자가 마름집 감자밭에 어머니와 함께 품을 팔러 온 모습을 보았다고 했다.

"걔는 왜 학교 다니지 않누? 거의 다 마치고 나서."

나는 왠지 그게 절반은 내 탓인 것 같아 신발 얘기는 하지 않고, 용자 아버지가 작년에 중이논 혜택도 사라지고 그런 일까지 있다 보니 학교를 그만두라고 했다는 말만 했다.

"참 너나없이 어렵고 딱한 시절이다. 성출이도 그렇고, 딸도 그렇고."

 상으로 받은 신발을 신고 다녀도 신발 속의 가시 같은 게 걸음을 방해하듯 개운하지 않았다. 그게 어느 날 마음에서 발바닥으로 느껴지기 시작했다. 아버지의 말을 듣고 며칠 지나 학교에서 돌아오는 길이었다. 섬돌 다리에서 마을 안길로 접어들 때 신발 안에 작은 모래가 들어간 듯 발밑이 배겼다. 길가에 선 채 발끝에 신발을 걸고 흔들어 모래를 털고 다시 몇 걸음 옮기는데 여전히 발밑에 모래가 느껴졌다. 이번엔 신발을 벗어 손으로 쓸어보듯 속을 들여다보았다. 모래도 없고 모래처럼 튀어나온 부분도 없었다. 용자가 헌 신발을 벗어 냇물로 던졌던 중이보 앞에서 한 번 더 그랬다.
 눈에는 보이지 않는데 발밑으로 느껴지는 그것은 어쩌면 신발을 벗어 아무리 털어도 털려 나가지 않는 진드기 같은 것이었는지 모른다. 그걸 느끼자 한 가닥 연기처럼 왠지 이 신발을 신고서는 끝내 높이 뛰지도 못하고 멀리 뛰지도 못할 것 같은 불길한 생각이 머릿속을 스쳐 지나갔다. 신발 속에는 보이지 않는 모래알이었지만, 머릿속에는 그런 불길한 예감이 사단이 되었던 것일까. 일 년 후의 일을 미리 말하면 다음 해에 나는 양조장 집 근숙이 언니가 다니는 강릉고등여학교에 입학하지 못했다.

그해 입학시험을 본 학생 중에 국어 국사 지리 수신 산술 이과의 합계 성적이 가장 높은데도 그랬다. 입학 사정에서 내 걸음을 잡은 건 어이없게도 지난해 가을 앞고개 비각에서 친구들과 나눈 옛날얘기였다.

그것이 결국 내 공부의 발목을 잡을 것이라는 걸 그때는 나도 모르고, 내 장래를 걱정해 주던 난요 센세이도, 어쩌면 성덕 학교에서 내선일체와 국어 상용에 가장 열성적이고 엄격했던 오오모리 센세이조차도 짐작하지 못했을 것이다.

입학시험에 앞서 6학년 가을에 이상한 일이 있었다. 대관령의 단풍이 칠성산을 거쳐 납돌 뒷산으로 내려올 때 난요 센세이의 얼굴이 학교에서 보이지 않았다. 왜 그러는지 누가 설명해 주거나 소문이라도 돌아야 하는데 그냥 센세이만 학교에서 사라졌다. 뭔가 우리가 모르는 일이 있는 것 같은데 다른 센세이들도 난요 센세이가 애초 학교에 없었던 것처럼 다들 모른 척했다.

아침에 운동장 조회를 끝낸 다음 교실로 막 들어와 공부 준비를 하는데 오오모리 센세이가 무거운 얼굴로 나를 불렀다.

"가네야마 고우도쿠는 지금 책보를 싸라."

"예?"

"갈 데가 있다."

어디로 간다는 거지?

모두 나와 센세이를 번갈아 바라보았다.

"오늘 읍내에 학력 대회가 있는데 거기에 간다."

뜻밖의 일이긴 하지만, 센세이가 그렇게 말하니 나도 그런 대회가 갑자기 열려 거기에 나가는 줄 알았다. 책보를 들고 센세이를 따라 교무실에 들어서자 다른 센세이들은 모두 수업하러 가고, 군복과 비슷한 황토색 제복 위에 오른쪽 어깨에서 왼쪽 허리로 짙은 갈색 가죽띠를 두른 경찰이 교장 센세이와 탁자 앞에 앉아 있었다.

"이 학생입니다."

오오모리 센세이가 말했다. 학력 대회가 아니었다. 아이가 울면 어른들이 '순사가 온다'고 말했다. 그러면 순사가 무언지 모르는 아이도 울음을 그쳤다. 나는 얼음처럼 몸이 굳은 채 입술조차 움직일 수 없었다.

"네가 가네야마 고우도쿠냐?"

오오모리 센세이보다 조금 젊어 보이는 사람이었다. 이제까지 무서워만 했지 순사를 이렇게 가까이서 본 적도 없고, 말을 걸어온 적도 없었다. 어른도 아닌 나를 학교로 순사가 찾아온 것이었다. 예전 비각에서 옛날얘기를 하다가 발각되었을 때도 이보다 놀라지 않았다. 그때는 눈앞에 갑자기 호랑이가 나타난 듯했지만, 이내 정신을 차릴 수 있었다. 지금은 호랑이보다 무서운 수백 개의 창칼이 세워진 공간으로 내가 아무것도 모른 채 끌려 들어온 것만 같았다.

"너는 지금 나와 함께 경찰서로 가야 한다. 거기에서 물어볼 것이 있다."

아마 내 얼굴은 핏기 하나 없이 하얗게 질렸을 것이다.

"그냥 물어볼 게 있다니까 가서 물어보는 대로 대답만 하면 된다."

내가 겁을 먹은 것을 보고 교장 센세이가 말했다. 나는 나를 찾아온 순사의 모습만 보고도 이미 질릴 대로 질려 몸을 움직일 수 없었다. 많이는 아니지만 이미 속옷에 오줌을 지리고 있었다. 그런 중에도 학교에 온 순사가 내지인이 아니라 조선 사람인 걸 그가 쓰는 말로 알 수 있었다.

"다른 교원도 없는데 여기서 조사를 하면 안 되겠습니까?"
"조사를 하면서 기록을 해야 하오. 조서철도 봐야 하고."

오오모리 센세이가 말하고 순사가 단번에 잘라내듯 대답했다.

"자 그럼 오신 분도 일을 보러 가시고, 센세이도 이제 그만 교실에 가 수업하시오."

교장 센세이는 경찰이 학교로 와서 학생을 데리고 가겠다는데 거기에 대해서는 아무 걱정이 없는 얼굴로 자리를 정리하듯 말했다.

"제가 교문까지 데려다주고 오겠습니다."

내가 얼어붙은 듯 질려 있자 오오모리 센세이가 교장 센세이에게 말했다. 교장 센세이도 거기까지는 어쩌지 못했다. 순사도 교무실에서 나를 바로 데려가고 싶어 했으나 거기까지는 자기가 양보하겠다는 얼굴을 했다. 내가 센세이의 말에 따라 신발장에서 신발을 챙겨 중앙 현관으로 나오자(이때도 어김없이 덴노헤이카에게 무릎 절을 하고) 순사는 혼자 앞서서 자전거를 끌고 교문 쪽으로 걸어갔다. 오오모리 센세이가 나를 기다렸다가 작은 소리로 말했다.

"네가 뭘 잘못해서 데리러 온 게 아니다. 겁먹지 마라. 윽박지르기는 해도 네가 아직 어려서 몸에 손을 대거나 따로 벌을 주지는 않을 것이다."

그 말이 오히려 더 무섭게 느껴졌다.

"난요 센세이 일이다. 난요 센세이에 대해 물으면 무얼 더하지도 빼지도 말고 네가 아는 대로 말하고 오면 된다."

결국 그 얘기였다. 난요 센세이가 왜 학교에 얼굴을 보이지 않는지.

"섣불리 누굴 위해 있는 말을 없는 말처럼 하고, 없는 말을 있는 말처럼 하지 마라. 그것만 지켜 말하면 너에게는 별일 없을 거다. 알았느냐?"

"하이……"

처음으로 입술을 움직여 대답했다. 교문 앞에서 경찰은 내게 자전거 뒤에 타라고 했다. 그것도 처음이라 내겐 서툰 일이었다. 오오모리 센세이가 내 몸을 들어 자전거 위에 올려 주었다.

"학교보다 일찍 끝나면 학교로 오고, 늦게 끝나면 바로 집으로 갔다가 내일 일찍 나오너라. 너는 학력 대회 시험을 보러 간 거니까 아이들에게도 어디에 갔었다고 말하지 말고."

자전거 뒤에 앉은 자세도 위태하고 무서워 잡기 싫은 순사의 허리를 어쩔 수 없이 꽉 잡았다. 경찰서는 남대천 다리를 건너 다이쇼마치 광장에서 북쪽으로 조금 더 올라가서 있었다.

아무도 없는 작은 방에서 책상을 사이에 놓고 앉아 순사가 물은 것은 이런 것들이었다.

"3년 전 난요 센세이가 성덕 학교로 온 다음 한 번도 너의 담임을 한 적이 없는데, 난요 센세이가 너를 특별하게 보살핀 것은 어떤 이유에서냐?"

"예…… 그것은, 3년 전…… 아니, 2년 전에요…… 제가 4학년 때 겨울에……"

"너를 벌주려는 게 아니니 떨지 말고 차분하게 말해 봐라.

그렇지만 거짓말을 하면 금방 들통이 나고 너도 감옥에 갇히고 벌을 받게 되니 거짓말할 생각은 조금도 하지 말고."

"……"

"계속해 봐라."

"그때 학년말 성적이 나왔는데…… 제가 일등을 했습니다. 4학년에서만 일등을 한 게 아니라…… 다른 학년에도 공부를 잘하는 사람이 많은데 점수로 학교 전체에서 일등을 해서 난요 센세이가 연필 두 자루를 주었습니다."

"왜지? 담임도 아닌데?"

"1학년에서 6학년까지 남학생이 여학생보다 세 배 많은데 여자 중엔 저 혼자 일등을 했기 때문입니다."

"그냥 연필만 주지는 않았을 테고 무슨 얘기를 했느냐?"

"너는 이다음에 꼭 공부를 하라고 했습니다."

"어떤 공부를 하라고 했느냐?"

"그냥 너는 지금도 공부를 잘하니 이다음에도 공부를 계속해서 훌륭한 학자가 되라고 했습니다. 아까 보신 우리 선생님도 우리가 지금보다 살아가는 처지를 바꾸고 발전할 수 있는 게 공부라고 했습니다."

"다른 사람 얘기는 할 필요가 없고, 난요 센세이가 함흥 사람인 것은 알고 있었느냐?"

그건 그다지 중요한 질문 같지 않아 처음에는 잘 몰랐다가 나중에 알게 되었다고 쉽게 대답했다.

"그걸 언제 어떻게 알았느냐 말이다."

순사는 다시 중요한 질문처럼 그것을 물었다.

"난요 센세이가 성적을 칭찬해 주셔서 삼촌이 공부를 도와준 얘기를 했습니다. 삼촌이 함흥사범학교에 시험을 보러 가서 떨어진 얘기를 하니 난요 센세이가 자기도 함흥사범학교를 나왔다고 했습니다."

"난요 센세이가 너에게 함흥 얘기를 자주 했느냐?"

"그때 하고는 하지 않았습니다."

"함흥에 있는 사범학교 말고 영생학교 얘기를 하지 않았느냐?"

내가 무슨 말인지 못 알아듣자 순사는 다시 한 자 한 자 힘을 주어 말하듯 영생여자고등보통학교라고 말했다.

"잘 모르겠습니다."

"그 학교도 난요 센세이가 나온 학교인데 그 학교 얘기를 한 적은 없느냐?"

"잘 모르겠습니다."

"난요가 학교 다닐 때 나는 이런 공부를 했다거나, 그 학교에 이런 선생이 있었다거나, 이런 친구가 있었다고 얘기한 적이 없느냐?"

"잘 모르겠습니다."

"그냥 모르겠다고만 하지 말고!"

몇 번 같은 대답을 하자 순사는 신경질적인 얼굴로 책상을 두드렸다.

"아닙니다. 듣지 못했습니다."

나도 다시 말을 고쳐서 대답했다.

"너는 지난해 친구들과 국어 상용을 크게 어긴 적이 있지?"

순사는 그 부분을 자세하게 물었다. 나도 그때 앞고개 비각에서 우리가 나눈 옛날얘기와 그것을 했던 기간, 우리가 발각된 상황, 우리가 받은 벌에 대해 감추지 않고 얘기했다.

"너희들이 벌을 받을 때 난요는 뭐라고 했느냐?"

"변소 청소를 함께 한 친구가 겨울에 거의 맨발로 물을 퍼 나르는 모습을 보고 추운데 고생한다고 했습니다."

"그런 얘기 말고, 너희들이 학교와 어른들 몰래 옛날얘기를 한 것에 대해 어떤 말을 했느냐 말이다."

"우리가 그랬던 걸 강릉 근로보국대장이 학교에 와서 얘기하고, 저도 아까 보신 우리 센세이께 다 말씀드렸습니다. 그래서 센세이한테 벌로 손바닥을 회초리로 쉰 대를 맞아 손에 피가 나고 상처가 생기고 그랬습니다."

"그걸 묻는 게 아니라 그 일에 대해 난요가 너희들에게 팬찮다고, 잘했다고 말하지 않았느냐고 묻는 거다."

그때 오오모리 센세이에게 혼이 난 다음 교무실에서 나오자 난요 센세이가 자기 반 교실로 가는 것처럼 뒤따라와 뒤에서 말없이 내 어깨에 손을 얹어주었다. 나도 돌아보면 울음을 터뜨릴 것 같아 센세이는 뒤에 있는데 앞으로 고개를 숙여 인사를 했다. 어떤 말도 나누지 않았다. 인사를 한 다음 터져 나오는 울음을 참으며 우리 교실로 뛰어가서 센세이는 내가 앞으로 고개를 숙여 인사를 했는지도 잘 모를 것이다. 바로 그때는 아니지만 우리가 변소 청소를 할 때 난요 센세이는 내게 나중에 어른이 되어서도 이 일을 잊지 말고, 너는 꼭 공부해서 자기가 되지 못한 학자가 되라고 했다. 그것 말고 다른 얘기는 하지 않았다.

"아닙니다. 어느 센세이도 잘했다고, 괜찮다고 말하지 않았습니다."

"다른 센세이는 그렇게 말하지 않았더라도 난요는 그렇게 말할 수 있지. 자기가 예전에 배웠던 대로 조선 사람은 조선말을 지켜나가야 한다고 말이지. 학자가 되라는 것도 그런 뜻이 아니냐?"

"아닙니다. 조선말에 대한 얘기는 하지 않았습니다."

"국어를 상용하기 전에도 너희들은 학교 운동장에서 조선어로 옛날얘기를 한 적이 있지?"

"예……"

"그때 오오모리 센세이처럼 못하게 하는 사람도 있는데 난요는 더하라고, 더 해도 된다고 했지?"

"더 하라고는 하지 않고, 옛날얘기도 좋은 내용이어서 책이 없을 때 책을 읽는 것과 같다고 했습니다."

"그게 더 하라고 하는 얘기지!"

"……"

"그건 국어 상용 전이어서 마음 놓고 부추겼던 것이고, 국어 상용 때도 옛날얘기에 대해 말한 적이 있지?"

"국어 상용 다음엔 그런 적이 없습니다."

"정말 없어?"

"예. 없습니다."

"너는 정태진이라는 사람 이름을 들어본 적이 있느냐?"

"예?"

"정, 태, 진, 말이다."

"없습니다. 들어보지 못했습니다."

"난요가 다른 사람들에게 자기가 학교 다닐 때 자기를 가르쳤던 선생 얘기를 많이 했다는데, 그래도 들어본 적이 없느냐?"

"예. 없습니다. 저에게는 그런 얘기를 하지 않았습니다."

"난요가 정태진 때문에 공부를 열심히 했다고 하는데, 그래서 조선말 공부에도 특별한 관심을 가지고 있었다고 하는데, 너에게도 조선 사람이 조선말을 잊으면 안 된다거나 열심히 하라거나 말하지 않았느냐?"

　이런 질문에 대답할 때는 정신을 바짝 차려야 했다. 난요 센세이는 공부를 많이 해 학자가 되면 나라 간의 말과 글을 연구하는 것도 학문이고, 지금은 혼이 났어도 옛날얘기를 연구하는 것도 학문이라고 했다. 열심히 공부해 학자가 되라고 한 것도 그 말 안에 담긴 깊은 뜻을 내가 상에 쏟은 검은깨와 흰깨를 바늘 끝으로 가리듯 알아듣기를 바라고 한 말인지도 모른다. 우리가 변소 청소를 할 때 해준 열쇠 얘기가 바로 그런 말이 아니었을까. 지금 센세이가 어디에 어떤 모습으로 있는지 모르지만 내가 검은깨 흰깨를 내 맘대로 가리듯 함부로 말할 수 없었다.

"그런 말은 하지 않고 너는 공부를 잘하니 이다음에도 꼭 공부를 하라고 했습니다. 그런 사람 얘기는 하지 않았습니다."

"조선말 공부 얘기를 한 적이 없단 말이지?"

"예. 없습니다."

"자기가 조선말 공부를 하던 얘기는?"

"한 적이 없습니다."

"쇼난도 함락 기념 가두 행진 때 축시를 읽은 게 너였지?"

"예. 그렇습니다."

"그걸 읽게 한 사람이 난요가 맞지?"

"예. 그렇습니다."

"그건 어떻게 읽은 건지 얘기해 봐라."

"다이쇼마치 광장에서 난요 센세이가 신문을 주며 제 이름을 부르거든 나가서 읽으라고 했습니다. 그게 전부 조선말이어서 제가 깜짝 놀라 이건 조선말이라고 하니까 그날은 읽어도 된다고, 거기 모인 사람 모두 조선 사람이어서 그래야 더 잘 알아듣는다고 했습니다. 교장 센세이도 그렇게 하라고 하셨다고 했습니다."

"그걸 잘 읽었다고 소문이 났던데 학교에서 조선말 읽기 연습을 했느냐?"

"아닙니다. 그 자리에서 받아 바로 읽었습니다."

"그건 그 자리에서 읽었더라도 행사 전에 학교에서 따로 조선말로 다른 걸 읽기 연습한 적이 없느냐?"

"없습니다. 읽기 연습은 6학년 졸업식 전날 국어로 쓴 졸업 송사를 연습했습니다."

"그걸 연습하며 다른 것도 읽지 않고?"

"아닙니다. 그걸 연습할 때 연습이 끝나면 함께 집에 갈 친구도 옆에 있었습니다."

나는 그걸 말해줄 용자가 옆에 있었다는 걸 말했는데 순사는 그럼 친구가 옆에 있어서 다른 걸 읽지 못했던 거냐고,

자꾸 엉뚱한 말을 물었다.

"아닙니다. 그러지 않았습니다."

"가두 행진을 할 때 난요는 그날 신문을 어떻게 준비한 거지?"

"교무실에 센세이들이 보는 신문철이 있습니다. 거기에서 오린 것 같습니다."

"그러는 걸 보았느냐?"

"보지는 못하고 그렇게 생각했습니다."

"거기에서 오린 것이라 해도 그날 행사가 아니라 너를 위해서 준비했다고 생각하지 않느냐?"

"저는 잘 모르겠습니다."

"네가 조선말 옛날얘기 모임을 만든 걸로 불이익을 받을까봐 말이지."

"저는 모르겠습니다."

"무조건 모른다고만 하는데, 예전에 난요를 가르친 선생이었던 함흥 영생여자보통고등학교의 정태진이라는 사람을 정말 모른단 말이냐?"

"예. 모릅니다."

"얼굴이야 모르겠지만, 이름도 모른단 말이냐?"

"예. 처음 듣습니다."

"난요가 공부할 때 그 학교 선생이었던 정태진이 말과 글은 민족의 얼이니 목숨을 바쳐 지켜야 한다고 했다는데, 난 요가 이런 말 하는 걸 들은 적이 없느냐?"

"없습니다. 저는 듣지 못했습니다."

다행히 순사는 감옥의 열쇠 얘기를 직접 묻지는 않았다. 그걸 묻는다고 해도 들었다고 대답해서는 안 된다는 생각이 가슴 저 밑에서 내가 나에게 말하는 것처럼 들려왔다.

"그 얘기는 좀 있다가 다시 하고, 네 책 보따리를 풀어봐라."

나는 순사가 시키는 대로 책보를 풀었다. 제일 위에 싼 도시락 아래로 다섯 권의 책이 나왔다. 그는 도시락 바로 아래에 있는 6학년 수신책을 자기 앞으로 가져가 제일 앞부분을 펼쳤다. 거기엔 메이지 덴노가 일본 국민에게 내리고 나중에 조선 총독에게 하달하였다는 문구가 적혀 있는 '교육에 관한 칙어'[35]와 지금 덴노헤이카가 '청소년 학도에게 하사하신 칙어'와 지난해 겨울 대동아전쟁[36]이 시작된 다음 올해 교과서에 새로 들어간 '미국 및 영국에 대한 선전의 조서'[37]가 실려 있었다.

"너는 공부를 잘하니 이 선전의 조서 내용을 잘 아느냐?"

---

35 이를 본떠 만든 우리나라 국민교육헌장과 같은 국민교육에 대한 칙어
36 일본의 선제공격으로 벌어진 태평양 전쟁
37 선전포고문

왠지 이것도 대답을 잘해야 할 부분이라는 생각이 들었다. 나는 아버지에게도 조금 배우고 오오모리 센세이에게도 배워 잘 알고 있다고 대답했다.

그러나 동아시아를 안정시켜 세계 평화에 기여하는 것은 '비현하옵신 황조고(메이지 천황)'와 '비승하옵신 황고(다이쇼 천황)'께서 작술하신 원유로 짐도 권권이 잊지 않았던 바이나 불행히도 '미영 양국과 흔단(틈)'이 생겨 전쟁을 피할 수 없게 되었다는 게 대체 무슨 뜻인지 설명을 들어도 잘 알 수 없었다.

"덴노헤이카께서 내리신!"

순사는 그 말을 할 때 의자에서 벌떡 일어나 차렷 자세로 말했다. 나도 깜짝 놀라 자리에서 일어나 차렷 자세를 했다. 학교에서도 모두 그렇게 했다. 센세이가 먼저 '차렷' 하고 구령을 부른 다음 '덴노헤이카'를 말하기도 했다. 그러나 그 말보다 더 나를 놀라게 한 건 바로 다음 말이었다.

"선전의 조서를 보고 난요가 이건 어른들이 봐도 모르는 말인데 이런 걸 아이들이 배우는 책에 왜 써놓았는지 모르겠다고 했다는데 너도 들은 적이 있느냐?"

그건 난요 센세이가 내게 한 말이 아니라 학기 초에 내가 받아온 책을 살펴보면서 아버지가 한 말이었다.

"듣지 못했습니다. 저는 6학년이라 난요 센세이와 교실이

다릅니다. 우리 교실에서는 아까 본 오오모리 센세이가 설명해 주었습니다."

"오오모리 센세이는 내지인이니 당연히 바르게 설명했겠지. 오오모리 말고 난요 말이다."

"들은 적이 없습니다."

"교실이 달라도 말할 수 있고 들을 수 있지. 많은 사람에게 그렇게 말했다는데."

"저는 듣지 못했습니다."

나는 아버지의 말을 떠올리며 거듭 강하게 아니라고 말했다.

"미리 교육을 단단히 시켜놨구만. 너희 숙부도 여기 상업학교의 교원이지."

"예."

"너희 숙부와 난요는 아는 사이냐?"

"잘 모르겠습니다. 그렇지만 작은아버지도 난요 센세이에 대해 말한 적이 없고, 난요 센세이도 작은아버지에 대해 말한 적이 없습니다."

"난요가 요즘 학교에 나오지 않는데 너는 왜 나오지 않는다고 생각하느냐?"

"잘 모르겠습니다."

"이상하다고 생각하지 않느냐?"

"이상하다고 생각했지만 아무도 알려주지 않았습니다."

"센세이들이 얘기하지 않느냐?"

"저희에게는 하지 않습니다."

그런 질문을 어떤 질문은 말을 바꾸어 가며 열 번도 더 물었다. 우리가 한 옛날얘기에 대한 난요 센세이의 반응과 거기에 대해 은연중이거나 속뜻으로 칭찬 같은 걸 하지 않았느냐고, 말은 하지 않았더라도 어깨를 두드려 준다거나 손을 치켜 격려한 적은 없느냐고 같은 말을 이렇게도 묻고 저렇게도 물었다.

'선전의 조서'에 대해서도 그랬다. 나는 그때마다 아니라고 말했다. 그러면 순사는 얼굴을 찌푸리고 신경질적으로 "이거 봐. 미리 교육 단단히 시켜놨구만." 하고 짜증을 냈다. 또 간단한 질문이라도 내가 대답할 때마다 순사는 자기가 미리 준비해 가지고 있는 서류와 내 대답을 비교해서 추가로 무얼 적거나 밑줄을 그어 표시하기도 했다.

그리고 또 한 사람에 대해 집요하게 물었다.

"너도 여기 읍내 다이쇼마치에 지금은 없어졌지만, 전에 있던 삼원당 서점 주인 김흥기를 잘 알지?"

"잘 모릅니다."

"들어본 적이 없느냐?"

"예. 듣지 못했습니다."

"들었을 텐데. 조선어 옛날얘기 비밀회원이 어떻게 삼원당 책방을 모른단 말이냐?"

"저는 잘 모릅니다."

"조사를 해보니 이 사람도 강릉김씨로 너희 아버지와 사종형제(10촌)던데."

"모르겠습니다."

"거기에 아버지나 숙부의 심부름을 다닌 적이 없느냐?"

"없습니다."

"심부름은 올해가 아니라 책방이 있던 2년 전에 말이지. 2년 전이면 너는 몇 살이냐?"

하도 몰아치듯 묻는 바람에 정신이 없어 그것도 금방 계산해서 대답하지 못했다.

"열한 살이고…… 4학년입니다."

"그 나이면 충분히 심부름 다닐 수 있지."

"저는 그때 성덕에서 혼자 다리를 건너 읍내로 올 줄도 몰랐습니다. 지금도 혼자서는 온 적이 없습니다."

"그래? 얼굴을 자꾸 피하지 말고 나를 똑바로 보고 대답해라."

그 말에 자세를 고치고 무서워도 함께 얼굴을 바라보자 그는 내 얼굴 중에서도 눈과 이마를 뚫을 듯이 쏘아보았다.

"자꾸 모른다고 하는데, 네가 어디 보통 아이냐? 학교 선생들도 모르게 조선어 비밀 모임을 만들고, 더구나 너는 거기 우두머리가 맞지?"

"그건…… 비가 오는 날 비를 피하러 들어갔다가…… 장화 홍련 얘기를 국어로 하다가…… 얘기가 잘 안돼서…… 그랬습니다."

"그게 하루 이틀도 아니고. 사종 간이면 제사도 참석하고 떡도 돌리는 사이인데 김홍기라는 사람을 정말 모른단 말이냐?"

"예. 저는 잘 모릅니다."

"그럼 아버지는 따로 말하지 않았더라도 난요가 너에게 전에 읍내에 있던 삼원당 서점과 서점 주인 김홍기에 대해서 말하지 않았느냐? 난요는 삼원당을 잘 알던데."

"저에겐…… 말하지 않았습니다."

"아니, 했을 텐데. 너희가 학교 선생도 모르게 비밀리 조선어 모임까지 만든 아이들이니 김홍기 얘기도 하고, 삼원당 얘기도 하고, 정태진 얘기도 하고."

"하지 않았습니다."

"김홍기가 읍내에 삼원당 서점을 차려 거기에서 너희들처럼 조선어 독서회 활동도 하고, 나라를 해할 다른 일도 꾸미다가 지금은 함흥형무소에 들어가 있는데, 그런 얘기를 난요가 정태진 얘기와 함께 하지 않았느냐는 말이다."

순사는 점점 더 내가 알지 못할 큰일들에 대해서 말했다. 지금까지 묻는 것으로 봐 난요 센세이가 큰일 한가운데 있는 것만은 틀림없었다.

"모릅니다. 하지 않았습니다."

"모르다니? 얘기를 했느냐 안 했느냐 묻는데 모르다니?"

"그게 무슨 얘기인지 모릅니다. 그리고 그런 얘기를 하지 않았습니다."

"가네야마 고우도쿠."

순사가 다시 내 이름을 부르며 책상을 쳤다.

"잘 들어라. 그리고 눈을 내리지 말고 내 얼굴을 똑바로 보아라."

"예."

"너는 잘 모르는 모양인데, 내가 바로 여기 강릉에서 조선어 애국 독서회를 이끌던 김홍기를 붙잡아 취조해 함흥형무소에 처넣은 사람이다.[38] 너도 감옥에 들어가고 싶지 않거든 머리를 굴려 거짓말할 생각을 조금도 하지 말란 말이다."

다시 그가 겁을 주듯 말했다. 그러나 이상하게 순사가 그러면 그럴수록 나는 뭔가에 조금씩 단련되고 깨어나듯 정신이 맑아 오는 느낌이 있었다.

---

38 김홍기는 납돌마을에서 멀지 않은 금굉이(금광리)에서 태어났다. 강릉읍내에 삼원당 서점을 차려 애국독서회를 구성해 징용 및 지원병 반대 활동을 하다가 1940년 12월에 체포되었다. 온갖 고문 속에 재판을 받고 함흥형무소로 이송되었다가 1945년에 풀려났다. 해방 후 자신이 존경하는 김구 선생을 삼분의 일만 닮자는 뜻으로 이름을 김삼으로 바꾸고 정계에 나와 제5대 강릉 명주 국회의원이 되었다.

"예. 절대로 그러지 않습니다."

조사를 받는 동안 나는 나를 조사하는 순사의 이름이 '야스다'라는 것을 알게 되었다. 조사 중에 그를 부르러 온 사환이 그를 '야스다 순사'라고 불렀다. 조사 중간 문을 열고 들어온 그의 윗사람도 그에게 "야스다, 홍원경찰서 형님 전화가 왔어." 하고 걸려온 전화를 알려주었다.

점심시간에 나는 조사를 받는 작은 방에서 집에서 싸 온 도시락을 먹었다. 순사는 나에게 주전자의 물을 한 잔 따라주며 사무실 사환에게 잘 지켜보라고 했다. 조선인 사환이 너도 참 안됐다, 하는 얼굴로 중간에 한 번 더 물을 따라주었다. 순사는 다른 곳에서 점심을 먹고 들어왔다. 겁은 아침보다 덜 났지만 그곳에서 밥을 먹으며 아버지 어머니는 내가 이곳에서 이러고 있는 줄 알까 생각하니 저절로 눈물이 났다. 나는 도시락을 반은 먹고 반은 남겼다. 반을 먹은 것도 혹시라도 순사가 내가 도시락을 먹었는지 안 먹었는지 조사할까 봐서였다. 내게 늘 친절했던 난요 센세이는 이 시간 어디에서 무얼 하는지도 궁금했다. 혹시 나처럼 이렇게 매일 조사를 받으며 이곳 어디에 갇혀 있는 것은 아닐까 하는 생각도 들었다. 또 이러다 나도 함께 감옥에 갇혀 두 사람이 같은 곳에 있게 되는 건 아닐까 무서운 생각도 들었다.

점심을 먹고 난 다음에도 야스다 순사는 끝도 없이 오전에 물었던 질문을 하고 또 했다. 내 대답이 같을 때마다 괜히 인상을 쓰거나 미리 입을 맞춰놨다는 식으로 짜증을 냈다. 횟수를 더할수록 그가 자기가 원하는 쪽 대답을 하라고 윽박지르는 말보다 아니라고 대답할 때마다 눈을 부라리는 게 무서워 내가 먼저 눈치를 볼 때도 있었다. 그러면 그는 내가 거짓말을 하는 게 아니냐고 험상궂은 얼굴로 그 부분을 처음부터 다시 물었다.

조사는 오후 세 점 반에 끝이 났다. 학교 수업이 끝난 다음이었다. 나는 학교로 가지 않고 집으로 바로 갔다. 조사를 받는 동안에는 겁이 나 울지도 못했는데, 집까지 먼 길을 혼자 걸어가는 동안 몇 번이고 눈물이 났다. 그러다 한동안 느끼지 못했던 신발 속의 모래가 섬돌 다리에서 납돌 안길로 들어설 때 다시 느껴졌다. 마음으로는 몇 번이나 신발을 벗어 털고 싶었지만 털지 않았다. 전에도 털면 털수록 그 느낌은 더 진드기처럼 달려들었다. 중이보 냇물에 남은 도시락을 털어 버리고 전에 용자가 신발을 벗어 던진 곳을 어림해 보았다. 아마 그 신발은 위쪽에서 내려온 물살에 모래 속에 묻혔거나 그럴 새도 없이 바다로 떠내려갔을 것이다.

집에 와서 학교와 경찰서에서 있은 일을 얘기했다.

"오늘 일을 누구한테도 얘기하지 마라. 홍기 아저씨 얘기는 더구나 조심하고. 당신도 어디 가서 절대 얘기하면 안 돼요."

아버지는 어머니에게도 단단히 말하고 근심스러운 얼굴로 좀 더 지켜보자고 했다. 나는 뜬금없이 어머니에게 새 신발을 사 달라고 했다.

"아직 신을 만하던데."

"그래도 사줘요. 신발 속이 자꾸 찔러요."

이게 그 신발을 신어서 생긴 일 같다고는 말하지 않았다.

다음 날 아침 일찍 학교에 가 오오모리 센세이에게 얘기했을 때 센세이도 아버지와 똑같은 말을 했다. 교실에 들어가자 춘자가 어제 시험을 잘 보았느냐고 물었다. 무얼 아는 것도 같고, 모르는 것도 같았다. 다른 아이들은 묻지 않았다. 집으로 돌아오는 길에 춘자가 한 번 더 물었다.

"니가 시험 보러 간 다음 센세이가 니가 본 시험이 나라에서 보는 중요한 시험이라면서 돌아온 다음 그게 어떤 시험이냐고 묻지 말라고 했어. 무슨 시험이 묻지도 못할 시험인지."

나는 무조건 대답하지 않을 수도 없어서 아주 많은 과목의 나라 시험을 보고 또 보았다고 했다. 아버지도 센세이도 경찰 조사라는 게 쉽게 끝나는 일이 아니어서 한 번 더 부를지 모른다고 했지만, 내가 어려서인지 아니면 시험을 잘 보아서인지 순사가 다시 학교에 오지 않았다.

난요 센세이가 자취를 감춘 지 보름쯤 지나서야 어떤 남자 센세이가 임시 선생으로 학교에 왔다.

오늘은 우리가 헤어지는 날

 가을에 있은 일을 겨울이 되어서야 나는 왜 그때 그런 일이 학교에서 있었고, 나에게도 일어났는지 알게 되었다. 학교에서 일어난 일이라 학교 쪽으로 소문이 빨라 작은아버지가 납돌로 와서 아버지에게 알려주었다. 난요 센세이와 내가 관계된 일이었다.

 전에 삼촌이 사범학교 시험을 보러 갔던 함흥에 가면 그곳에 영생여자고등보통학교가 있다고 했다. 나를 경찰서로 데려가서 조사한 순사가 말한 학교였다. 순사는 난요 센세이가 그 학교를 다녔다고 했다. 여름 방학이 끝나고 2학기가 막 시작되었을 때 그 학교 학생 둘이 기차 안에서 교복을 입은 채로 조선말로 얘기했다. 그걸 들은 경찰이 트집을 잡으며 그 자리에서 체포해 경찰서로 끌고 갔다.

 경찰은 학생들의 집까지 뒤져 한 학생이 '오늘은 학교에서 국어를 써서 혼이 났다'고 쓴 일기장을 찾아냈다. 경찰은 국어를 썼는데 왜 혼이 났느냐고 물었다. 학생은 우리가 조선에서 태어나 조선어가 국어인 줄 알고 그렇게 썼다고 얼버무렸다. 경찰은 너에게 국어가 일본어가 아니라 조선어라고 가르친 사람이 누구냐고 다시 호되게 추궁했다.

그 일로 체포된 사람이 바로 정태진이었다. 나를 조사한 순사가 몇 번이나 그런 이름을 아느냐고, 난요 센세이가 말하지 않았느냐고 물은 사람이었다. 그는 미국 유학을 마치고 돌아온 다음 오래도록 영생여자고등보통학교에서 교원 생활을 하다가 지난해에 옛 스승의 부름을 받고 서울로 가서 조선어 말모이(사전)를 펴낼 준비를 하던 중이었다.

정태진을 아는 사람들은 경찰이 조선어 사전을 펴내는 걸 막기 위해 정태진을 일부러 잡아들인 것이라고 했다. 서울에서 함흥으로 체포되어 온 정태진은 20일 동안 조사를 받았다. 그는 온갖 고문 속에 학생들에게 일상생활 속에 일본어 대신 예부터 내려온 나라말인 조선어를 쓰게 하고, 자신이 서울에 가서 말모이를 펴낼 준비를 하고 있는 조선어학회가 민족주의 단체라고 자백했다. 조선어학회 회원과 그가 가르치고 그를 따르던 제자들의 이름이 나왔다.

기차에서 여학생들이 조선어로 얘기하는 것을 듣고 그것을 조선어학회 사건으로 확대하여 엮은 사람이 홍원경찰서의 조선인 순사 야스다(안정묵)였다. 야스다가 흘려준 정보를 가지고 강릉에서 난요 센세이를 체포하고 나를 불러 조사한 또 다른 야스다는 홍원경찰서 야스다 순사의 동생이라고 했다. 난요 센세이는 조선어학회까지는 연결되지 않았지만, 강릉경찰서의 야스다가 형의 정보를 바탕으로 이쪽에서 자신도 무얼 엮어보려고 한 것이라고 했다. 그는 강릉 삼원당 서점 주인 김흥기를 애국 독서회 사건으로 엮어 5년 징역을 받게 한 사람이었다.

"제 생각만이 아니라 사정을 짐작하는 선생들 얘기가 그래요. 시국이 험해 이런 건 엮으면 누구든 엮이게 되어 있거든요. 성덕 학교 홍숙인 선생이 조선어학회 회원도 아니고, 아이들한테 따로 조선어를 교육한 증거도 나오지 않으니 교과서에 '선전의 조서'가 실려 있는 걸 비판했다는 식으로 엮어가는가 봐요. 덴노의 조서를 왜 교과서에 실었느냐고 비판한 거니까 그것만으로도 죄가 가볍지 않으니까요."

작은아버지가 아버지에게 말했다.

"나도 후더기 책에서 봤지만, 거기에 쓰인 말이 어려우니 선생도 아이들이 이걸 이해하겠나 싶었겠지."

"그러니 누구든 엮으면 빠져나가기 어렵다는 거지요."

"그런데 강릉 순사가 거기에 우리 후더기는 왜 끌어들인 거누?"

"애초 일의 시작이 함흥 여학교 학생들이 기차에서 조선말로 얘기하다가 벌어진 일인데, 그게 지난해 후더기가 동무들과 비각에 숨어 조선말로 옛날얘기를 하다 걸린 것과 비슷하잖아요. 시작만 놓고 보면 한 달 가까이 그랬던 이쪽 일이 더 커 보이니까 자기도 그걸 가지고 무얼 엮으려고 한 거지요. 강릉경찰서 야스다가 제 형한테서 받은 정보를 가지고 정태진의 제자인 홍숙인이 성덕 학교 교원을 하며 학교 아이들이 비각에 모여 한 달 동안이나 옛날얘기를 한 걸 칭찬하고 격려했다는 식으로요. 그다음 죄목은 또 만들어내면 되니까요."

"그러길래 매사 조심해야지."

"처음엔 그렇게 엮으려고 했는데, 그때 후더기가 동무들과 옛날얘기를 한 건 강릉군 안에도 얘기가 많이 퍼져나가고, 학교에서도 부모까지 불러 퇴학을 시키네 마네 하면서 처벌도 세게 해서 뒤늦게 그걸 가지고 격려했다고 엮기 어려우니 다른 걸로 엮어가는 거지요. 홍숙인 선생이 전에도 아이들이 옛날얘기를 하는 걸 좋은 일이라고 부추기면서 그걸로 은연중에 민족의식을 고취 시키고, 선전의 조서에 대해서도 비판적으로 말했다는 식으로요. 금쾡이 홍기 형님 일과도 엮고요."

"어디서 어떤 일을 가지고 붙일지 모르니 동생도 늘 조심하고."

"후더기를 불러 조사할 때 학교로 제 뒷조사도 들어왔었나 봐요."

"아무튼 칼 앞에 호박이 조심해야지 칼이 조심하겠누."

"함흥 영생여자고등보통학교 일이 있고 난 다음 학교로 국어 상용에 대한 학생 지도와 교원 활동을 단속하는 공문이 자주 내려오거든요."

대부분 서울에 살며 서울에서 활동하던 조선어학회 회원 33명도 검거된 서울에서 조사받는 것이 아니라 정태진처럼 모두 서울에서 한 명씩 함흥으로 잡혀 와 조사받고 있다고 했다.[39] 조선 전체적으로도 큰 사건이지만 동해안으로는 일찍이 이보다 큰 사건이 없었다. 그 소식이 기차를 타고 알음알음 원산과 양양의 학교로, 또 강릉에 있는 학교로 전해졌다. 이 모든 일이 영생여학교 학생 둘이 기차에서 주고받은 몇 마디 조선말로 시작된 것이었다. 그것과 비교해 봐도 지난해 우리가 한 달 가까이 앞고개 비각에 숨어 조선말로 옛날얘기를 한 것이 보통 일이 아닌 것이었다.

---

39 이 사건으로 조선어 사전 편찬 사업이 중단되고, 그해(1942년) 겨울 모진 고문과 혹한으로 두 명이 옥사한 다음 재판은 2년이 지난 다음인 1944년 11월 함흥지방법원에서 시작되었다. '치안유지법의 내란죄'가 적용되어 이극로는 징역 6년, 최현배는 징역 4년, 이희승은 징역 3년 6개월, 정태진과 정태진의 스승인 정인승은 징역 2년이 선고되었다. 이들 중 어떤 사람은 모진 고문과 혹한으로 감옥에서 죽기도 하고 대부분 해방이 된 다음 풀려났다.

그렇지만 나는 그게 두 달 후 내 입학시험에까지 발목을 잡을지 몰랐다. 시험이 끝난 다음 같은 상급 학교의 교원인 작은아버지가 학교로 찾아가 사정을 알아보고 설명했다. 집에서도 학교에서도 읽을 책이 없는 아이들이 옛날얘기가 재미있어서 한 일이지 다른 뜻이 없다고, 충분히 반성도 하고 아이들 손에 상처가 남을 만큼 호되게 벌을 받았다고 아무리 설명해도 소용이 없었다.

강릉고등여학교 교감은 아이가 아직 어리니 그 정도로 끝나고 말았지 좀 더 나이 들면 이런 아이들이 학교에서 예전에 일어났던 만세운동 같은 일을 벌이며 다른 학생들을 끌어들이고, 더 배우기까지 하면 홍숙인이나 정태진 같은 사람 뒤를 잇는 후테이센진(불령선인)[40]이 된다고 했다. 그런 조카를 제대로 단속하지 못한 당신도 교원으로 문제가 있다고 말하더라고 했다.

"같은 교원 처지에 그런 말을 일본 선생이 하면 제가 말을 하지 않지요. 야스다라는 순사도 그렇고 강릉고등여학교 교감도 그렇고 조선 사람들이 더 나서서 그러니……"

강릉경찰서의 소문이 학교 쪽으로도 퍼져 나는 그런 일로 이미 투옥된 난요 센세이의 고임을 받던 학생으로 낙인이

---

40 불령선인 10가지 기준 중에 '국어 상용을 거부하고 이를 선동하는 자'라는 항목이 있다.

찍혀 있었다. 자기 반이 아닌데도 만나면 수시로 격려하고, 씽가폴 함락 가두 행진 때 조선어로 축시를 읽게 한 것도 국어 상용 불이행으로 처벌받은 나를 구제하기 위해 기회를 만들어 넣었던 것이 경찰 조사에 다 드러났다고 했다. 똑같은 아이가 친구들과 함께 옛날얘기를 하면 처벌을 받고, 사람 많이 모인 장소에서 조선어로 축시를 읽으면 괜찮은 것에 대해 항의하는 뜻도 포함해서라고 했다.

더구나 강릉고등여학교는 조선에 들어와 있는 일본 가정 자녀들도 함께 다니는(내가 시험 보았을 때는 정원을 50명에서 60명으로 늘였지만, 내지인 지원자가 20명이나 되어서 조선인 합격자를 40명만 뽑은) '내선공학' 학교여서 함께 입학하는 선량한 학생들을 위해서라도 아무리 성적이 좋아도 그런 학생을 받아들일 수 없다고 했다.

"학교에서 그러면 방법이 없는 거겠지."

아버지가 말하자 작은아버지는 이건 참 알 수 없는 일이라며 전날 자기보다 먼저 강릉고등여학교를 찾아간 사람이 있다는 얘기를 들었다고 했다.

"누가 갔누?"

"후더기 선생이요."

학교를 찾아간 오오모리 센세이는 이 모든 게 학생의 잘못이라기보다 그 부분에 대해 평소 제대로 교육하고 단속하지 못한 자신의 잘못이라고, 그런 교원의 불찰로 학생이 배움의 기회를 잃으면 안 되니 꼭 구제해 주기를 바란다고 같은 일본인 교장에게 절을 하고 돌아갔다고 했다. 나는 작은아버지의 말을 들으며 그때 맞아서 생긴 손의 상처를 내려다보았다. 그게 난요 홍숙인 선생님과는 또 다르게 오오모리 센세이가 학생을 생각하고 대하는 방식이었다.

졸업식 때 5학년과 6학년 교실 칸막이를 튼 식장에서 5학년 부반장이 송사를 읽을 때도 6학년 반장 이기정이 답사를 할 때도 울지 않았다. 울음은 맨 마지막 순서로 졸업식 노래를 부를 때, 풍금 소리만 들리고 노랫소리는 모두 벌처럼 웅웅거려 귀에 들려오지 않는 가운데 '고향에 남는 이도 떠나는 이도 오늘이 마지막'이란 대목에서 이게 내 학교생활의 마지막이구나 싶어 저절로 눈물이 나왔다.

    반딧불과 창문에 비치는 눈(雪)빛으로
    글을 읽는 날을 거듭하는 사이
    어느덧 세월이 흘러 교문을
    열고 오늘은 우리가 헤어지는 날

    남는 이도 떠나는 이도 오늘이 마지막
    서로 생각하는 마음은 천만년이어라

마음의 오만가지 생각을 한마디로

부디 잘 지내렴, 하고 노래하네[41]

졸업식 행사가 끝난 다음 손님들이 나가고 우리들만 교실에 남았다. 오오모리 센세이가 행사 중에 대표로 나가서 졸업장을 받은 이기정을 뺀 73명의 이름을 한 사람 한 사람 부르며 졸업장을 나누어주었다. 행사 중에 앞으로 불러내서 주는 우등상을 나는 받지 못했다. 아마 그건 졸업식에 온 손님들이 지켜보는 가운데 성덕 학교는 국어 상용을 지키지 않아 강릉고등여학교에서 입학 퇴짜를 놓은 아이에게 우등상을 주더라는 말을 듣지 않기 위해 교장 센세이가 내린 조치였을 것이다. 급하게 내린 결정처럼 여자 우등생 없이 남자 두 사람에게만 우등상을 주었다. 거기에 대해서는 이미 입학시험으로 낙담한 터라 조금도 섭섭한 마음이 없었다.

오오모리 센세이는 마지막 작별 인사로 우리가 인생에서 맞이하는 행운과 불행에 대해서 말했다. 먼저 맞이한 행운이 곧이어 큰 불행을 부르기도 하고, 또 그런 불행이 나중에

---

41 작별을 뜻하는 스코틀랜드의 전통 민요 '올드 랭 사인'에 일본식 가사를 붙여 만든 졸업식 노래. 1절과 2절은 서정적이지만 3절과 4절로 넘어가면 '규슈의 끝단이든 도호쿠의 내지든 오로지 나라 위해 진력하라', '치시마 열도 내륙도 오키나와도 일본의 보호 아래 놓인 땅이니 그 지배 미치지 않는 나라에서는 용감히 맞서리라. 열심히 일하시오. 남정네들 부디 무사하기를' 하고 노골적으로 전쟁과 군국주의적 색채를 드러낸다.

목숨을 구하는 행운으로 연결되기도 한다는, 전에 할아버지가 알려주던 '새옹지마'에 대한 얘기였다. 센세이는 사람의 운은 뜻밖의 일로 바뀔 수도 있지만 그래도 우리가 앞으로 더 나가기 위한 노력을 멈추면 안 된다는 것이었다. 지난해 종업식 때 바위틈에서도 아름드리나무로 곧게 자란 소나무 얘기를 한 게 용자를 위해서였다면 이번 졸업식 작별 인사는 나를 위로하기 위해서 준비한 것 같았다. 마지막 인사말을 마치며 오오모리 센세이는 내게 집으로 가기 전 교무실에 잠시 들렀다가 가라고 했다.

"일동 기립!"

반장 이기정이 자리에서 일어나 구령을 불렀다.

"차렷, 경례!"

마지막 인사까지 끝내고, 교무실에 들르자 오오모리 센세이가 책상 서랍 속에서 자신의 일본어 국어사전을 꺼내 주었다.

"내가 공부할 때 쓰던 것이다. 여건이 어려워졌다는 건 알지만 그래도 계속 공부하며 센세이가 묻힌 것보다 더 많은 손때를 묻히길 바란다."

"감사합니다. 그렇지만……"

물건의 의미를 알기에 선뜻 손을 내밀어 받기가 어려웠다. 강릉이 어렵다면 그다음은 이곳의 일을 알지 못하는 서울일 텐데(강릉고등여학교 시험 결과를 보고 온 다음 작은아버지가 아버지에게 잠시 그런 얘기를 했지만) 서울에는 이제 우리를 불러줄 작은댁 할아버지가 돌아가셨다. 그런 처지에 더부살이 하나를 부탁하는 게 보내는 쪽도 받는 쪽도 쉽지 않을 거라는 걸 나도 이제 알 나이가 되었다. 그게 아니더라도 작은아버지라면 몰라도 할아버지와 아버지가 여자인 나를 집 떠나 혼자 서울로 보내줄 것 같지 않았다. 어머니도 반대할 게 뻔했다.

"제가 오늘은 그냥 가고, 센세이 말씀처럼 사전이 필요해질 때 다시 받으러 오겠습니다."

"다시 말이냐?"

"예……"

나는 자신 없이 대답했다.

"인생에서 다시는 쉽지 않다. 어떤 일도 지금 하지 않으면 그 기회는 다시 오지 않는다. 온다 해도 너무 늦어 그걸 기회라고 말할 수도 없을 때 온다."

"……"

"손을 펴봐라."

5학년 때 친구들과 조선말로 옛날얘기를 해 벌을 받다가 난 상처 얘기였다. 나는 느슨해 있던 손에 힘을 꼭 주었다. 펴 보이지 않았다.

"그래, 보여주지 않아도 좋다. 강릉고등여학교 시험도 그렇고, 지금은 그걸 꼭꼭 묻어두는 마음으로 공부를 계속할 수 있기를 바란다. 그러다 언젠가는 그 손을 펴 보이듯 세상에 너를 크게 펴 보여라."

오오모리 센세이가 말하는 공부와 난요 센세이가 말하는 공부는 서로 다른 공부였을까. 오오모리 센세이는 그걸 꼭꼭 묻어두는 마음으로 공부를 계속하라고 하고, 한겨울 변소 청소를 하는 내게 난요 센세이는 그 일을 잊지 말고 공부하라고 했다. 오늘 졸업식에 난요 센세이가 있었다면 어떤 말을 했을까.

오오모리 센세이가 다시 사전을 내밀었다.

"당장은 아니더라도 쓰임새가 있기를 바란다."

정말 쓰임새가 있기를 간절히 바라는 사람은 나였다. 아무리 의미가 깊더라도 그러나 받아오면 지키기 어려운 너무나 큰 숙제가 될 것 같았다.

"다시…… 다시…… 오겠습니다……"

오오모리 센세이에게 마지막 인사를 하고 교무실을 나왔다. 교문을 나오는데 자꾸만 눈물이 났다. 돌아오는 길에 생각하니 나는 성덕 보통학교에 입학해 심상소학교를 거쳐 쇼와 18년(1943년) 3월 국민학교를 이제 막 졸업했다.

돌아보면 입학할 때 '조선어 독본' 책을 받았지만 총독부의 훈령에 따라 교실에서는 한 번도 조선어 공부를 하지 못했다. 그런 훈령을 잘 받들고 지키는 오오모리 센세이가 담임선생이어서 더욱 그랬다. 오오모리 센세이는 마음과 머릿속의 생각도 국어인 일본말로 하라고 했다. 심상소학교 때는 가족과 동무들과 얘기할 때만 조선말을 했다. 김씨 이씨 박씨 하는 우리의 성이 강제로 일본식으로 바뀌고 학교 이름이 국민학교로 바뀌고 나서는 어떤 조선말도 할 수 없게 되었다. 끝내는 조선말 옛날얘기 때문에 상급 학교를 갈 수 없게 되었다.

앞고개를 넘으며 우리가 들어가곤 했던 비각을 한참 바라보았다. 저기에 우리만 아는 표시로 키를 재 놓고, 몰래 옛날얘기를 하다가 발각된 곳이었다. 다시 가보지는 않겠지만 앞으로도 지날 때마다 눈길이 머물 곳이었다. 빈 책보 속에 졸업장만 넣어 허리에 두르고 섬돌 다리를 건널 때 허전한 마음속에 비로소 지난해 종업식날 이 길을 같이 걸었던 용자의 마음을 알 것 같았다.

그때 받은 일본 고무신은 지금이라도 못 신을 정도는 아니지만, 지난가을 경찰서에 갔다 온 다음 많이 닳은 채 안방 쪽 마루 아래 깊숙이 들어가 있었다. 내일은 한동안 보지 못한 용자 집에 가 봐야겠다는 생각이 들었다. 그렇게 생각하는 것만으로도 왠지 누군가로부터 위로받는 듯한 느낌 속에 용자와 다시 예전처럼 가까워지는 듯한 마음이었다. 절에서 주는 학비가 끊긴 다음 학교를 나오지 않은 용자나 어른들 몰래 한 옛날얘기 때문에 상급 학교 진학이 막힌 나나 처지가 다르지 않았다.

그건 반대로 근숙이 언니에 대해서도 그랬다. 내가 강릉고등여학교에 들어갈 수 없게 된 것이 그 학교 학생들 사이에서는 전체 입학시험에서 일등을 한 아이도 자기 학교의 입학이 거절되었다고, 그렇게 아무나 들어갈 수 없는 학교를 다니는 자신들의 자랑처럼 소문이 났다고 했다. 근숙이 언니가 일부러 섬돌 다리에서 기다려 내 마음을 위로했을 때 그런 위로를 받는 것조차 싫고 불편했다.

집으로 돌아오자 마당 안 공기의 느낌이 달랐다. 학교에 다녀왔다고 인사했을 때 할아버지는 사랑문을 꼭 닫고 있고, 아버지와 어머니가 마루에서 안절부절못했다.

"무슨 일이셔요?"

작은 소리로 묻자 어머니는 쉬, 하고 입술에 손가락을 올렸다. 졸업식 날이라 학교에 가지 않은 남렬이가 나를 부엌 쪽으로 이끌었다.

"구장이 면소 사람들과 순사를 데리고 왔어."

"왜?"

"오자마자 순사가 찬장과 벽장을 뒤져 제사 때 쓰는 그릇과 제기를 다 가져갔어."

마을에 놋쇠 그릇이 나올 만한 집을 안내하라고 하자 구장이 마을 입구에 있는 집들을 제쳐놓고 예전에 구장 직을 아버지에게 넘겼던 때의 일을 곱씹듯 사람들을 마을 안쪽에 있는 우리 집으로 데려왔다고 했다. 아무 준비 없이 약탈자들을 맞이한 할아버지는 일본 순사가 사랑 뒤편 사우(祠宇:조상의 신주와 제기를 보관하는 벽장)를 뒤져 끄집어낸 제기를 방에서 마당으로 마구 집어 던지는 모습을 보고 그대로 뒷목을 잡고 쓰러졌다고 했다.

그런 중에도 아버지는 모두 다 가져가더라도 당장 제사를 지낼 때 쓸 향로와 촛대와 술잔만은 남겨달라고 사정했다. 그것마저 헛간에서 찾아온 가마니에 다 쓸어 담아갔다고 했다. 전에 작은어머니가 제사 다음 날 그릇을 닦으며 참 무겁다고 하고, 어머니가 예전 응교 할아버지 때부터 쓰던 물건이라고 자랑처럼 말하던 제기였다.

그걸 녹여 총알을 만든다고 했다.

전쟁의 그림자가 성큼성큼 마을과 집안으로 다가오고 있었다.

떠난 사람 남은 사람

 사전을 받으러 다시 학교에 가지 않았다. 아니, 가지 못했다. 강릉을 벗어나 어디로든 갈 수 없다는 걸 내가 잘 알고 있었다. 그렇다 하더라도 졸업식 날 사전을 받아왔다면 마음에 부담은 되더라도 아버지 어머니에게 오오모리 센세이의 생각까지 포함해 내 뜻을 한 번이라도 진지하게 말씀드릴 수 있었을 것이다. 졸업식 날 집에 돌아와 마주한 마당의 분위기는 거기에 대해 어떤 말도 할 수 없게 만들었다. 할아버지는 닷새도 넘게 자리에 누워 일어나지 못했다.
 그래도 사전을 받아왔다면 집안 분위기와 관계없이 내가 먼저 말을 꺼내지 않더라도 내 책보 속의, 혹은 책상 위에 놓아둔 사전을 보고 그게 어디서 난 거냐고 아버지가 묻고 대답하는 것만으로도 어느 정도 내 뜻을 말할 수 있지 않았을까. 내 뜻만이 아니라 나에 대해 나를 가르친 오오모리 센세이의 생각도 함께 말할 수 있지 않았을까.

용자 역시 지난해 내가 상으로 받은 신발을 양보했다면 그 신발을 보여주고 마지막 일 년 더 학교 다니게 해달라고 아버지를 설득할 수 있었을까. 만약 그랬다면 용자는 나보다 적극적으로 아버지를 설득했을 것이다. 설득하지 못하더라도 끝까지 그 신발을 신고 학교에 가는 모습을 보이며 아버지의 고집을 꺾으려 애썼을 것이다. 자꾸 내 일과 용자의 일이 겹쳐서 생각되었다.

다음 해에도 내겐 학교 문이 열리지 않았다. 작은아버지가 다시 강릉고등여학교 쪽으로 알아보았지만 한 번 결정한 일이라 다시 시험을 볼 수 있게 하면 작년의 결정까지 문제가 되는 것이어서 그렇게 할 수 없다고 했다. 만약 이때라도 갈 수 있었다면 오오모리 센세이를 찾아가 사전을 받아왔을 것이다.

나와 함께 공부한 사람 가운데 가장 먼저 고향을 떠난 사람은 뜻밖에도 최우석이었다. 최우석은 대관령 너머 평창에서 강릉으로 이사 와 열네 살에 보통학교에 입학했다. 두 번이나 월반해 근숙이 언니와 같은 학년이 되어 근숙이 언니가 강릉고등여학교에 들어가던 해 최우석은 상업학교에 들어갔다. 상급학교에 가서도 공부와 재주가 뛰어나 2학년과 3학년 때 서울과 만주 봉천에서 열린 '만선[42] 주산·부기대회'에 지역 예선대회를 거친 조선 대표로 나가 상을 받아왔다.

그러나 최우석은 4학년 때 학교를 등록하지 못했다. 내가 성덕 학교를 졸업한 다음 해인 쇼와 19년(1944년)의 일이었다. 아버지가 돌아간 다음 강릉으로 이사 왔고 2년 전 어머니가 돌아간 다음 이번 겨울 어처구니없게도 형이 그나마 물려받은 논밭과 가산을 모두 날려버리고 만 때문이었다.

허벅지까지 눈이 내린 날 동네에서 눈 치우기 울력을 한 다음 벌어진 닭 추렴 판이 야금야금 노름판으로 커졌다. 판이 제대로 섰다는 소리를 듣고 읍내에서 남대천 다리를 건너온 전문 투전꾼이 둘이나 끼어들었다. 어른들의 경계하는 속담처럼 술은 해장에 망하고 투전은 본전을 추다 망한다는 말 그대로였다. 최우석의 형은 한 발 한 발 깊이 들어가 집뿐 아니라 집안의 재산과 살림 모두를 내주게 되었다.

아내와 자식 말고도 아래로 동생 둘을 거느린 형은 노름판에서 가진 것 다 털린 다음 아내에게조차 말 한마디 남기지 않고 마을을 떠나버리고 남은 가족은 눈도 녹기 전 거리로 나앉게 되었다. 문서가 넘어간 다음 사람까지 사라진 판이라 누굴 원망하고 말고 할 사정도 못 되었다. 투전 밑천을 대

---

[42] 만주 조선. 이 시기 선박으로 이동해야 하는 일본을 빼고 기차로 왕래할 수 있는 만주와 조선을 함께 묶어 치르는 대회가 많았다.

주며 헐값에 집문서를 쥔 건달패들이 남은 가족을 눈구덩이 속으로 내몰았다.

　최우석의 형수는 두 아이를 데리고 친정으로 들어가고, 형제만 오갈 데 없이 남았다. 최우석은 동생을 대관령 너머 큰집에 더부살이로 보내고, 신학기가 시작되어도 이제 학교에 갈 수 없는 자신의 처지를 어찌해야 좋을지 하소연이라도 할 양으로 소학교 시절 스승인 오오모리 센세이를 찾아갔다. 오오모리 센세이는 나이 들어 학교에 들어온 최우석을 두 번이나 월반시키고, 5학년과 6학년 때도 담임을 맡아 그의 성장과 공부에 가장 큰 영향을 준 사람이었다. 그때 반장도 최우석이 했다.

　거기까지가 근숙이 언니에게 들은 얘기였다. 최우석과 함께 성덕 소학교를 졸업한 근숙이 언니도 최우석에게 직접 들은 얘기는 아니었다. 최우석과 함께 상업학교에 진학한 사람을 아는 같은 학년의 여학생이 이웃 상업학교에 이런 일이 있었다고 전하는 얘기를 들은 것이라고 했다.

　"오오모리 센세이가 최우석에게 말했대. 그렇게 모두 망해버린 처지에서 주저앉지 않고 앞으로 나아갈 수 있는 길은 군인의 길밖에 없다고. 그래서 최우석도 그길로 바로 군대에 갔다고 하더라. 군대도 가는 방법도 사람마다 다 다르고 여러 길이라 어떤 군대로 갔는지는 남자 동창들도 잘 모른다더라."

이 얘기도 상업학교를 다니는 남자 동창들이 최우석에게 직접 들은 것이 아니라, 최우석이 오오모리 센세이를 찾아간 것까지는 사실이지만, 그다음 얘기는 아마 그랬을 거라고 살을 붙여서 전하는 것이라 어디까지가 참말인지는 근숙이 언니도 잘 모른다고 했다. 다만 한 가지 분명한 것은 최우석이 오오모리 센세이를 만나고 온 다음 상업학교 어떤 학생이 그날 교실 문을 열어주는 당번이어서 아침 일찍 학교로 가다가 동해상사[43] 차부에서 학생복을 입은 채 어디론가 떠나는 버스에 타고 있는 최우석을 보았다고 했다. 어디로 떠나는지는 모르지만 그 여비도 오오모리 센세이가 주었을 거라고 했다.

거기에 비하면 나의 학교 불운은 아무것도 아닌 셈이었다. 최우석은 자신의 잘못도 아닌 형의 잘못으로 한순간에 인생이 바뀌어 가장 먼저 고향을 떠나게 된 것이었다. 근숙이 언니에게 들은 얘기를 용자에게 했다.

---

43 1927년 최준집이 설립한 운송회사. 최준집은 일제 강점기 시절 조선총독부 중추원 참의를 지냈다. 1937년 중일전쟁이 발발하자 거액의 국방헌금을 내고 일본 왕실에 비행기를 헌납하는 등 여러 기록에 친일파로 이름이 올라 있다. 해방된 다음 25년 후 그가 죽었을 때 그의 장례를 강릉 차부 광장에서 시민장으로 치렀다. 끝도 없이 이어지는 추도사와 영결사에서 그가 아무도 모르게 독립군에게 군자금을 지원한 독립운동가라는 말까지 나오자 강제로 행사에 참여한 앞줄 중학생이 아무도 모른다면서 그건 어떻게 아느냐고 큰소리로 말했다.

"그런데 오오모리 센세이는 왜 최우석에게 군대에 가라고 했대? 지금 군대 가면 바로 전쟁터로 가는 건데, 그럴수록 어떻게든 여기 남아서 공부를 하라고 해야지."

"지금 공부를 어떻게 해? 형이 노름판에서 다 잃어 집도 절도 없다는데. 그래서 학교도 등록하지 못하는 판에."

"그래도 그건 아니지, 후더가."

"뭐가 아닌데?"

"내 말 잘 들어봐. 형은 도망가고, 형수와 아이들은 친정에 갔다고 했지?"

"응."

"동생은 큰집에 보내고."

"응."

"그러면 최우석도 혼잔데 어떻게든 공부를 마저 할 수 있는 방법을 찾으라고 해야지. 누가 보든 최우석은 공부로 성공해야 할 사람인데. 그동안도 잘해서 만주 조선 대회에도 나갔다면서."

"그런 건 있지만."

"안도 센세이나 느 작은아버지 같으면 그렇게 말했겠어? 하다못해 근숙이 언니네 도가 같은 데 들어가 머슴을 살더라도 공부를 마저 하라고 했겠지."

용자 말이 옳았다. 근숙이 언니와 얘기할 때는 그렇게 말고는 길이 없는 것 같았는데, 용자는 확실히 나보다 세상을 넓고 깊게 보았다.

"너는 너대로 공부를 잘해 남보다 이쁨을 받아 모를 수 있지만, 나는 학교 다닐 때도 오오모리 센세이한테서 그런 거 많이 느꼈어."

"어떤 거?"

"센세이는 공부든 뭐든 다 바르게 말하고 바르게 가르치지. 한 번도 그릇되게 하는 법이 없어. 그렇지만 창씨개명도 그렇고 국어 상용도 그렇고, 그런 거 할 때는 이쪽 사람들 생각은 조금도 하지 않고 내지 편에서만 생각하고 말해. 그게 오오모리 센세이한테는 하늘이 갈라져도 바른 거니까. 지금 최우석에게 군대에 가라고 한 것도 그렇지."

용자는 오오모리 센세이야말로 뼛속까지 일본인이어서 그렇다고 했다. 지금은 공부해야 할 최우석에게 굳이 군대의 길을 권한 것도 그래서라고 했다.

우리가 배운 5학년과 6학년 국어책과 수신책에 전쟁과 군인 얘기가 많이 나왔다. 청일전쟁과 러일전쟁[44]을 승리로 이끌었지만, 많은 부하가 목숨을 잃은 것이 안타까워 자신이 받들던 천황이 세상을 떠난 다음 비로소 자신의 임무가 끝났다

---

44 당시 수업과 교과서에는 일청전쟁 일로전쟁

고 스스로 목숨을 끊은 노기 마레스케 장군 얘기도 나오고, 육군에서는 노기 해군에서는 도고라는 도고 헤이하치로 장군 얘기도 나오고, 상해사변의 승리를 이끈 육탄 삼용사 얘기도 황국신민으로 우리가 배워야 할 충의의 모범처럼 나왔다.

그 부분을 공부할 때 오오모리 센세이는 자신도 군인이 되고 싶었으나 집안 사정으로 그러지 못했다고 말했다. 어쩌면 최우석에게도 그런 마음으로 군인의 길을 권했던 것인지도 모른다.

용자는 우리가 학교에 막 들어간 1학년 때 최우석이 용자가 조선말로 써 간 주소를 한자로 바꿔 써주며 오오모리 센세이에게 잘못 맞아 부은 손을 꼭꼭 눌러주던 얘기를 했다.

"그때 너무 아팠는데 최우석이 손을 잡아주니까 아픈 줄 모르겠는 거야."

"그래. 니가 맞을 때는 울지 않다가 최우석이 만져주니 눈물을 흘렸어."

"그건 잘 모르겠는데, 1학기 마치고 가을에 최우석이 2학년으로 갔을 때도 나는 좀 섭섭했어."

그건 그때 나도 같은 마음이었다. 그러나 함께 그랬다고 말하지는 않았다. 그건 용자만이 아닐 것이다. 입학 때부터 월반한 다음에도 우리 반 여자아이 모두에게 최우석은 언제나 다정한 오빠와 같은 동급생이자 선배였다.

"그 후에 본 적이 있어?"

"딱 한 번……"

"언제?"

"작년 여름에 엄마를 따라 참외 광주리를 이고 젠주 바닷가에 갔는데, 저쪽에서 최우석이 친구들하고 해수욕을 하다가 모래밭에 앉아 있었어."

"만났어?"

"아니. 서로 보지는 않고 나만…… 거기에 참외 광주리를 이고 온 게 부끄러워 엄마만 그쪽으로 가고, 나는 뒤로 돌아 다른 데로 갔어."

"어머 어떡해……"

"그때는 나도 조금 커서 어릴 때 마음과는 다르게 거기에서 최우석을 만난 것도 부끄럽고, 또 학교도 다니지 못하고 참외 광주리를 이고 간 것도 그렇고……"

"그런 얘기 안 했잖아."

"뭐 좋은 얘기라고. 그런데 그러고 나니 그렇게 만난 건 속이 상한데 막상 마음은 담담해지는 것 같았어."

더 말하지 않아도 젠주 바닷가에서 용자 마음이 어땠을지 알 것 같았다.

납돌에 온 작은아버지에게 얘기하니 작은아버지도 최우석을 잘 알고 있었다. 최우석의 담임선생도 지금은 다 잃은 것 같아도 조금만 길게 보면 형은 다 잃어도 너는 잃은 것이 하나도 없다고 용자처럼 말했다고 한다. 그러나 최우석은 이미 마음을 정하고 학교를 찾아왔다고 했다. 어쩌면 그건 오오모리 센세이가 꼭 내지인이어서만이 아니라 그런 일에 모욕과 굴욕 없이 스스로의 처지를 극복해 나가는 자신의 방식을 최우석에게 가르쳐주었던 것인지도 모른다.

 그렇지만 아직 학교 졸업 전이어서 아무리 성적이 뛰어나도 그걸 가지고는 어디로 가든, 설사 만주로 간다 해도 장교가 되는 군관학교엔 들어갈 수 없을 거라고 했다. 그것 역시 오오모리 센세이가 다른 사람이 모르는, 최우석만이 할 수 있는 어떤 길을 가르쳐주었는지도 모른다. 최우석은 학교로 와서 3학년까지 공부를 한 증명서와 그동안 서울과 함흥, 만주 등 여러 대회에 나가 상을 받은 것들에 대한 증명서를 떼어갔다고 했다.

 '산과 바다가 우리를 멀리 갈라놓아도 그 진심만큼은 멀어지는 일 없이, 열심히 일하시오, 남정네들이여 부디 무사하시기를', 그런 구절이 우리가 부른 졸업식 노래 3절과 4절에 그냥 있었던 게 아니었다.

 전쟁은 노래에만 있는 게 아니어서 보리가 팰 무렵 면소 내무과장과 서기가 뻔질나게 마을로 드나들었다. 우리 마을

만 드나드는 게 아니었다. 먼저 박월리를 거쳐 오기도 하고 뒤쪽에서 들어오듯 달부름들을 거쳐 오기도 했다. 그들이 올 때면 구장이 마을 어귀에서 기다렸다가 함께 돌아다녔다. 면소 내무과장과 서기가 집집마다 강제로 떠맡기는 것은 공책 반 장 크기만 한 전시저축채권이었다.

"저들이 놋쇠를 훑어갈 때도 그랬다만 지금 보면 아범이 진작에 구장을 그만두길 다행이다."

아버지가 구장을 했던 것은 내가 학교에 들어갈 무렵 일본말을 하지도 읽지도 못하는 동네 사람들에게 떠밀려서였고, 그만둔 것은 면소 앞에 대서소가 자리를 잡은 다음 내가 앞 고개 비각에서 아이들과 함께 한 달 가까이 조선말로 옛날얘기를 하다가 들켰을 때였다. 이유야 어떻든 할아버지는 아버지가 전쟁물자를 공출하는 일로 면소 사람들과 함께 동네를 돌지 않는 것만도 다행으로 여겼다.

지금 집집마다 채권을 떠맡기는 것은 영미 원수들과 전쟁을 치르는 중에 나라에 많은 돈이 필요해서라고 했다. 제 입 하나 다스리기도 어려운 보릿고개에 무슨 돈이 있어 내느냐고 하소연해도 소용없었다. 그들이 떠맡기는 채권 제일 위에 적혀 있는 '할증'이라는 말 그대로 7원 50전짜리 채권을 5원에 팔고, 지금 이기고 있는 전쟁이 곧 끝나면 5원이 아니라 채권에 적힌 금액대로 7원 50전을 원금으로 돌려주는 것이라고 했다. 내무과장과 서기는 지금 당장은 돈을 마련하기 버거워도 7원 50전짜리를 5원에 파는 만큼 사놓으면 또 그만큼 이익되는 일이라고 했다.

"그렇게 이익되면 최 서기, 여기 납돌마을 거 당신이 다 맡아 사슈."

하도 이익, 이익, 하니까 누군가 면서기에게 말했다.

"그러고 싶어도 나야 그럴 돈이 없지요. 그리고 이건 황국신민들이 가가호호 분담해야 할 충의 아니오?"

일단 채권부터 맡기고 돈은 7월까지 무슨 수를 써서든 내라고 했다.

"없는 돈이 땅을 판다고 나오남."

그런다고 안 낼 수도 없는 게 나라에서 세금처럼 독촉하는 돈이었다. 사람들이 볼멘소리를 하거나 말거나 집집마다 강제로 채권을 떠맡겼다. 사는 형편 따라 우리 집은 두 장이라고 했다.

그들이 돌아간 다음 아버지가 글을 읽지 못하는 어머니에게 증서로라도 보여주는 전시채권의 발행일은 소화 19년 (1944년) 4월이라고 적혀 있고, 발행처는 일본근업은행이라는 곳이었다.

"이런 게 수탈이지."

마지막으로 그걸 손에 든 삼촌이 말했다. 이미 농업학교를 졸업할 때부터 삼촌은 점점 작은아버지를 닮아갔다.

 어쩌면 그해 여름 용자가 최우석 다음으로 마을을 떠난 것도 그 증서와 관련하여서인지 모른다. 집집마다 어떻게든 여름까지 돈을 마련해야 했다. 용자 아버지는 칠성산 아래 구정면 덕현리 사람을 따라가 봄부터 여름까지 칠성산에서 참나무를 베어 숯을 굽는 숯막에 며칠씩 틈틈이 벌목꾼으로 일했다. 강릉 읍내 가까운 야산에는 이미 숯을 굽고 말고 할 숲이 없었다. 절반은 민둥산이었다. 나무를 해 팔지 못하게 할 수도 없고 숯을 구워 팔지 못하게 할 수도 없었다. 그러면 당장 강릉 읍내 사람들이 밥을 지어 먹을 수 없었다. 단속하면 나무꾼들도 야산에서 더 깊은 산으로 들어갔다. 대관령 아래 대기리에서 숯을 구워 소달구지에 실어 오기도 했다.
 특히나 숯은 일본 사람들이 많이 썼다. 숲이 울창하고 넓은 오대산의 참나무 화목과 숯은 진고개를 통해 주문진으로 끌어내 배로 일본으로 실어 갔다. 나무까지 내지 것은 보호하고 반도 것을 베어간다는 말이 있었다. 오대산에는 자른 나무를 산 위에서 아래로 끌어내리는 화목 레루(레일)까지 깔았다고 했다. 숯은 한 관 두 관 무게를 달아 팔기도 하고 가마니에 넣어 팔기도 했다. 이것도 아버지가 농사도 짓고 숯도 굽는 용자가 알려주었다.

"장에서는 나무를 한 짐 두 짐 팔지만, 숯을 굽는 나무나 장작을 셀 때는 한 평 두 평 그렇게 세어. 한 평이면 장작을 가로세로 높이를 한 평 채울 수 있는 양이야."

산골에 있는 집이든 읍내에 있는 집이든 아궁이마다 나무를 때야 하고, 그러기 위해 나무도 베어야 하는데 단속하는 방식도 코에 걸면 코걸이고 귀에 걸면 귀걸이였다. 이걸 눈 가리고 아웅 하는 식으로 산림간수들이 만만한 먹이를 찾아 조사하러 다녔다.[45] 아직 채권값도 마련하지 못한 터에 용자 아버지가 여기에 걸려들어 한여름에 숯막이 있는 구정면 주재소로 끌려갔다.

용자 아버지는 다른 사람보다 죄가 컸다. 참나무 바로 옆에 붙어 서 있는 그야말로 아무짝에 쓸모없는 등 굽은 소나무를 같이 베었는데 산림간수가 이걸 물고 늘어졌다. 소나무는 국유림뿐 아니라 자기 산의 나무도 허락 없이는 절대 베면 안 되는 나무였다. 겨울에 화목을 할 때도 땅에 떨어진 검불과 나무를 가꾸기 위해 줄기에서 옆으로 뻗은 가지만 자를 수 있었다. 그것도 불만이 많았다.

"즈들은 비행기 기름으로 쓸 송진을 짜낸다고 멀쩡한 소

---

[45] 강점기 동안 흔한 일이었고, 산림간수의 이와 비슷한 간계와 횡포를 모티브로 하여 쓴 소설이 정비석의 「성황당」이다.

나무를 죄다 흠집 내서 못 쓰게 만들어 놓고 말이지."

그건 우리가 학교 다닐 때부터였다. 지나사변으로 미국이 일본에 석유 수출을 금지하자 총독부가 부족한 항공유를 얻기 위해 마을마다 송진을 채취하라고 했다. 대관령 자락과 바닷가 해송 숲이 첫 번째 대상이었다. 어른 허벅지 굵기만큼 자란 소나무마다 허리 높이쯤에 촘촘히 톱을 대어 빗살무늬로 상처를 내고 굵은 대통을 매달았다. 거기에서 얻은 송진으로 가미카제 비행기의 기름을 짜낸다고 했다. 납돌의 어른들도 틈틈이 칠성산과 바닷가 솔숲으로 송진을 채취하러 다녔다.[46]

용자 아버지가 구정면 주재소에서 강릉경찰서로 넘어가 고생하고 있을 때 구정면이 아닌 성덕면소의 서기가 용자 집을 찾아왔다. 일부러 이 집으로 온 것이 아니라 마을마다 아직 미납분의 채권값을 독촉하고, 어딘가에 깊숙이 감추고 내놓지 않는 유기그릇 공출 문제로 구장 집에 들렀다가 오는 길이라고 했다. 어느 마을은 농악대의 징과 꽹과리까지 모조리 훑어갔다고 했다.

용자 집으로서는 채권값보다 급한 게 경찰서에 끌려간 아

---

46 이런 방식의 송진 채취는 후유증도 길어 80여 년이 지난 지금도 대관령 기슭과 강릉시 옥계해변에 있는 수천 그루의 소나무들이 그때의 흠집으로 나무가 썩어들어가는 자리를 석회로 싸 발린 채 서 있다.

버지였다. 면소 서기는 용자 아버지가 베어낸 나무가 많아 (거기에 소나무까지) 재판에 넘겨지면 2년도 넘게 옥살이를 할 거라며 미리 손을 써야 한다고 겁을 주며 용자 어머니에게 넌지시 살길을 알려주었다. 용자도 함께 있는 자리였다.

"이제까지는 내지 조선소나 탄광으로 가는 장정들만 뽑았는데 지금 강릉군 보국대에서 군수공장으로 파견할 여자 근로 정신대를 스무 명쯤 모집하는 것 같던데요. 강릉에서만 모집하는 건 아니고 조선 전역에서 여자 보국대는 남자 보국대보다 드물게 모집하는 거라서 오히려 대우가 좋을 거라는 얘기도 있어요. 전에 농업 보국대처럼 그냥 일만 해주고 오는 것이 아니라 일 년이나 이 년 취직해서 일하는 동안 월급도 또박또박 받는 거라 다른 동네에선 나이 되는 처녀들이 먼저 신청해 가기도 하는 모양이던데요."

그날은 운만 떼고 이틀 후 서기가 다시 용자 집을 찾아왔다. 그는 유기 공출 때문에 한 번 더 구장 집에 독촉 겸 들렀다가 오는 길이라고 했다.

"이 집은 감춰둔 유기 같은 거 없지요?"

"물려받은 살림이 있어 조상 모시는 집도 아닌데 그런 게 어디 있겠수? 숟갈 몇 닢 있던 거 지난해 다 쓸어 바쳤는데."

"하기야 이 집은 그게 문제가 아니지요."

서기는 용자 어머니에게 용자 아버지가 지금 유치장에 들어가 있는 걸 위로하고는 용자가 지금 몇 살인지 넌지시 물었다.

"열여섯이유."

"그래요? 나는 퍽이나 숙성해 열여덟이나 아홉은 되는 줄 알았네요."

남들보다 얼굴도 흰 용자는 지난겨울부터 조금씩 가슴에 살이 오르며 어엿하게 처녀 태가 나기 시작했다. 나이도 나보다 한 살 많았다. 어머니를 따라 들일을 다녀도 어느 밭에서나 눈에 띄었다. 서기는 지금 이 집 형편으로 봐도 그렇고, 경찰서로 넘어간 아버지가 언제 어떻게 될지 모를 사정으로 봐도 그렇고, 이 집 딸이 좀 멀기는 하지만 엊그제 얘기한 것처럼 내지로 가서 돈도 벌며 아버지를 구해낼 방법이 아주 없는 게 아니라고 말했다.

"여기 강원도는 신청자가 많지 않으니 떠나기 전 뭘 해달라고 하면 그런 부탁도 웬만하면 들어주는가 보던데요."

용자는 옆에서 듣기만 하고, 용자 어머니로서는 열흘도 넘게 잡혀가 있는 사람 걱정에 관심을 갖지 않을 수 없었다. 그래도 처음부터 혹한 모습을 보일 수 없어 뒤로 빼듯 말했다.

"아직 애나 마찬가진데, 어디 멀리 일하러 보내기는 아직 어리지요. 여기서 들일을 나가도 반 품삯인데요."

"어리긴요. 그것도 그냥 막 뽑아가는 게 아니고, 며칠 전 신문에도 났는데 이게 인기가 좋아서 인천에서는 국민학교를 막 졸업한 아이들 서른 명이 한꺼번에 시험을 봐 그중 절반이 내지로 떠났다는데요.[47]"

"지금 학교를 졸업했으면 아직 어리고 말군데."

"어리면 어린 대로 일할 데가 있고, 이 집 딸처럼 다 자랐으면 자란 대로 일할 데야 많지요. 나라에서 뽑아가는 거니까 여기서 하는 밭일과는 달라 반 품삯 같은 거 없이 다 온 품삯이지요."

서기는 자기는 그보다 더 자세한 내용은 잘 모르고, 누구를 보내고 말고 할 힘도 안 되지만, 보국대에서 그런 모집을 한다니 읍내 군청 옆에 사무실이 있는 근로보국대장을 통하면 길이 있을지 모르겠다고 했다.

결국 용자가 나섰다. 용자는 학교 들어가기 전에도 할머니와 아버지를 모시고 성덕면소를 찾아갔던 아이였다. 열여섯 살에 다시 아버지를 위해 혼자 남대천 다리를 건너 군청 옆에 있는 근로보국대를 찾아갔다. 근로보국대장이 한껏 거드름을 피우며 용자를 맞이했다. 3년 전 우리가 앞고개 비각에서 옛날얘기를 하던 걸 엿듣고 학교뿐 아니라 읍내 여기저기 소문

---

47 여자정신근로령이 공포된 것은 1944년 8월 23일이지만 여자정신근로대 모집은 이미 이전부터 있었다. 《매일신보》 1944년 7월 4일자에 인천부의 여자정신근로대 모집에 송현국민학교 졸업생 27명이 응시해 13명이 합격하였다는 기사가 나기도 했다.

냈던, 용자와도 악연이 있고 나와도 악연이 있는 바로 그 사람이었다.

다녀온 다음 용자가 말했다.

"갈지 안 갈지는 아직 모른다."

그렇지만 소문은 사람 걸음보다 빨라 용자가 아버지를 위해 공양미 삼백 석에 몸이 팔려 가듯 근로 정신대로 가기로 했다는 말이 마을에 먼저 퍼졌다.

"내가 심청은 아니지만, 아버지가 붙잡혀 가 있는데 어떻게 하겠나?"

"그래서 아버지를 풀어주면 가겠다고 한 거야?"

내가 걱정스러운 얼굴로 물었다.

"아니, 풀어주면 간다고 하지 않았어. 아버지가 풀려나 집에 오기만 하면 다음 날 내가 여기서 어디로 보내든 보내는 대로 가겠다고 했어."

"그러니 풀어주겠대?"

"근로보국대장이 그렇게 되도록 자기가 힘을 써보겠대. 그리고 우리 집 채권도 아버지가 그렇게 되어 아직 돈을 내지 못했다고 하니 그것도 자기가 가난한 집의 채권을 읍내 부잣집으로 돌리는 걸로 힘을 쓰겠다고 하고."

용자다운 용기였지만, 용자가 떠난 다음에야 우리는 그게 근로보국대장과 산림간수와 면소 서기가 미리 짜고 벌인 일이라는 것을 알았다. 채권 반환도 그냥 선심이 아니라 아버지가 풀려난 다음 용자가 다른 소리를 하지 못하게 미리 못을 박아둔 것이라고 했다. 면소 서기가 친구와 어울려 술을 마시는 자리에서 그게 무슨 자랑이라고 무용담처럼 얘기한 게 납돌에까지 흘러 들어왔다.

"진벽 씨, 그 사람 참……"

그건 한 항렬 아래의 아버지가 점잖게 한 말이었고, 삼촌은 거칠게 욕설을 뱉었다.

"김진벽이 그 새끼는 정말, 사람을 얼마나 끌고 가려고……"

일이 그랬던 것인 줄도 모르고 떠나기 전날 오후 용자는 뭔가 망설이는 모습으로 우리 집을 찾아왔다. 용자는 방에 들어오지 않고 마당에 선 채 물었다.

"삼촌은 집에 안 계시는가 보네."

"응. 아침에 연곡에 친구를 만나러 가셨어."

지난해 삼촌은 어디에서 들깨 씨앗 같은 무씨 반 홉을 얻어와 집 뒤 밭에 뿌렸다. 사탕무 씨라고 했다. 가을에 김장무를 뽑을 때 사탕무도 함께 뽑았다. 김장 무는 아래위가 통통한데 사탕무는 크기도 작고 뿌리 모양도 고깔 같은 모습이었다. 무를 생채처럼 썰어 가마에 끓이면 단맛이 우러났다. 그 물을 엿처럼 고면 누런색의 조청 같은 설탕 죽 두세 사발이 나왔다. 공장에서는 그걸 다시 눈처럼 흰 가루로 만든다고 했다. 모습은 물엿 같아도 엿 중에 가장 달다는 수수엿보다 달고 꿀보다 달았다. 낟알 귀할 때 몇 사발의 설탕죽을 얻기 위해 그 밭엔 조나 콩 같은 다른 작물을 심을 수 없었다. 농업학교를 나온 삼촌이 작물의 성격을 알고 어디에서 씨를 구해와 심은 것이었다.

"20년 전에 일본 사람들이 평양에 설탕 공장을 짓고 황해도에 무를 심어 설탕을 만들었지. 그게 사탕수수 대공의 즙을 짜서 설탕을 만드는 대만 공장하고 경쟁이 안 되니 이내 그만둬 버렸지."

언제나 그런 걸 알려주는 사람은 작은아버지였다. 삼촌도 설탕을 만들어 팔겠다는 것이 아니라 배급제로 설탕을 아예 구할 수 없게 되자 작은 양이라도 그렇게 마련한 것이었다. 어쩌면 전쟁 중에 오히려 없어서 호사하는 것이 있다면 그것인지 몰랐다. 쓰임새도 엿과 꿀과 달랐다. 설탕은 우리보다 할아버지가 더 좋아하셨다. 서울의 어떤 사람이 하루에도 몇 번 가루 설탕을 손바닥에 담아 그걸 혀로 찍어 먹는 재미에 고래등 같은 기와집을 날렸다는 얘기도 할아버지가 들려주었다.

"달긴 하다만 앞으로는 이런 거 심지 마라. 다들 끼니 걱정하며 사는 시절에 콩 두세 가마니 나올 땅에 당죽 두 사발

얻고 말면 하늘 무서운 짓을 하는 거지."

그러나 그해도 삼촌은 뒷밭에 절반가량 사탕무 씨를 뿌리고, 남은 씨앗을 친구 집에 가져다주러 간 것이었다. 거기는 납돌에서 가는 길 하루 오는 길 하루였다.

"내일 아침 읍내 광장에서 장행식(장한 뜻을 품고 먼 길을 떠나는 걸 환송하는 행사)을 하고 떠난다는데, 내가 마음이 너무 허전해서 이대로는 못 갈 것 같아서 왔어."

"그래. 말해봐."

"……"

용자는 선뜻 말을 하지 못하고 머뭇거렸다.

"괜찮아. 얘기해 요코야."

"그럼……삼촌이 없으니 너한테라도 얘기할게. 내일이면 나는 멀리 가는데……"

"그래 말해."

"내가 그동안 어디에도 말은 하지 못하고…… 삼촌과 나는 나이도 그렇고…… 처지도 하늘과 땅 차이지만…… 그동안 한동네서 보며 나 혼자 마음속으로 늘 우러렀어."

"전에는 최우석을 좋아하지 않았나?"

"그건 처음 학교 갔을 때 작은 샘물이 졸졸 흘러 시냇물과 섞이던 때의 마음이었지. 젠주에 참외 광주리를 이고 갔을 때도 그냥 날 감추고 싶은 마음이었던 거고…… 그런 마음은 삼촌에 대해서도 마찬가지겠지만, 막상 내일 간다고 하니까……"

처음 듣는 말이지만, 들으면 아주 모를 마음은 아니었다. 한동네에서 용자가 어쩌다 근숙이 언니를 대할 때나 근숙이 언니에 대해 말할 때 까닭 없이 어떤 경쟁심 같은 걸 가지고 있는 게 느껴질 때가 있었다.

"삼촌이 보면 나야 아무것도 아니지만, 그렇지만 내가 아무 말도 하지 않고 가면 정말 후회될 것 같아서…… 그래서 부탁이 있어서 왔어."

"그래. 말해 나한테."

"삼촌이 안 계시지만…… 내가…… 삼촌 옷의 단추 하나를 떼어가면 안 될까? 그러면 어디에 가든 돌아올 때까지 그걸 지니고 있으면 혼자라도 의지가 되고 견딜 수 있을 것 같아서 그래."

나도 그런 얘기를 들었다. 서양 어디에서 시작된 풍습으로 남자가 멀리 전쟁터로 떠날 때 좋아하는 여자에게 자신의 군복 단추 중에 가슴에서 가장 가까운 두 번째 단추를 떼어 준다고 했다. 내지의 상급 학교 졸업식 때 더러 멀리 떠나는 남자가 마음에 둔 여자에게 그런다는 얘기를 들었지만, 실제 그러는 모습을 본 적은 없었다.

나는 용자를 마당에 세워두고 삼촌 방으로 갔다. 안에 걸려 있는 겨울옷에도 단추가 달려 있겠지만 어제 입다가 벗어 놓은 홑적삼이 횃대에 걸려 있었다. 다행히 엄지손톱보다 큰 단추가 세 개 달려 있었다. 나는 안방으로 가 반짇고리에서 가위를 찾아 옷과 함께 들고 마루로 나갔다.

"내가 떼어줄게."

나는 가위로 삼촌 홑적삼의 두 번째 단추를 묶은 실을 잘라 냈다. 용자는 내가 손 위에 놓아준 검은색 단추를 한참 바라보다가 다시는 펴지 않을 것처럼 손을 꼭 쥐었다.

"후더가……"

"응."

"동네에 소문은 내지 마. 내가 없어도 부끄러울 것 같아서 그래."

"그래. 삼촌이 오면 삼촌한테만 얘기할게."

나는 문밖까지 나가 용자를 배웅했다. 용자는 몇 걸음 걷다가 손을 펴 단추를 보았다. 그리곤 그런 모습을 친구에게 보인 게 부끄럽다는 듯 뒤돌아 제 얼굴을 지우듯 손을 흔들었다.

"요코야."

"왜?"

나도 용자에게 할 말이 있었다. 아까 용자가 그랬듯 지금이 아니면 기회도 없을 것 같았다.

"지금은 가렵지 않아?"

나는 용자의 발을 보고 물었다.
"봄이 지나면 괜찮아. 겨울이 되면 또 가렵고……"
"그때 얼어서 그런 거지?"
"그렇지만 괜찮아질 거야. 지난봄에도 말린 가지 잎과 줄기 삶은 물에 발을 많이 담갔어."

 용자도 지금은 나와 똑같은 검정 고무신을 신고 있었다. 닳은 차이가 많이 나면 멀리 떠나는 친구에게 늦게라도 그거라도 바꾸어 신자고 말하고 싶은데 누구 것이 더 많이 닳고 덜 닳고도 없이 비슷했다. 그 신발은 이태 전 5학년 마지막 날 내 것의 새것과 헌것을 갈아신듯 용자에게 양보했어야 할 것이었다. 그랬다면 용자는 계속 학교를 다녔을 수도 있고, 어머니를 따라다니며 반 품삯의 들일이 아닌 다른 일을 하며 아버지의 일도 지금과 다른 방법으로 해결하거나, 하지 못하더라도 지금 이렇게 떠나지는 않을 것 같았다.

"요코야."
"왜 그래 자꾸……"
"내가 미안해서 그래. 니가 이렇게 가는 것도……"
"아냐, 후더가. 그런 거 없어."
"내일 내가 읍내까지 따라갈까?"
"아니, 우리는 여기서 인사해. 내일은 엄마 아버지하고 가면서 얘기할 게 많아. 동생들 얘기도 하고."

"가면 집에만 말고 나한테도 편지해."

"그래. 이제 갈게."

그게 우리가 서로 본 마지막 모습이었다.

다음 날 저녁 연곡에서 돌아온 삼촌에게 얘기하자 삼촌은 그게 먼 곳으로 떠나는 사람에게 의지가 된다면 겨울옷에 더 큰 단추가 있는데 그걸 떼어주지 그랬냐고 했다. 삼촌은 가을 내내 두 번째 단추를 떼어낸 홑적삼을 그대로 입었다. 어머니가 새 단추를 달아주겠다고 해도 괜찮다고 했다. 나는 그게 삼촌이 용자를 위해주는 마음이라고 생각했다.

용자가 떠난 다음 마을에도 흉한 소문이 돌았다. 사천면 어디에서는 동네 사람들과 양양에서 강릉으로 들어오는 철도(아직 레일은 놓지 않고 철로 둑만 만든) 길닦이를 하고 오던 처녀가 혼자 외딴 길로 접어들었을 때 길목을 지키던 도라꾸(트럭)가 하늘의 솔개가 병아리를 채듯 잡아갔다고 했고, 구정면 어디에서는 가을누에를 먹일 뽕을 따오던 처녀가 뽕 보따리를 길섶에 놓아둔 채 순사 무리에 끌려갔다고 했다. 뒷얘기도 흉흉했다. 사람들은 지난해 유기 공출을 하듯 멀리 전쟁터로 보낼 처녀 공출을 하는 거라고 수군거렸다.

"너는 내 손을 잡지 않고는 문밖에 나서지 마라."

어머니는 나를 동네 빨래터에도 나가지 못하게 했다.

찬 바람이 불고 겨울이 다가올 때 읍내로 나가는 사람들 숲에 끼어 학교 앞 면소 거리로 나가지 않을 수 없는 일이 생겼다. 먼 산에는 11월에 벌써 눈이 내렸다. 1,2학년과 5,6학년 때 우리를 가르쳐주었던 오오모리 센세이가 이번 학기가 끝나면 내지로 돌아간다고 했다. 소식을 전해준 사람은 남렬이었다. 5학년인 남렬이는 오오모리 센세이와 한 번도 같은 교실에서 만나지 않았지만, 학교엔 이미 다 알려진 소문이라고 했다.

"봄에 오오모리 센세이 어머니가 돌아가신 다음 내지에서 아버지를 보살필 사람이 없대."

"센세이 형제가 여럿인데. 그래서 이름이 사부로(三郞)고."

"위에 형은 어릴 때 죽고, 둘째 형은 군인으로 만주에 가 있어 올 수가 없고, 오오모리 센세이가 돌아가야 한대."

졸업한 다음 일 년 반이 지나도록 한 번도 학교에 가지 않았다. 다시 사전을 받으러 가지도 않았다. 그렇지만 이제 오모모리 센세이가 내지로 돌아간다면 그러기 전 한 번은 찾아가 인사를 드려야 할 사람이었다. 아버지도 그게 사람의 도리라고 했다. 내가 강릉고등여학교 입학이 막혔을 때 나를 위해 학교로 찾아가 교장 선생에게 교무실 바닥에 머리를 대고 절을 하고 온 사람이었다. 아버지는 오오모리 센세이가 내지인으로 엄격한 데가 있어도 공부와 생활의 가르침에는 또 그만한 선생이 없다고 했다.

 공부 시간 문득 찾아갈 수 없어 언제 어떻게 찾아뵈면 좋을지 남렬이 편에 편지를 보냈다. 전에 국어책에서 본 대로 제일 위에 '하이케이(拜啓)'[48]라고 쓴 다음 어떤 말로 인사해야 할지 몇 번이나 쓰고 지우길 반복했다. 나로서는 태어나 처음 써보는 편지였다. 센세이는 이틀 후 점심시간에 학교에서 가까운 국숫집으로 오라고 했다. 국밥도 팔고 기계로 뽑은 왜면(가는 국수)도 파는 집이었다.

 센세이는 군복 같은 교원 제복 위에 품이 조금 넓은데도 어딘가 절도가 느껴지는 듯한 외투를 입고, 입과 양쪽 볼 사이에 주름이 조금 더 깊어진 얼굴로 국숫집 문을 열고 들어섰다. 나는 교실에서 반장의 구령에 따라 인사할 때처럼 자리에서 일어나 차렷 자세로 인사를 드렸다.

"그래. 고우도쿠 오랜만이구나. 그동안 잘 지냈느냐?"

"예. 저는 잘 지냈습니다."

 센세이가 이리코(말린 멸치) 국물에 만 소면 두 그릇을 주문했다. 집에서는 통밀을 갈아 만들어 국수 색깔이 갈색을 띠고 찰기도 덜했다. 그만큼 가늘게 썰 수도 없었다. 그래서 어른들이 읍내나 면소 거리로 나오면 별미처럼 가늘고 쫄깃한

---

[48] 삼가 아룁니다(절을 올리고 말씀을 드립니다)는 뜻으로 어른께 보내는 편지의 첫머리에 쓰는 말

흰 왜면을 찾는가 보았다.

　더운 김이 나는 국수 그릇을 사이에 놓고 지나온 얘기를 했다. 센세이는 예전에 회초리로 때릴 때 난 상처를 살피려는지 젓가락을 든 내 손을 유심히 바라보았다. 상처는 왼쪽 엄지손가락 안쪽에 있었다. 국수 그릇 위에서 한 번 눈이 마주친 다음 센세이는 공부에 대해서 물었다. 나는 올해 초 강릉고등여학교에 다시 시험을 볼 수 있는지 작은아버지가 학교 쪽으로 알아보았던 얘기를 했다. 센세이는 언젠가 내게 들은 서울 친척 집에 대해서 물었다. 나는 아버지와 작은아버지는 거기에서 공부했지만, 몇 년 전 작은집 할아버지가 돌아가신 다음 지금은 큰집 작은집 왕래가 뜸하다고 대답했다.

　"그렇구나. 여기서 막히면 서울에 가서라도 공부할 수 있길 바랐는데. 거기는 졸업증명서만 떼어가면 된다."

　"제 증명서에는 그런 게 안 나오나요?"

　"조선어 옛날얘기 말이냐?"

　"예."

　"작은 일은 아니어도 너희는 아직 국민학교 생도들이었고, 문서에 남을 정도의 처벌이라면 너희보다 훈도인 내가 받아야지."

　"저는 이제 괜찮습니다. 그런 것만 없다면……"

　"뭐가 말이냐?"

"이제 학교에 가지 않아도요."

나는 그때의 잘못으로 강릉에서는 더 공부할 수 없게 되었지만, 센세이가 어디에 계시든 끝까지 저를 믿어주고 위해주신 은혜만은 잊지 않겠다고 다시 자리에서 일어나 인사했다. 센세이는 네가 이 말을 이해할지 모르지만 인생은 아주 긴 것이라고 말했다. 특히 공부에서 인생은 다른 어떤 일의 인생보다 길다고 했다.

나는 내 얘기에서 말을 돌려 용자 얘기를 했다. 용자가 정신근로대에 지원하게 된 사정에 대해서도 말하고, 떠난 지 석 달이 지나는데도 아직 편지가 오지 않았다고 말했다.

"그러면 곧 오겠지. 요코가 편지를 쓰면."

"저에게도 편지하겠다고 했는데, 소식이 없으니 집에서 걱정이 많으셔요."

"장행식까지 하고 떠났으면 준비된 일자리를 찾아간 것일 텐데 아직 안정적으로 자리를 잡지 못해서인가. 무슨 사정인지 모르지만, 반도든 내지든 제국의 보호 아래 있는 곳이면 어디든 안전하다. 쓰지 않은 편지야 오지 않겠지만 보낸 편지가 중간에 새는 법은 없다. 편지를 썼던 땅을 다시 잃지도 않는다."

오오모리 센세이는 옆자리에 방해되지 않게 차분하지만 분명한 어조로 말했다. 그럴 때면 우리가 교실에서 보았던 모습 그대로였다. 용자 부모님과 나는 혹시 용자가 잘못되어 편지를 하지 않나 불안한데 센세이는 그 부분에 대해 조금의 망설임도 없이 제국의 보호를 말했다. 전에 최우석이 군에 갔을 때 용자가 그랬다. 오오모리 센세이는 뭐든 다 바르게 말하고 바르게 가르치지만, 뼛속까지 일본인이어서 그런 일에서는 내지 편에서만 말한다고 했다. 나는 센세이는 우리보다 아는 게 더 있을 것 같아 용자보다 먼저 떠난 최우석에 대해서도 물어보았다.

"아, 다카야마(高山)[49] 군이 처음엔 너희들과 같이 입학했지?"

"예. 그랬다가 두 번 월반했습니다."

"다카야마가 떠난 건 내가 잘 알고 있다. 집안에 어려운 일이 생겼다고 나를 찾아왔다."

"그랬군요."

나는 그 말도 센세이에게 처음 듣는 것처럼 대답했다.

"떠날 때는 거기 군관학교에 들어가고 싶어 했지만, 그건 애초 자격이 안 되는 일이라 규정상 어렵고, 만주 관동군 사령부로 찾아가라고 추천서를 써주었다. 거기에서 간부 교육을 받은 다음 평소 하던 것처럼 열심히 하면 또 다른 길이

---

[49] 창씨개명 때 한자 최(崔) 자가 높은(高) 자리에 산(山) 자가 있다고 하여 지은 일본식 이름

있을 테니까."

"센세이께서 알려주셨다면 그곳에 누가 있는지요?"

나는 작은 소리로 조심스럽게 물었다.

"내 바로 위의 형이 있다. 나도 젊어서는 형을 따라 군문에 들어서려고 했지. 그런데 먼저 자식 하나를 잃은 부모님이 남은 두 자식 가운데 하나가 이미 군에 들어가 있으니 아래 자식은 다른 일을 하기 바라셨지. 그래서 군인은 못 되었지만, 훈도가 되어 나라에도 내 인생에도 보람된 일을 하겠다고 반도로 왔던 것인데 이제 그것도 돌아갈 때가 되었다. 내지에 혼자 계시는 아버지도 늙으시고, 나도 이제 어느덧 마흔이 되어간다."

그 말을 듣고 다시 바라보니 센세이가 우리가 1학년 때 처음 보았던 모습보다 확실히 더 나이 들어 보이는 듯했다. 이마엔 주름이 없어도 입가의 주름이 더 깊어졌다.

"돌아가시면 그곳에서도 선생님을 계속 하시는지요?"

"아마 그래야겠지. 시즈오카 고향 마을에서. 여기서 조금 걸어가면 젠주 바다가 나오는 것처럼 우리 고향 집에서도 동쪽으로 조금 걸어가면 바다가 나온다. 그래서 이곳이 더 마음에 들었는지 모른다."

"조선에 오신 지는 얼마나 되셨나요?"

"19년 되었다. 먼저는 같은 강원도 춘천에 있다가 여기 성덕국민학교에는 너희가 입학할 때 나도 새 학교로 전근 와 첫 생도로 너희들을 만났지."

"저희는 센세이가 늘 고맙고 무서웠습니다."

"가는 곳마다 만나는 사람마다 그렇게 말한다. 다카야마도 그렇게 말하고 떠났다."

"다카야마가 선생님께는 편지를 올리는지요?"

"학교 다닐 때 공부를 했어도 군에 대해서는 모르는 게 많구나. 군대는 그렇게 한가한 곳이 아니다. 더구나 지금은 전쟁 중이라 밤에 잠을 자다가도 언제 어디로 이동할지 모른다. 내가 지금 어디에 있다고 소식을 전할 수가 없다. 그래서 처음 군대에 가면 본인 대신 부대의 대장이 부모님께 아들은 지금 나와 함께 있고, 내가 부모님을 대신해 잘 보살피겠다고 안부 편지를 드린다."

식사를 끝낸 다음 센세이는 외투 주머니에서 신문지로 말아서 싼 작은 물건 하나를 꺼내 식탁 위에 올려놓았다. 신문지로 싸도 금방 알 수 있었다. 전에 받지 않았던 일본어 사전이었다.

"어제 동생 편에 편지를 받고, 오늘 아침 학교로 나올 때 일부러 가지고 온 것이다. 공부를 하지 않으면 크게 필요하지 않겠지만, 필요가 있기를 바라는 마음으로 들고 왔다. 졸업할 때 취소된 우등상 대신이라고 해도 괜찮다."

이번엔 거절할 수가 없었다. 용자와 최우석 얘기를 할 때와는 다르게 이제 가지 못할 학교와 그런 제자를 위로하는 센세이의 마음을 생각하면 나도 절로 고개가 숙여졌다.

"감사합니다."

"받아주어 고맙구나."

"어디에 계시든 잊지 않겠습니다. 센세이도 늘 건강하십시오."

"이제 손을 보여줄 수 있겠느냐?"

나는 예전에 회초리로 맞을 때처럼 두 손을 가슴 앞에 모아, 그러나 그때 매를 맞을 때처럼 똑바로 펴지 않고 물 한 모금 손바닥에 담듯 둥그스름하게 펴 보였다.

"어려도 공부의 영광과 상처가 함께 한 손이다. 영광이 다시 시작되었으면 좋겠구나."

"……"

"이런, 시간이 이렇게 지났구나."

센세이는 다음 수업 때문에 오래 앉아 있을 수 없었다. 음식값을 계산하려고 아버지한테 돈까지 받아 갔는데 센세이가 나를 가볍게 밀어내고 계산했다. 센세이의 뒤를 따라 나오자 흐린 하늘에 내 마음처럼 어지럽게 눈발이 날리고 있었다. 센세이에게 용자에 대한 얘기를 근로보국대장과 면서기 얘기까지 했어도 신발에 대해서는 내 죄를 내 입으로 말하는 것 같아 차마 하지 못했다. 센세이와 헤어진 다음 국숫집 처마 밑에서 발을 구르며 기다렸다가 남렬이와 함께 집으로 돌아왔다. 오는 길에 앞고개를 넘어 비각 앞을 지날 때 몇 번이나 뒤를 돌아보았다.

"왜 그래, 뭐가 있어?"

"아냐, 아무것도."

저곳에 가면 희미해도 그때 우리가 표시한 흔적이 있을 것이다. 그때는 누구의 비각인지도 모르고 들어가 비를 피하고 옛날얘기를 했다.

'비각의 주인님. 거기에 비각을 쓰고 계시니 살아서도 남다른 일을 하셨겠지요.

우리 친구를 꼭 돌아오게 해주십시오.

우리 친구가 편지하게 해주십시오.'

나는 누군지도 모를 비각 주인에게 내 마음 안에 모을 수 있는 모든 진심을 담아 기도했다.

그다음 떠난 사람이 다음 해 봄에 끌려가듯 군에 간 삼촌이었다. 이태 전 삼촌이 함흥사범학교 시험에 거듭 떨어졌을 때 아버지는 삼촌이 시험에 떨어져서만 속이 상한 게 아니었다. 작은아버지에게 지금 세상 돌아가는 모습 같아서는 조선 사람도 문자만 해독하면 죄다 전쟁터로 끌고 갈 거라고 걱정하던 것이 눈앞의 현실이 되었다. 글자를 모르면 어디 탄광이나 조선소 같은 곳에 일꾼으로 끌려간다고 했다. 남은 가족들 때문에라도 어디로 피할 수도 달아날 수도 없었다.

 지난겨울 면소에서 마을마다 입영 대상자를 조사해 가고 석 달 후 입영 통지가 나왔다. 삼촌은 자신에게 닥친 운명처럼 담담하게 받아들였다. 다른 방법도 없었다. 이때에도 아버지는 아버지가 함께 따라가서 본 함흥사범학교 첫 번째 시험을 못내 아쉬워했다. 그때 시험에 합격했다면 삼촌은 지금 전쟁과 관계없이 어느 학교의 교원으로 근무하고 있을 것이다. 전장의 군인보다 부족한 게 교원이라고 했다.

 공교롭게도 삼촌의 입영일은 그해 삼촌이 자신의 공부까지 뒤로 미루면서 가르쳐 강릉고등여학교에 입학시킨 근숙이 언니의 졸업식 일주일 후였다. 그 학교는 4년제여서 같은 해 들어가도 농업학교나 상업학교보다 졸업이 빨랐다. 강릉군의 입영 장정들은 읍내 차부 앞 광장에서 장행식을 열고 떠난다고 했다. 며칠 동안 삼촌은 저녁마다 늦게 들어왔다. 어떤 날은 마음속의 불을 달래듯 술을 마시고 오기도 했다.

 "어디서 마셨느냐? 이렇게 많이."
 "오늘은 양조장에서요. 그 집 딸 졸업도 축하하고 입대 송별도 하고요."

"그래. 그만 들어가 자거라."

떠나는 날 아침, 나는 아버지가 우는 모습을 처음 보았다. 아침 일찍 읍내로 나가는 삼촌을 배웅하며 아버지는 한 가닥 굵은 눈물을 흘렸다.

"형님. 저는 꼭 돌아옵니다. 돌아올 거예요."

"그래, 그래야지. 꼭."

나도 펑펑 눈물을 흘리며 울었다. 내겐 다정한 오빠와 같고 조선말 일본말 공부의 스승과 같은 삼촌이었다.

삼촌이 떠난 다음 바로 돌아온 할머니의 제삿날 풍경도 예전과 달랐다. 이태 전 놋쇠 제기를 모두 빼앗긴 다음 아버지는 새로 나무 제기를 장만했다. 촛대도 나무로 깎아 만든 것이었다. 숯불을 담는 향로만 철로 만든 것을 어디서 구해왔다. 집에 남은 놋그릇은 어머니가 시집올 때 해온 물 한 말, 반 말, 석 되를 담을 수 있는 방짜 양푼 세 개뿐이었다. 그들이 들이닥쳤을 때 어머니가 얼른 눈치를 채고 그것 세 개만 겨우내 사과와 모과를 보관하는 등겨 가마니 속에 몰래 엎어 놓았다고 했다.

할머니 제사를 지낸 다음 날 고모들은 모두 돌아가고, 아버지와 작은아버지만 남아서 전쟁 얘기와 삼촌 얘기를 했다.

"동생이 보기엔 이 전쟁 끝이 어떨 것 같누?"

"제가 전에 명기가 다닌 학교에서 조선어와 조선사를 가르칠 때도 그랬고, 과목이 없어질 때도 이제는 두 나라 병합이 굳어져서 조선이라는 나라는 점차 흔적이 없어지겠구나 생각했는데요, 지금은 다른 사람한테는 말할 수 없지만 전쟁이 나고 나서는 오히려 생각이 좀 달라졌어요."

"어떻게 말이누?"

다시 작은 소리로 아버지가 물었다. 나도 무엇이 달라졌을까 귀를 쫑긋 세웠다. 작은아버지는 대답 대신 젊은 날 동경에서 유학하던 하숙집 얘기를 했다.

"그때 인연으로 지금도 일 년에 몇 번 편지를 주고받는데, 거기 있으면서 제가 주인집 아들의 공부를 봐줬거든요. 지금도 그렇지만 그때도 조선총독부가 발행하는 조선 보통학교 교과서와 내지 문부성이 발행하는 일본 심상소학교 교과서 내용이 많이 달랐어요."

"아무래도 그랬겠지. 환경이 다르니."

"그때는 일본이 미국과도 사이가 좋던 때여서 아이들이 배우는 책에 미국 여행 중인 아버지가 아들에게 보낸 편지가 실렸어요.[50] 제가 지금도 그걸 잊지 않고 있는 건 그때 대

---

50 1932년 일본 문부성이 발행한 심상소학 국어독본 권8(4학년 2학기)

학생인 제가 봐도 정말 놀랄 만한 내용이었거든요."

"어떤 내용인데 그러누?"

"시카고에서 출발하여 오늘 드디어 미국에서 제일 큰 도시 뉴욕에 도착했다. 시카고에서 뉴욕은 980마일(1600km) 떨어져 있지만, 아버지는 가장 빠른 급행열차를 타고 18시간 만에 도착했다. 일본에는 아직 이렇게 빠른 기차가 없다. 뉴욕은 높은 건물이 있는 것도 세계 제일로 수십 층짜리 건물은 얼마든지 있고, 그중에 100층이 넘는 건물도 있다면서 거리 사진도 싣고요. 지상 철도는 물론 공중으로 다니는 고가철도와 땅속으로 다니는 지하철도로 전차와 기차가 밤낮으로 쉬지 않고 다닌다. 아메리카 사람들은 공장과 농장도 큰 것, 넓은 것, 높은 것, 빠른 것, 뭐든지 세계 제일이 되려고 하는데, 아무튼 엄청난 힘이 느껴진다며 일본도 그렇게 발전했으면 좋겠다는 바람을 담은 내용이었거든요. 바로 앞에 보낸 편지에서는 시카고 공업지역에 대해 놀란 얘기를 하고요."

"지금도 배우는 책이누?"

"지금은 적국으로 싸우느라 뺐겠지만, 그게 13년 전 우리도 얼른 저렇게 발전하자고 미국의 실상과 국력을 내지 아이들에게 그대로 보여준 내용인데, 13년이 지난 지금 일본의 국력이 그걸 따라가느냐 하는 거지요."

"그만큼은 안 되겠지."

"절반은요?"

"글쎄……"

"그러면 전쟁도 그러지 않을까 싶은데요."

"그래도 전쟁은 전략과 전술이 중요하겠지. 나라가 크고 잘 살아야만 이기는 게 아니라 예부터 적은 군대로 대군을 물리치는 게 전쟁이고 하니 정신력도 중요하겠고."

"그건 한두 번 싸움에서 얘기고 오랜 전쟁에서는 기본이 국력인데, 거기에서 밀리니 가미카제 특공대 같은 얘기가 계속 나오는 게 아닌가 싶다는 거지요. 그걸 찬양하는 글도 조선 문인들이 돌아가며 쓰고요.[51]"

마쓰이(松井) 오장송가(伍長頌歌)

마쓰이 히데오! 그대는 우리의 오장 우리의 자랑.

그대는 조선 경기도 개성 사람

인씨(印氏)의 둘째 아들 스물한 살 먹은 사내.

---

51 가장 대표적인 작품이 다쓰시로 시즈오로 개명한 서정주가 《매일신보》(1944. 12.9.)에 발표한 '마쓰이 오장 송가'다. 가미카제 특공대원으로 미국 군함에 자살 폭격한 조선인 청년 마쓰이 히데오(인재웅)의 죽음을 찬양했다. 노천명 역시 서정주보다 먼저 '신익'이라는 시로 마쓰이 히데오의 죽음을 찬양하며 조선 청년의 참전을 독려했다.

마쓰이 히데오!

그대는 우리의 가미가제 특별 공격 대원.

귀국 대원.

귀국 대원의 푸른 영혼은

살아서 벌써 우리게로 왔느니.

우리 숨 쉬는 이 나라의 하늘 위에

조용히 조용히 돌아왔느니.

우리의 동포들이 밤과 낮으로

정성껏 만들어 보낸 비행기 한 채에

그대, 몸을 실어 날았다간 내리는 곳.

소리 있어 벌이는 고운 꽃처럼

오히려 기쁜 몸짓하며 내리는 곳.

쪼각쪼각 부서지는 산더미 같은 미국 군함!

수백 척의 비행기와

대포와 폭발탄과

머리털이 샛노란 벌레 같은 병정을 싣고

우리의 땅과 목숨을 뺏으러 온

원수 영미의 항공모함을

그대
몸뚱이로 내려쳐서 깨었는가?
깨뜨리며 깨뜨리며 자네도 깨졌는가─

장하도다 우리의 육군 항공 오장 마쓰이 히데오여!
너로 하여 향기로운 삼천리의 산천이여!
한결 더 짙푸르른 우리의 하늘이여!

─부분

처음 전쟁이 났을 때도 작은아버지가 아버지와 얘기하며 이쪽도 해군이 세지만 미국이라는 나라가 워낙 크고 강하니 나중까지는 두고 봐야 한다고 말한 것도 그래서였던 것 같았다.

"그럼 지금 이기고 있다는 건 뭐누?"

"끝까지 가봐야 알겠지만, 자기 편이 진다고 하는 전쟁은 없지요. 저런 식으로 전쟁을 하면서도 다 이긴다고 하지요."

"하긴, 다른 얘기를 못 하게 해서 그렇지 동생 말이 옳을지 모르겠네. 요즘 세상 돌아가는 걸 보면."

"전쟁 때문에 지금 국민학교 위에 상급 학교들은 내년까지 수업을 다 정지하고 있거든요. 학교까지 문을 닫아서 모을 힘이 얼마나 되는지 모르지만요."

"그러게. 이건 가팔라도 너무 가파르니."

그런데도 모두 전쟁은 우리가 이긴다고, 이기고 있다고, 이

길수록 안으로 더 조이고 인고 단련해야 한다고 했다. 여름이 되어 집집마다 감자 수확이 한창일 때 구장이 면소에서 사람이 나온다며 마을 사람들 모두 남자도 여자도 열두 살 넘으면 중이보 냇둑에 모이라고 했다. 나도 어머니를 따라 나갔다. 나가지 않으면 벌금으로 쌀 반 되를 내야 했다. 그런 일에 나오지 않는 사람이 없게 하려고 벌칙도 세졌다. 구장의 안내를 받고 나온 면소 내무과장이 이제 납돌마을도 황국을 지키는 마지막 보루로 남녀 모두 전쟁에 나설 조선국민의용대[52]를 조직해야 한다고 말했다.

"그러면 이제 여자도 길닦이 공사에 나가듯 전쟁터에도 같이 나서란 말이우?"

누군가 묻자 면소 내무과장이 사람들의 불만을 누르듯 발을 구르며 말했다.

"총독부의 훈령이오. 총독부에서 열두 살부터 남녀 모두 최후의 일인까지 우리 황국의 승리를 위해 국민의용대를 조직하라는 훈령이 내려왔단 말이오."

그 앞에 누구도 다른 말을 하지 못했다.

작은아버지의 말대로 어쩌면 그게 막바지였는지도 모른다.

---

52 1945년 7월 태평양전쟁 막바지에 이르러 조선총독부는 남자는 12~65세, 여자는 12~45세까지 조선인을 총알받이로 내세우는 전쟁 말기적 동원체제를 작은 산촌 단위까지 조직했다.

해방이 되었건만 돌아오지 않는 사람

그리고……

가을이 되어 돌아올 수 있는 사람은 모두 돌아왔다.

히로시마현 미쓰비시 조선소에 징용 갔던 여원의 둘째 오빠도 3년 만에 돌아오고, 나가사키현 어느 탄광에 징용 간 납돌 안골 순녀의 삼촌도 2년 반 만에 돌아왔다. 떠날 때는 함께 떠나는 사람이 몇 명이든 강릉 읍내 차부 광장에서 장행식을 하고 떠났는데 돌아올 때는 저마다 도망자거나 패잔병처럼 오히려 숨어들 듯 마을로 들어왔다. 몸까지 다쳐 돌아온 순녀의 삼촌은 더 그랬다.

그동안 감옥에 갇혀 있던 난요 센세이도, 아니 홍숙인 선생님도 해방 후 조선어학회 사람들과 함께 바로 풀려나 집으로 돌아갔다고 했다. 또 강릉 여러 학교에 와 있던 센세이들처럼 중요한 짐만 정리해 급히 일본으로 돌아간 사람도 있는데, 정작 돌아와야 할 사람 중에 아직 돌아오지 못한 사람들이 있었다.

 우리 곁을 떠난 순서대로 말하면 우리보다 나이가 많기도 하지만 어려서부터 훤훤 장부 같았던 최우석도 돌아왔다는 소리를 듣지 못했다. 이젠 여기를 떠나 다른 곳에 가 살아도 돌아왔다면 누군가 그의 소식을 성덕 학교를 함께 졸업한 근숙이 언니에게 전했을 것이다. 다른 누구의 말도 듣지 않고 자기 인생의 길잡이와 같았던 오오모리 센세이의 말을 따랐던 그는 센세이가 써준 추천서를 가지고 어느 곳에 가서 어떤 군인이 되었던 것일까.

 할아버지 말대로 명석에 밤 한 말을 쏟아놓아도 첫눈에 들어오는 것이 있듯 얼굴이 하얘서 먼 곳에서도 늘 먼저 눈에 띠던 내 친구 용자도 돌아오지 못했다. 처음 데려갈 때의 약속과 달리 가서 일하는 곳이 총을 만들거나 전쟁에 필요한 물건을 만드는 군수공장이 아닌 다른 곳이어서 돌아오지 못하는 것일까. 아니면 열여섯 살의 소녀를 전쟁터에라도 끌고 간 것일까. 용자의 어머니 아버지는 물론 용남이, 용태, 용진이까지 이제나저제나 기다리고 있는데, 납돌 들판 중이 논의 벼가 누렇게 익어도 소식이 없었다.

 나는 빨랫감을 들고 중이보로 나갈 때마다 내 발과 신발을 내려다보며 용자를 생각했다. 그때 내가 상으로 받은 신발을 양보했다면, 그래서 용자가 그걸 신고 더 씩씩하게 학교를 다녀 졸업했다면, 그런 모습으로 떠나지 않을 수도 있었다. 또 누군가 뒤늦게 돌아왔다는 소식이 들릴 때도 어린 날 내가 큰 죄를 지은 것처럼 절로 용자 생각이 났다.

꼭 돌아온다던 우리 삼촌도 돌아오지 않았다. 어머니는 해방된 다음 추석날부터 매달 초하룻날과 보름날에 우물에서 새벽 물을 길어 반 말짜리 놋 양푼에 담아 장독대에 올려두었다. 꼭 그 그릇을 쓰는 건 그게 전쟁의 화를 피한 물건이기 때문이었다. 그렇지만 어머니의 정성은 아무것도 아니었다. 아무도 모르게 삼촌을 더 애절하게 기다리던 사람이 있었다.

삼촌이 식구들의 배웅을 받고 떠난 건 아직도 찬 바람이 불고, 때로 대관령 동쪽 마을에 눈도 내리는 3월 말이었다. 그리고 아무도 눈여겨보지 않는 가운데 가을부터 섬돌 다리 양조장 근숙이 언니의 배가 불러오기 시작했다. 처녀가 애를 배도 할 말이 있다지만 쉽게 말을 할 수 있는 사정은 아니었다. 해방되었을 때는 아직 배가 많이 부르지 않아 근숙이 언니 혼자 이제나저제나 뱃속 아이의 아버지가 돌아오길 애타게 기다렸을 것이다. 그 마음은 어땠을까.

처음엔 아무도 몰랐지만, 가을이 오고 추석이 지나고, 밥보자기만큼 넓은 잎 뒤에 숨은 호박도 어느 만큼 자라면 얼굴이 드러나듯 아무리 꽁꽁 싸매고 가려도 불러오는 배를 어떻게 감출 수가 있겠는지. 그때까지는 근숙이 언니도 답답한 마음에 자주 마을 안으로 와 나를 만나 삼촌 소식을 묻고 걱정하여도 나도 근숙이 언니의 몸이 조금씩 일어나는 걸 알지 못했다.

 추석 때까지도 말하지 않다가 다시 하늘의 달이 줄어드는 어두운 밤길에 근숙이 언니 어머니가 아무도 모르게 우리 집을 찾아왔다. 방으로 들어오지도 못하고 그야말로 빼꼼 문을 열고 등잔불도 안방 광창을 통해 희미하게 비치는 부엌에서 은밀하게 어머니를 만나고 돌아갔다. 그걸 어머니가 아버지에게 얘기하고, 아버지가 할아버지와 작은아버지에게 얘기했다. 사정을 알게 된 집안 어른들은 저마다 이 일을 어떻게 받아들여야 할지, 삼촌이 떠나기 전 정말 그런 일이 있었는지, 놀람 속에 반신반의했다. 근숙이 언니의 몸도 이제 감출 수 없게 일어나기 시작했다. 예전에 근숙이 언니가 그랬듯 어쩌면 덕선이 언니가 양조장 집 처녀가 애를 뺐다고 가장 많이 소문을 냈는지도 모른다.

 삼촌이 돌아왔다면 쉽게 알 수 있는 일이겠지만, 이 쉬운 일을 삼촌이 해방 후 바로 돌아왔다면 할아버지부터 그걸 받아들이기 쉽지 않았을 것이다. 받아들이더라도 여러 절차와 시간이 걸렸을 것이다. 예전에 근숙이 언니 공부를 가르치러 갈 때 할아버지가 삼촌에게 말했다. 그 집이 억만금을 벌어들인다 해도 나중에라도 내가 아들 사주를 거기에 보낼 일이 없을 거라는 걸 명심하고 처신하라고. 그렇지만 삼촌이 돌아오지 않는 지금은 또 그때와는 사정이 달라진 것이었다.

근숙이 언니 어머니는 우리 집에 다녀가는 것만 은밀하게 했지, 다녀온 일은 또 동네에 모르는 사람이 없게 말을 놓았다. 딸이 처녀의 몸으로 곧 아이를 낳을 텐데 동네 사람들이 아버지가 누군지도 모를 아이를 낳는 것보다 아직 전쟁터에서 돌아오지 않았지만, 아이의 아버지가 누군지 확실하게 알리는 게 낫다고 생각했을 것이다.

아이는 그해 해가 가장 짧은 동짓날 저녁에 태어났다.

아버지도 없이 태어난 나의 어린 사촌 동생이었다.

근숙이 언니가 아이를 낳고 삼칠일이 지난 다음 어머니가 정동진에서 난 장곽(길이도 길고 폭도 넓게 말린 미역)을 들고 양조장 집을 찾아갔다. 나도 어머니를 안내하는 길잡이처럼 근숙이 언니도 보고 아기도 보려고 따라갔다.

"이보시게. 혼자 애 많이 쓰셨네."

얼마 전 삼촌 소식 때문에 우리 집에 나를 보러 왔을 때만 해도 딸의 친구처럼 대하던 어머니가 서로 어른처럼 절반 공대를 하자 근숙이 언니가 어쩔 줄 몰라 했다. 근숙이 언니 어머니는 천천히 점심을 드시고 가라고 했지만, 어머니는 산모 불편하다고 오래 앉아 있지 않았다.

"그럼 몸조리 잘하시고, 해가 지나거든 아이를 안고 아버님께 인사 오시게."

"이예······"

"누구 편으로든 기별 주시면 거기에 맞춰 준비하겠네."

전쟁이 끝나고 아직 삼촌이 돌아오지 않는 가운데, 그게 근숙이 언니가 납돌 응교집의 막내며느리로 들어오기 전의 절차였다. 아직은 모르는 일이긴 하지만, 끝내 삼촌이 돌아오지 않는다면 근숙이 언니가 낳은 아기가 납돌 응교집에서 삼촌의 자리를 이어받는 절차이기도 했다. 삼촌이 돌아왔다면 아이를 가졌어도 조금은 까다롭게 굴었을 절차들이 삼촌이 돌아오지 않으니 오히려 이쪽에서 아이도 아이어머니도 극진히 대하는 모습이었다. 그러나 극진한 게 어느 쪽이든 이제 열아홉 살인 근숙이 언니의 삶은 또 얼마나 기구한 것이지.

읍내 작은어머니도 아기 기저귀로 쓸 소창 몇 감 끊어서 납돌 집에 먼저 들렀다가 나를 앞세우고 양조장 집에 가서 근숙이 언니와 아기를 보고 왔다. 작은어머니는 근숙이 언니의 손을 꼭 잡고 있다가 작은어머니 자신도 모르게 얕은 한숨 속에 눈물을 흘렸다. 그리곤 황망히 눈물을 닦아냈다.

겨울이 지나 봄이 되어도 삼촌은 돌아오지 않았다.

작은아버지가 예전 동경 하숙집 주인에게 전에 삼촌의 부대장이 보내온 편지의 부대 이름을 알려 그 부대의 뒷 소식을 알아보았다. 삼촌이 훈련 후 배속된 부대가 중국 남쪽으로 들어간 것까지만 확인될 뿐 전쟁이 끝난 다음엔 부대도 그곳에서 해체되어 돌아온 사람도 있고 돌아오지 못한 사람도 있다고 했다. 그 편지를 다시 인편으로 받은 게 여름이었고, 할아버지가 세상을 떠난 것도 그 무렵이었다.

장례 동안 근숙이 언니는 젖먹이를 업고 와 납돌 집에 머물며 어머니와 작은어머니와 똑같은 상복을 입었다. 음식을 만들고 내가는 부엌일도 어머니의 분별에 따라 도왔다. 내가 여전히 언니라고 부르자 어머니가 꾸짖듯 엄히 말했다.

"이젠 그렇게 부르면 안 된다. 어리셔도 작은어머니시다."

청상이라는 말, 나는 한 번도 본 적이 없지만 젊은 나이에 남편이 죽어 혼자가 된 여자를 그렇게 부른다고 했다. 근숙이 언니는 청상이라고 부를 수도 없는, 혼례조차 올리지 않은 소녀의 몸으로 이 집의 며느리가 되었다.

할아버지 장례 후 돌아오지 않는 사람과 혼인신고를 하고 아이의 출생신고도 했다. 유복자면 아기의 이름을 항렬에 따르지 않고 보통 유복이라고 짓는데, 아직 아버지가 돌아오지 않은 것이니 돌림자를 따서 남석이라고 지었다. 아버지의 뒤를 나와 함께 따라 면소에 나가 혼인신고와 출생신고까지 하고 돌아오는 길 어린 숙모가 말했다.

"후더가."

"응."

"삼촌이 안 돌아오셔도 나는 내가 한 일에 후회가 없어. 나는 우리 오빠 선생님이 내 공부를 봐줄 때부터 우리 오빠 선생님 부인이 꼭 되고 싶었어."

그게 근숙이 언니 열네 살 때였다.

"그랬구나, 언니는."

"용자가 삼촌 옷의 단추를 가져갔다고 했을 때는 화도 나고 그랬는데."

"지금은?"

"지금은…… 마음이 아프지. 오지 않는 용자도 마음이 아프고……"

삼촌은 전쟁터에 나가 돌아오지 않는데 청상보다도 어리고 앳된 숙모의 저 지순한 사랑을 어떻게 해야 할지. 이걸 철이 없다고만 할 수 있겠는지. 내가 어머니의 꾸중에도 근숙이 언니를 작은어머니라고 쉽게 부를 수 없었던 건 누군가를 작은어머니라고 부르자면 작은아버지도 있어야 하는데 삼촌을 한 번도 그렇게 생각해 본 적이 없기 때문일 것이다. 삼촌은 그냥 내게 글을 가르쳐주던 우리 집의 오빠 같은 삼촌이었다.

어머니가 언제까지 장독대에 정화수를 올렸는지 정확하게

는 모르겠다. 아마 내가 시집가기 전까지는 그랬을 것이다. 나중에는 절실함보다 체념이 더 큰 자리를 차지해도 이제까지 드리던 치성을 차마 그만둘 수 없어서, 어쩌면 하늘로 갔을지 모를 사람의 복을 빌듯 몇 년은 더 그랬을 것이다.

근숙이 언니는 여전히 양조장에서 누룩을 띄우고 술을 내리는 생산 쪽 일 말고는 공장의 모든 살림을 도맡아 했다. 나의 어린 사촌 남석이는 '큰대'라고 부르는 우리 집으로 처음엔 엄마 등에 업혀서 오고, 아장아장 손을 잡고 오고, 제사 때면 엄마와 떨어져 사촌 형 옆에서도 자고, 내 품에 안겨 잘 때도 있었다.

내가 근숙이 언니를 언니라고 부르지 않고(몇 년이 지나도 작은어머니라는 호칭은 여전히 어색해서) 처음으로 숙모라고 부른 건 시집가기 전날 둘만 있을 때였다.

"삼촌이 안 돌아오시는데 언니는, 아니 이제는 바로 불러야겠네. 숙모는 여전히 후회가 없나요?"

"그립지. 생각하면 정말 하루하루가 오빠 선생님이 떠나기 전날 둘이 같이 있던 그날인 것처럼 그립지. 그렇지만 아직은 후회가 없어. 남석이를 보면 내가 보지 못했던 오빠 선생님의 어린 시절 모습 보는 것 같고."

그렇게 근숙이 언니는, 아니 나의 숙모는 혼례도 올리지 못한 어린 소녀의 모습에서 이제야 우리가 알고 있는 의미의 청상과부가 되어갔다. 그러나 그건 또 얼마나 가혹한 일인지. 내가 겪은 대동아전쟁(태평양전쟁)의 뒤끝은 그랬다. 삼촌을 생각할 때마다 용자를 생각하고, 근숙이 언니를 만나 얘기할 때도 용자 생각을 하고, '큰대'로 놀러오는 남석이를 볼 때도 삼촌 생각 속에 늘 함께 삼촌의 단추를 받아 간 용자를 생각했다.

그래도 세월이 지나면 어쩔 수 없이 흐려지는 게 있었다. 나도 혼인하여 여러 아이를 키우며, 또 해방둥이인 남석이가 제 아버지가 나온 강릉 농업고등학교를 졸업해 아버지의 나이를 훌쩍 넘어서 섬돌 양조장의 젊은 사장으로 일찍 결혼해 제 가정을 이루는 모습을 보며 어쩔 수 없는 세월 속에 점차 삼촌과 용자의 일을 잊어갔다.

그러기까지 근숙이 언니, 우리 숙모는 참으로 씩씩했다. 6.25 전쟁 중에 이쪽저쪽 군대의 주둔과 폭격으로 깨어지지 않은 단지가 없고, 사방 벽들도 벽돌 세 장이 포개져 있는 곳이 없을 정도로 폐허가 된 양조장을 다시 정리하여 일으킨 것도 유복자나 다름없는 아들 하나를 생의 희망으로 바라보고 사는 청상의 숙모였다.

난리 한가운데 이편저편 가름 속에 숙모의 아버지가 무참하게 변을 당하고, 양조장이 쑥대밭 같은 폐허로 주저앉자 아버지와 어머니는 은근히 숙모가 거기에서 물러서 나오길 바랐다. 그런 어머니에게 스물일곱 살 청상의 숙모가 이렇게 대답했다.

"형님. 이 세상에 누가 만들든 술은 있어야 해요. 제가 만들지 않으면 누군가 만들겠지요. 그러면 제가 만드는 게 나아요. 그리고 이 자리가 반듯해야 남들이 우리 남석이를 아비 없는 자식이라고 함부로 하지 못하지요."

섬돌 양조장은 그렇게 숙모가 다시 일군 자리였다. 그걸 남석이가 이어받은 것이었다.

언젠가 내가 물었다.

"숙모는 아직도 삼촌에 대해서 후회가 없나요?"

나도 나이를 먹고 숙모도 이미 머리가 하얘지기 시작한 다음이었다. 아마도 남석이가 차린 숙모의 환갑잔치 때였던 것 같다.

"저걸 보면 후회야 없지만, 이제는 마음속에 매일이 선생님 떠나시기 전날 같지는 않지."

"그럼 지금은 어떤데요?"

"이제는 선생님 생각을 하면 용자 생각도 함께 나지."

"그런가요?"

결혼해서 납돌을 떠난 다음 나는 언제부턴가 삼촌 생각도 용자 생각도 희미해져 가는데 숙모는 삼촌을 생각할 때마다 이제는 용자가 함께 생각난다고 했다. 나는 숙모의 얘기를 들으며 오랜만에 내 발을 내려다보며 용자의 얼굴과 중이보 앞에서 보았던 용자의 언 발을 떠올렸다.

"선생님이 떠나기 전에는 용자가 먼저 떠나며 선생님 옷의 단추를 받아 간 게 화도 나고 그랬는데……"

"그건 내가 떼어줬어요. 삼촌이 준 게 아니라."

"누가 줬든 내 마음이 그랬는데, 그게 언제부턴가 나이를 먹으며 달라졌어. 내가 나이를 먹어도 아직 갈 날이 많이 남아 있고, 어느 세상에 가 있던 나하고 헤어진 지도 40년이 넘어가는데 혼자 외롭지 않게 그게 마음의 의지라고 단추를 받아 간 용자라도 그 옆에 있었으면 바랄 때가 많아."

"우리 숙모가 많이 너그러워지셨네. 나는 자꾸 잊어가는데."

"너그러워져서가 아니야. 납돌 반듯한 집안에서 자라 반듯한 짝을 만나 아이들 여럿 낳아 키우며 외로울 사이 없이 살아온 조카는 알지 못하지. 내 속의 이런 마음을……"

"그게 어떤 마음인데요?"

"나는 아무것도 모르는 나이에 내일이면 전쟁터로 끌려가는 선생님에게 마음이 끌려 혼인도 전에 남석이를 가졌지. 아이를 낳고 웅교집 며느리로 들어가느냐 마느냐 하는 것도 내 마음으로 내가 결정한 일이 아니야. 그때는 그게 다 운명처럼 정해진 일이어서 아이를 낳았으면 그다음 일은 또 어른들이 하라는 대로 따라야 하는 것이었지. 살아오며 내 운명을 내가 결정한 적은 딱 한 번밖에 없어."

"그게 언제였는데요?"

"6.25 난리가 끝나고, 아버지도 돌아가시고 양조장도 쑥밭이 되었을 때……"

내가 결혼하여 납돌을 떠난 다음이었지만, 그 일이라면 나도 알 것 같았다.

"해방되었을 때도 그랬지만, 사변 후에도 학교마다 선생이 모자랐거든. 이렇게나 저렇게나 오빠 선생님 덕분에 고등여학교를 나왔는데, 4년제와 5년제 중등 과정을 졸업한 사람은 1년이거나 반년 교원 강습만 받으면 바로 초등교원으로 발령을 내주었어. 그때 거길 지원할까 고민이 많았어. 그걸 하면 아이를 혼자 키워도 어느 선생의 아들이라고 부르지 아비 없는 자식이라는 소리는 듣지 않겠다 싶어 나도 유혹되는 게 있고, 위에 두 아주버님도 그러시고 두 형님도 당장 아무것도 없는 양조장보다는 거길 지원하라고 많이 권하셨지. 그게 하기도 쉽고 집안에서도 보기가 반듯하니까."

"그런데 왜 안 하셨어요?"

"양조장을 지키다가 돌아가신 건 아니지만, 그러면 우리를 키운 우리 아버지의 삶과 흔적이 너무 불쌍하게 사라지는 것 같았어. 그래서 어른들이 권하시는 걸 듣지 않고 잡초 더미 위에 천막을 치고 멍석 깔고 누룩을 빚어냈어. 내가 성공하면 이 일이 남석이가 살아가는데 큰 의지가 되겠다는 각오로 이를 악물었던 거지."

어린 날 사랑은 불장난 같았을지 몰라도 한 사람의 사랑과 삶이 이렇게나 깊고 큰 것이었다. 누가 저런 생각을 하고 저런 담력으로 이미 망해버린 집안을 일으킬 수 있겠는지. 이건 하늘에서 삼촌도 칭찬해 주어야 하고, 용자도 그 옆에 있거나 멀리 있어도 박수할 만한 일이었다.

나는 그러지 못했다. 해방 다음 해 아버지가 지금이라도 못한 공부를 하겠느냐고 물었을 때 성덕 학교를 졸업한 지 3년이 지났다. 아직 삼촌의 생사를 모르는 어수선한 분위기지만 늦게라도 공부하려면 얼마든지 할 수 있었다. 열네 살에 성덕 학교에 들어온 최우석과 비교해서도 그렇지만, 새로 나의 숙모가 된 근숙이 언니와 비교해서도 고작 두 해 늦은 정도였다. 그러나 이것도 뒤늦게 헤아려 보니 그런 거지 당시로서는 3년 쉰 것이 많이 늦은 것 같은 생각도 들고, 동네에 내 나이에 결혼한 사람도 있는데 동생 남렬이와 또 동네 동생들과 함께 중학 과정을 입학하는 게 왠지 쑥스러워 이제 가서 무얼 하겠느냐고 가지 않겠다고 했다. 아버지가 세 번 네 번 권하지 않았던 것도 돌아오지 않는 삼촌이 남긴 어두운 그림자 탓이었을 것이다.

  이때 홍숙인 선생님이 함흥으로 가지 않고 전에 있던 성덕 학교로 와서 계속 계셨더라면 찾아가 말씀이라도 들었을 텐데, 이것도 다 지나간 다음의 후회와 같은 아쉬움일 것이다. 홍숙인 선생님은 내게 이다음 꼭 공부를 하라며 나라 간의 말과 글을 연구하는 것도 학문이라고 했다. 그것과는 또 다른 뜻이라 하더라도 일본으로 돌아가기 전 오오모리 센세이도 내게 말했다. 네가 아직 어려 이 말을 이해할지 모르지만 인생은 아주 긴 것이라고, 특히 공부에서 인생은 다른 어떤 일의 인생보다 길다고 했다. 그러나 나는 당장 잃어버린 3년을 더 크게 여겨 두 선생님이 말한 공부를 이어가지 못했다.

친일 부역자의 화려한 변신

 이제는 긴 얘기에 숨이 차기도 합니다.
 계속 이어가지 못한 공부에 대한 아쉬움은 어쩔 수 없는 내 몫의 운명이라 하더라도 이제 남은 또 한 사람의 얘기를 마저 해야겠어요. 우리의 삶을 바꾸고 흔들어 놓은 강릉군 근로 보국대장 얘기를요. 말은 이렇게 했지만, 나는 그가 내 삶을 바꾸고 흔들어 놓았다고는 생각하지 않습니다. 그때 비각에서 우리가 나눈 옛날얘기는 그 사람이 아니어도 누구에게라도 걸릴 수 있고, 그때 걸리지 않았으면 시간과 횟수만 더 쌓였겠지요. 그걸 눈감지 않고 학교와 자기가 다니는 곳마다 얘기하고 퍼뜨린 것도 무어라고 하고 싶지 않습니다. 그때는 그게 잘못된 일이었으니까 누구에게 평계 댈 것 없는 내 잘못이고 우리들의 잘못이었던 거지요.
 나중 학교 문제도 그랬어요. 그 시절 내가 규율을 어겨 한 일이었고, 해방된 다음 학교에 가지 않은 것도 그때 내가 인생을 길게 보지 못하고 짧은 생각으로 성급하게 내 눈을 찌르듯 결정한 것이었습니다.

이제 이런 얘기를 하는 게 조금 조심스럽기는 하지만, 일본 사람 오오모리 센세이에게 우리가 배운 것은 그런 것이었답니다. 우리 1학년 때부터 나에게 일어난 일을 남 탓하고 다른 사람 핑계를 대선 안 된다고 했어요. 그 안에 본심이 얼마만큼인지 모른다 해도 우리가 몰래 나눈 옛날얘기도 오오모리 센세이는 그게 그 시절 일본말 상용에 대해 제대로 가르치고 단속하지 못한 자신의 탓이라고 여겨 내가 시험에 떨어진 학교를 찾아가 교장에게 절을 했어요. 그런 사람이어서 우리가 더 무서워했던 건지 몰라요.

그것처럼 용자가 자기 발로 걸어서 보국대 사무실로 찾아갔으니 용자가 잘못한 것이라고 말할 수 있는 건가요. 용자도 그렇고, 살아 돌아오기는 했지만 히로시마현 미쓰비시 조선소로 징용 갔던 여원의 오빠도 그렇고, 그가 강릉에서 갖은 방법을 동원해 징용 보낸 사람은 또 얼마나 많았던가요. 남 탓을 하면 안 되니까 이게 한 사람 한 사람 징용을 가고 정신근로대로 간 사람들의 잘못인가요.

특히나 그해 여름 용자가 경찰서에 붙잡혀 있는 아버지를 구하기 위해 읍내 근로 보국대 사무실을 찾아가 어디로 끌려갈지도 모를 정신근로대에 지원한 것을 어떻게 말해야 할까요.

용자가 그때 강릉군 근로보국대장에게 말했어요. 아버지가 풀려나 집에 오기만 하면 자기는 여기서 어디로 보내든 보내는 대로 가겠다고. 그래서 그 말대로 내 친구 용자를 돌아올 수 없는 곳으로 보냈던 건가요. 이거야말로 김진벽 그 사람의 간계가 아니었던가요. 아니, 그게 어떻게 한 사람의 간계일 수 있나요. 그런 간계를 꾸며 사람을 모집하도록 한 조선총독부와 그 위에 총독부를 수족처럼 부리고 움직이는 한 제국의 간계가 있었던 것 아닌가요.

세상이 바뀌자 가장 빠르게 변신한 사람이 그였답니다. 어수선한 시절 속에 분위기도 그랬지요. 해방 전날과 다음 날 아침, 지금까지 못을 꽝꽝 박아 걸었던 현판을 급히 떼어내고 새 이름으로 바꾸어 달아야 할 곳은 얼마나 많았던가요.

해방 전날까지는 이 사람 저 사람 붙잡아 징용 보내고 근로 정신대로 보내기에 바빴던 강릉군 근로보국대장에서 다음 날 곧바로 누군가 발 빠르게 만들어 낸 강원도 자치위원회에 들어갔지요. 이어서 강릉군 자치위원회를 만들어 이제 이곳 일은 우리가 자치적으로 해결해 나가야 한다고 목소리를 높이고, 거기에 남보다 글씨를 잘 쓰는 재주까지 가졌으니 물을 만난 고기와도 같았던 거지요. 여기저기 새로 생겨나는 단체와 사무실마다 현판을 써주고, 미처 준비하지 못했거나 급히 준비하느라 입구에 걸린 현판이 군색해 보이는 곳에는 다시 써서 선물하며 참으로 화려하게 변신의 변신을 거듭했지요.

　미국 군정이 끝나고 정부가 수립된 다음에는 또 어떠했던가요. 대한청년단 강릉단부 청년단장을 시작으로 기회가 될 때마다 이 자리 저 자리 옮겨가며 여러 직함을 차지하고, 그걸 바탕으로 지방의회 선거에도 나가고, 나이가 들어서는 지역 유림과 서예계의 큰 어른으로 향교와 예술계와 학회에까지 진출해 명예를 누리며 존경받고, 그것도 그래서는 안 되는 일이었지만, 말까지 번드레해 스스로 참 애국자이고 지도자인 양 강릉의 많은 집안의 아들딸들 혼사에 주례를 섰지요.

　나는 어쩌다 하객으로 참석한 혼사에 그 사람이 주례로 나서 사람이 어떻게 살아가야 하는지 인본에 대해 말하면 예식 중간에 앞으로 걸어 나가 그를 끌어내고 싶은 마음을 간신히 참곤 했어요. 모르면 그만이지만, 나는 저 사람이 어떤 사람인지 잘 알고 어린 시절 친구와 함께 직접 겪기도 한 사람이니까요.

　'여러분. 저기 서 있는 저 사람이 어떤 사람인지 아나요?

이제 겨우 열여섯 살 된 소녀를 함정에 빠뜨려 정신근로대로 끌고 간 사람입니다. 그런 사람이 어떻게 이 성스러운 혼례의 주례를 설 수 있나요?'

소리쳐 말하고 싶지만, 그러면 저 앞에 서 있는 신랑 신부의 혼례식이 난장판이 될까봐 그걸 참기 위해 치맛자락을 꽉 쥐고 떨 때도 있었어요. 그렇게 참는데도 내 걸음이 내 마음과는 다르게 앞으로 막 걸어 나가는 듯해 그 사람의 모습을 보지 않으려고 눈을 질끈 감았던 때도 있었어요. 그가 한 짓을 다 잊는다고 해도 이제 막 열여섯 살 된 어린 내 친구를 어디론가 끌고 가기 위해 꾸민 간계만은 용서할 수 없어요. 그게 어디 납돌 우툴집의 용자뿐이겠는지요.

그가 천수를 누리듯 나이 들어 죽은 다음에 그의 장례를 예전 우리가 성덕국민학교를 다니던 시절 가두 행진을 했던 강릉 차부 광장에서 강릉 시민장으로 치르자는 의논이 있었다는 얘기를 들었을 때는 만약 그러기만 하면 그 자리에 가 침이라도 뱉어주고 싶었어요. 돌아온 사람도 있지만, 그가 자신의 출세를 위해 총독부에 잘 보일 욕심으로 꾸미고 흔들어 죽음의 길로 내몬 어리고 젊은 사람이 얼마나 많았던가요.

그러나 세상은 누가 그런 얘기를 하면 그게 언제 적의 일인데 이제는 서로 잊고 화합해야지 왜 다 지나간 얘기를 다시 하느냐고, 무슨 의도를 가지고 그러는 거냐고, 도대체 나라를 사랑하는 마음이 조금도 없는 거냐고 오히려 윽박지르듯 말해왔지요. 그러니 그런 일에 총독부의 개가 되어 앞장섰던 근로보국대장까지 수십 년 동안 이 자리 저 자리 바꿔가며 출세와 명예를 누려왔던 거겠지요.

어쩌면 지금이라도 누가 나서서 말한다면(만약 이 늙은이라도 그런다면) 내가 살고 있는 이곳부터 여러 말이 나오겠지요. 그간의 신분 세탁으로 그 사람이 어떤 사람인지 몰랐던 사람들은 그이가 정말 그런 사람이냐고, 그런 사람이 우리 고장 유림을 대표해 향교의 가장 큰 직책을 맡고 학교마다 강연을 다니며 우리 집안 혼사의 주례를 섰던 것이냐고 놀랄 테지요. 한때는 그 사람이 강릉 혼인 절반을 주례 선다는 말까지 있었으니까요. 놀라면서 늦게라도 바로 알게 되어 다행스럽다기보다 이제 와 굳이 헤쳐낼 게 뭐가 있느냐고 여길 사람도 많을 거라는 걸 잘 알고 있습니다. 그런 점에서 나는 나이 아흔다섯이 되어도 여전히 현명하지 못한 할머니인 거지요.

그렇지만 내가 낳은 여러 아들 중에 하는 일로도 이쪽 일에 관심 많은 아이가 있어서 나도 조금은 알아요. 그런 걸 바로 잡고자 하는 사람에게 가차 없이 씌워지는 그물이 '너 왼편이지?' 하는 말이라는 것도요. 오죽하면 해방된 지 80년이 지난 다음인데도 그 아이 입에서 자신이 하는 일을 두고 '항일 반국가세력'이라는 자조적인 말이 나오겠는지요.

나는 그 아들이 알려주어 뒤늦게야 예전에 작은아버지가 아버지와 삼촌에게 말하던 「마지막 수업」이라는 짧으면서도 긴 어느 소년의 하루 얘기를 읽어 보았답니다. 책 속의 아이는 그때로부터 조금도 나이를 먹지 않은 소년으로 나의 어린 시절 얘기를 마치 자기 얘기처럼 들려주는 듯했어요. 그 아이가 겪은 어느 하루 얘기가 나에겐 성덕 학교에 입학해서 졸업할 때까지 총독부의 훈령으로 조선 사람이어도 조선어 책을 펼치지 못하고 끝내는 친구끼리 딱지를 빼앗고 빼앗기며 일본어 상용을 하던 모든 날들이 바로 그날이었던 셈이지요.

소년이 살던 그 마을에는 강릉군 근로보국대장처럼 자기 마을 사람들을 보로서 탄광으로 징용 보내고, 열여섯 살의 어린 소녀를 함정에 빠뜨려 다시 오지 못할 곳으로 끌고 간 사람은 없었던 건지요. 그러고도 마을에서 온갖 명예를 누리며 존경받았던 것은 아닌지요.

"같은 강릉 사람이고 집안 사람이어도 김삼(김홍기)과 김진벽은 참 많이 다르네요. 살아서 한 일도 다르고, 죽은 다음 사람들이 기억하는 것도 다르고요. 김삼은 징용과 징병을 반대하는 독립운동으로 옥고를 길게 치른 사람인데 그런 기록까지도 이곳에 남아 있는 흔적이 거의 없고, 김진벽은 징용과 징병에 앞장 섰던 친일 부역 흔적을 다 지워낸 자리에 장차 이곳의 문화유산처럼 곳곳에 그가 쓴 글씨들이 비석이며 새김 돌로 세워져 있네요."

이건 제 말이 아니라 언젠가 스스로 '항일 반국가세력'이라고 자조적으로 말하던 아들이 한 말이랍니다.

다시 나의 오랜 친구, 용자

요코야.

아니, 용자야.

네가 떠난 다음에도 이곳에서는 여전히 그런 일이 있었단다. 그렇게 하는 것이 너무도 당연한 일인 것처럼 비슷한 모습들이 지금까지 이어져 오고 있단다. 그래서 그날 내가 나가본 경포호숫가에 떠날 때 네 모습처럼 돌아와 앉은 소녀상에 대해서도 철거와 수치와 같은 막말을 서슴지 않는 거겠지. 그러니 그 소녀가 그 자리에 돌아와 앉아서도 편히 뒤꿈치를 내려놓을 수 있겠니?

용자야.

나는 그날 그곳에서 너를 만나고 온 다음 짧은 나들이도 이젠 힘겨웠던지 여러 날 몸살을 앓았단다. 아니, 나들이의 몸살만이 아니겠지. 팔십이 넘고 구십이 넘으며 내 나이조차 세기 버거운 세월 속에 까무룩 너를 잊고 있었던 건데, 우리 5학년 종업식날 중이보 앞에서 보았던 너의 언 발도, 그걸 보고서도 양보하지 못한 고무신도, 그래서 네가 학교를 더 다니지 못하고 떠난 것인지조차 잊고 있었던 건데……

어젯밤 다시 깊은 꿈을 꾸었단다.

꿈에, 아니 꿈이 아니라 꿈처럼 머릿속에 들어온 어린 날의 생각인지도 몰라. 납돌 안길에서 아홉 살과 여덟 살의 너와 내가 손잡고 중이보 냇둑을 따라 네가 어머니를 따라 미역을 주우러 간 젠주 바다까지 걸어갔단다. 어쩌면 몸살이 온 것도 꿈길 같은 상상 속의 여독인지 몰라. 정말 너를 보러 나가기 전 우리가 자란 납돌마을에서부터 앞고개의 비각 옆을 지나 성덕학교까지도 옛날 생각을 하듯 한 발 한 발 걸어가 보고 싶구나.

그렇게 걸어서 다시 너를 보러 나갈 때 예전의 그 신발 꼭 들고 나갈게. 지금 손녀딸이 내가 말해준 모양의 고무신을 찾기 위해 여러 곳을 알아보고 있단다. 알아보면서 이런 말을 했어.

"할머니 어쩌면 그건 그곳에 놓아둘 수 없을지 몰라요."
"왜?"

"그 소녀하고는 하얀 고무신이나 색동 고무신이 제일 잘 어울리거든요. 그런데 할머니가 검정 고무신을 가져다 놓으면 누가 이런 걸 가져다 놓았느냐고 바로 치워버릴지도 몰라요."

"그렇구나."

"그러니 할머니, 우리는 그 고무신을 저녁에 조금 어두워진 다음 가져다 놓아요. 그래야 할머니 친구가 하룻밤이라도 오래 신어볼 수가 있어요."

"그래. 그럴지도 모르겠구나. 낮에 가져다 놓으면."

그러니 내가 너에게 가더라도 사람 붐비는 낮이 아닌 저녁에 호수에 시원한 바람이 불어올 때 나가야 할 것 같구나. 너도 졸지 말고 있다가 내가 신발을 가져다 놓거든 그때 교실에서처럼 외면하지 말고, 그 시절 어린 내 욕심을 용서하는 마음으로 꼭 신어 봐 다오.

그러고 보니 용자야. 내가 많은 이야기를 하면서도 너에게 다 말하지 않은 게 있구나. 우리 어린 시절 납돌 소녀들 얘기란다. 근숙이 언니는 10년 전 여든여덟 살에 세상을 떠났어. 내가 망종[53] 갔을 때 언니가 그랬단다. 자기는 태우기 전

---

53 사람이 죽는 때. 여기서는 죽기 전 마지막 만남의 인사.

에 이미 가슴이 하얄 거라고. 젊을 때는 새까맸는데 그게 언제부턴가 까맣다 못해 하얘진 거라고. 우리 앞에 늘 멋을 내던 마름 집 덕선이 언니는 강릉 읍내로 이사를 나와 나이 들어서도 용강동 멋쟁이 할머니로 불리다가 그보다 먼저 세상을 떠났단다.

그렇게 다들 떠났으니 아흔다섯이나 된 내 차례도 머잖은 거지. 당장 내일 떠나도 이상할 게 없어. 그러면 어릴 때 중이보 앞에서 처음 보았듯 우리가 하늘에서도 곧 만나게 되는 거야.

아, 그리고……

그날 벚꽃이 만발했다고 경포로 날 데리고 갔던 손녀딸 말이야. 사강이 얘는 내 친손녀가 아니고, 우리가 경포에서 다시 보았던 날 얘기한 것처럼 내 동생의 손녀딸이야. 근숙이 언니와 우리 삼촌 사이에서 난 남석이의 제일 큰 손녀딸이란다. 어릴 때부터 제 증조할머니가 나하고 숙모 조카 사이여도 자매처럼 가까이 지내고, 남석이가 지금도 나를 큰누이처럼 여기고 챙기니 저도 나를 큰할머니처럼 살갑게 여기는구나.

돌아보면 그때 삼촌이 떠나고 남석이와 애들이 온 거지. 그때 삼촌이 가지 않았다면 이 아이들도 오지 않았을지 몰

라. 어쩌면 세상에 사람 목숨이 들어오고 나가는 게 이런 것인지도 모르지. 이제 남은 건 난데 내가 떠난 후에도 세상은 그 자리에 새로 올 사람들이 들어와 챙겨 나가겠지.

용자야.
내 친구야.
우리 다시 경포호숫가에서 만나면 내가 예전에 양보하지 못했던 고무신을 너의 발밑에 놓고 네 옆에 놓아둔 의자에 앉아 네 손을 꼭 잡을게. 그러면 너도 내 손을 꼭 잡고 돌아와서도 못내 불안해 내려놓지 못하고 있는 뒤꿈치를 그날만이라도 살며시 내려놓으렴. 그리고 우리 그동안 다 하지 못한 옛날얘기를 밤이 깊도록 하자.
꼭 그러자꾸나.
그전에 너와 내가 납돌마을 중이보 냇둑에서 우리 얼굴보다 큰 국수 그릇을 들고 처음 만났던 그때처럼 하늘에서 다시 만날 날 기다리며……

해설

잊혀지지도, 지워지지도 않으며
사라지지도 않는다

김나정(소설가·평론가)

소녀상에 숨결을 불어넣는다

평화의 소녀상(Peace Monument)엔 따로 이름이 없다. 그저 '소녀'상일 따름이다. 아픈 시대를 치러낸 모든 사람을 대표하기 때문이다. 하지만 이 땅에서 살았던 그 모든 소녀들에겐 이름이 있었을 터이다. 『두 소녀-요코와 나의 이야기』는 그 소녀 중 한 명인 '용자(훀子)'의 이름을 불러준다. 당차고 멋졌던 용자, 가난해도 꿋꿋했던 단짝 친구. 열다섯 살에 손을 흔들며 떠나보낸 친구가 80년 만에 소녀상이 되어 돌아왔다. "여자아이의 맨발을 보고, 아니 그 옆에 누가 고무신을 가져다 놓는 것을 보고서야 나는 저 아이가 내 기억 속의 누군지 알았던 거예요."

현재가 과거를 감싼 액자 형식으로 전개되는 이 소설은 후득이 오래 전 헤어진 친구를 떠올리는 내용으로 구성된다. 95세 할머니 후득은 고백체로 조곤조곤하게 한 시절이 풀어낸다. 그 말의 빛으로 흑백 사진 속의 얼굴들이 생생한 빛깔을 얻고 살아난다. 사라진 목소리들이 귓가에서 재잘거린다. 그 시절 풍경이 손에 잡힐 듯 다가온다. 기억을 복원하는 과정에서 용자는 생생한 얼굴과 목소리를 지닌 사람으로 돌아온다.

내 친구는 매운 어탕국수를 호록호록 잘 먹고 감자껍질도 쓱쓱 잘 벗기고 아버지를 설득해 기어코 학교에 다녔고 공부 욕심도 많고 꿈도 컸더랬다. 친구의 이야기는 단발머리에 치마저고리를 입은 소녀상에 숨결을 불어 넣어 준다.

역사는 삼인칭, 소설은 일인칭

『두 소녀-요코와 나의 이야기』는 여리고 얌전한 모범생 후득이와 당찬 용자, 두 소녀의 이야기로 꾸려진다. '나는 그때 그곳에 살았었고, 너와 함께했다.' 누군가를 떠올리면, 그 사람과 지낸 시절과 공간, 함께했던 사람들도 더불어 온다.

소설의 구성 요소인 배경은 한 시절의 시간과 공간을 복원하는 저장소 역할을 한다. 용자(容子)와 후득(後得)은 강릉 근교 납돌마을에서 태어났다. 소녀들이 살던 동네며 오가는 길들을 그려지며 소설의 배경인 강릉군 성덕면 납평마을(납돌)의 모습이 복원된다.

> 마을에서는 용자네를 우툴집이라고 불렀다. 우리가 태어나기 훨씬 전, 용자네 집에 불이 났다. 새로 집을 지어야 하는데 한겨울에 하루라도 빨리 바람 피할 곳을 마련하느라 제대로 된 재목을 구하지 못하고 아무렇게나 자란 나무를 베어 지었다. 기둥도 제각각으로 우툴우툴하고, 기둥 사이를 싸 바른 흙벽도 우툴우툴해서 집 이름도 우툴집이 되었다.

지금은 사라진 공간의 옛 모습이 정감 있게 다가오게 된다. 소설은 활자로 기록된 지도가 되어 옛 동네를 보존한다.

소설은 특정한 인물들이 특정한 상황에서 경험하는 사건을 서술한다. 한 사람의 기억을 불러내면 한 시대가 호출된다. 한 사람을 기억하고 기록하는 일은, 한 시대를 복원하는 일이기도 하다. 1928년과 1929년에 태어나 1937년 소학교에 입학해 1943년 3월에 졸업하는 두 소녀의 이야기를 통해 일제 말기의 역사가 생동감 있게 그려진다.

 소설 속에 등장하는 역사적 사건을 줄거리에 따라 정리하면 다음과 같다.

  - 관공서에서 조선어 사용금지 일본어만 사용(1937)
  - 황국신민의 서사 제정(1937)
  - 학교에서 조선어 수업 폐지(1938-1939)
  - 조선어 신문 폐간과 창씨개명(1940)
  - 일상에서도 조선말 사용을 금지하여 교실에서 서로 딱지 빼앗기(1941)
  - 일본의 인도지나반도 침략과 점령 환영대회(1942년 3월)
  - 함흥에서 시작된 조선어학회 사건(1942년 10월)에 연류된 홍숙인 선생님과 이것을 조사하기 위해 경찰서에 끌려간 후득은 조선말 옛날얘기 모임으로 상급학교의 진학이 막히고 용자는 졸업 이태 후(1944년) 강릉보국대장의 함정 같은 꾐에 빠져 정신근로대로 끌려간다.

 일제 강점기에 벌어진 사건들은 소녀들의 이야기와 엮여 전개된다. 아리스토텔레스는 《시학》에서 문학이 역사보다 더 철학적이고 진지하다고 말했다. 역사는 무엇이 일어났는지를 연대표와 사건으로 기록하지만, 문학은 왜 그런 일이 일어났는지, 그 일이 인간에게 어떤 의미인지를 묻는다. 역사가 삼인칭이라면 문학은 개별 인간의 일인칭으로 육박해 들어온다. 역사가 기록한 숫자와 사건 속에 숨겨진 사람의 생각과 감정, 내면의 진실을 파고든다. 역사는 과거형으로 이렇게 되었다, 이런 일이 있었다는 것을 기록하고, 문학은 역사적 사실에 감정과 갈등, 꿈 등 인간의 숨결을 불어 넣는다. 이 소설은 기록하고 기억해야 할 역사적 사실을 소녀들의 이야기를 통해 풀어냄으로써, 역사가 개개인의 인간에게 어떻게 다가오고 어떤 파장을 일으켰는지를 섬세하게 그려낸다. 일인칭 시점으로, 소녀가 바라본 세상을 생생하게 담아내고, 내면의 움직임도 섬세하게 포착한다.

또한 소녀들을 구심점으로 하여 아이들을 둘러싼 많은 사람들을 아우르며 역사를 다각도로 보여준다. 할아버지 세대, 아버지와 삼촌 세대, 덕선이과 근숙 등 언니들, 더 어린 세대의 이야기를 담아냄으로써 역사의 파장이 개인에게 어떤 영향을 미쳤는지를 폭넓게 담아낸다.

더불어, 이 소설에 빈번하게 등장하는 어른들의 대화는 현실 뒤에 숨은 구조나 사건의 의미를 밝히는 역할을 한다.

　　　작은아버지는 지금 나가고 있는 상업학교로 옮기기 전 농업학교에서 먼저 선생님을 했다. 그 학교에서 조선어와 조선사를 가르치던 작은아버지는 두 과목이 선택 과목으로 바뀌었다가 교과에서 아예 사라지는 것을 경험했다. 상업학교로 옮긴 다음에도 그랬다. 작은아버지는 상업 과목과 영어 수업을 맡았는데, 영어 수업이 곧 교과목에서 빠질 것 같다고 했다. 그때도 아버지와 작은아버지가 이런 얘기를 나누었다.

"그걸 빼는 것도 보면 일의 순서가 있는 것 같아요."

"어떤 순서가 있다는 거누?"

"일본이 미국과 영국이 지나사변(중일전쟁)을 좋지 않게 보는 거에 대해 감정적으로 대응하는 것 같은데, 학교 수업에서 제외하는 것보다 먼저 상급 학교 입학시험에서 영어를 빼는 거지요. 그러면 하급 학교에서도 자연히 그 과목을 소홀하게 되고 나중에 수업에서 빠지는 거지요. 몇 년 전 조선어를 그런 식으로 선택 과목으로 돌려놓고 실제 수업 시간에는 다른 과목 실습을 했던 것처럼요."

"그래도 영어는 내가 공부할 때도 많이 쓰든 적게 쓰든 주요 과목이었는데."

"어느 때나 그렇죠. 미국과 영국이 세계를 움직이는데. 조선어 수업을 뺀 건 식민지를 일체화하기 위해서라지만, 이건 또 다른 문제거든요. 제 수업이 유지되고 안 되고 문제가 아니에요. 중등 과정에 영어를 하지 않으면 나중에 상급 과정에 가서 새로운 학문에 벽이 생기거든요."

"그게 뭐 학문뿐이겠누?"

"그러니까요. 지금 미국과 영국이 일본을 좋게 보지 않는다고 해도 영어가 세계 공용어라 그들과 경쟁하기 위해서라도 알아야 하는데, 지금 하는 걸 보면 그들을 이기겠다고 내린 결정이 아니거든요."

"그럼 내지 학교들도 영어를 안 가르치누?"

"나라 전체를 그렇게 하지는 못하고 우선 조선의 학교들에 그러는가 봐요. 그냥 저 나라가 싫다는 분위기로 몰아가는 것 같은데, 구라파에서 이미 전쟁이 났고, 아세아도 이러다가 뭐라도 크게 터지지 않을까 싶은데요."

나는 두 사람의 얘기를 들으며 지나에서 이미 전쟁도 하고 있다는데 뭐가 또 터진다는 것인지 작은아버지의 얼굴을 쳐다보았다.

이러한 대화는 어린 화자의 일인칭 시점으로 전개되어 학교생활을 다루고 사건을 체험한 당사자의 생생한 감정을 다룬다는 강점에 시국을 걱정하는 어른들의 대화를 통해 시대상을 전하고 분석하는 내용이 더해진다. 성인 화자의 목소리로 현실 뒤에 숨은 '구조'와 사건의 의미를 깊이 있게 담아내는 것이다. 역사에 대한 서사는 상황으로서의 서사, 체험으로서의 서사, 증언으로서의 서사, 마지막으로 '기억'으로서의 서사로 갈무리된다고 한다. 어른들의 이야기는 당대의 상황을 조망하고 분석하며, 어린 화자의 서사는 그 시대를 직접 겪은 사람의 체험을 기록하여 증언으로서의 서사를 펼쳐나간다. 이러한 여러 겹의 서사는 기억을 보존하는 역할을 하여, 비극의 역사를 겪지 않는 포스트 메모리 세대에게 이전 세대의 트라우마를 기억하고 전유하는 역할을 하게 된다.

우리들의 일본어 수업

이 작품의 주요 서사는 후득과 용자의 학창 시절에 발맞추어 전개된다. 1937년 소학교에 입학해 1943년 3월에 보통학교를 졸업할 때까지의 흐름에 따라 두 소녀의 성장을 보여준다. 학교는 폭력적으로 이데올로기를 주입받는 장소이기도 하다. 이 소설은 폭압적인 전체주의가 보통 사람들의 일상을 어떻게 잠식하는지를 보여준다.

> "하긴 1학년이니. 동방 요배 같은 건 안 하고?"
> "그것도 해요."
> 그건 주로 운동장에서 했다. 센세이 중에 나이가 많은 5학년

담임 센세이가 구령을 불렀다. 학교 운동장에서 조회가 끝날 때 바다가 있는 동쪽을 향해서 '키오츠께' 하면 모두 차렷하고 허벅지에 손바닥을 대고 있다가 '게이레이(경례)' 하면 손가락은 무릎 아래로 내려오고 손바닥이 무릎까지 오도록 허리 굽혀 인사했다. 센세이에 대한 인사와 다른 것은 '키오츠케' 다음에 '게이레이'하고 조금 길게 구령을 불렀다.

어머니가 작은어머니에게 작년까지는 조선 훈도가 1학년을 맡았는데 올해는 일본 훈도가 맡았다고 했다.

"입학식에 가봤더니 서른쯤 된 이가 운동장에 서 있는 모습도 아주 꼿꼿해. 칼만 차면 선생이 아니라 군인이나 순사같이 보이겠어."

이 소설은 두 소녀의 학창 시절을 통해, 제국주의 논리가 어떻게 침투하고, 어떤 방식으로 사람들의 정신을 지배해나가는지 보여준다. 학교에 다니려면 학칙을 지켜야 하는데, 그 학칙은 단순한 규칙이 아니라 제국주의 정책에 뿌리를 박고 있다. 학생들은 다른 나라의 지배자에게 아침마다 기계인형처럼 의례를 올려야 한다. 행동을 통제당하고 식민지 정책에 부응하는 충실한 신민으로 육성된다. 열심히 공부해서 더 나은 삶을 찾으라는 일본 선생의 말은 표면적으로는 그럴싸하지만 따지고 보면, 그 공부는 개인적 영달을 찾거나 식민지 정책에 발맞추는 결과를 낳게 된다. 너무 어려 그저 순응하던 아이들은 점차 그러한 모순에 눈을 뜨게 된다.

5학년이 되니 전에는 보지 못했던 것들이 조금씩 보이는 것이 있었다. 전라도의 어떤 아버지는 창씨개명으로 우물에 몸을 던지고, 강원도의 어떤 할아버지는 조상 뵙기가 죄스러워 죽는 것도 함부로 할 수 없는 일이 내지 사람 오오모리 센세이에게는 덴노헤이카의 은덕인 것이었다.

무엇보다 이 작품은 '말'을 빼앗아 얼을 앗아가는 과정에 주목한다. 창씨개명으로 이름을 바꿔야 하고, 일본어가 '고쿠고(국어)'로 탈바꿈하고 모범생이 되려면 '황국신민 서사'를 일본말로 읊어야 한다.

"조선말 말고 국어로 읽어 봐라."
"고고쿠 신밍……"
거기에서 숨을 고르듯 멈추자 센세이가 '서사'를 '지카이'라고 읽어주었다. 전에 내가 구구단을 외웠을 때 센세이는 구구단뿐 아니라 앞으로 할아버지한테 배우는 한자도 조선말보다 국어로 읽는 걸 먼저 배워야 한다고 말했다. 나는 또 야단맞을 것 같아 첫 줄부터 얼른 다시 읽었다.

"고고쿠 신밍 노 지카이(황국신민의 서사). 이찌(일). 와다구시도 모와(우리는) 다이닛폰테이코쿠노(대일본제국의) 신밍데 아리마스(신민입니다)."

언어는 생각의 집이란 말이 있듯, 말을 빼앗는다는 것은 단순히 다른 언어를 쓴다는 데 국한되지 않는다. 사고방식마저 바꿔야 하는 중대한 문제이며 말속에 어린 얼마저 빼앗긴다는 의미를 품고 있다.

"아버님이야 다른 걱정이시겠지만, 저도 형님처럼 그게 염려스럽지요. 아무리 힘이 없어도 내 나라에서 내 나라말을 못 쓰게 하니."
"아주 못 쓰게 하는 건 아니고, 면소와 주재소 일을 볼 때 그러라는 거지."
"그런 식으로 조여 들어오는 거지요. 제가 아이들에게 가르치는 역사를 봐도 그래요. 어느 나라가 다른 나라를 지배해 들어가면 우선 제 나라에 없는 걸 빼앗고, 그다음은 그 땅을 자기 땅으로 만드는 과정으로 말과 글을 일치시키거든요."

말은 단순히 의미를 전달하는 도구가 아니다. 말 속에는 겹겹의 역사와 그 말을 사용하던 사람들의 정신이 깃들어 있다. 양조장 집 지숙 언니는 도저히 일본어로 바꿀 수 없는 우리 말이 있다고 한다.

"우리 반 센세이는 집에서도 국어를 쓰라고 하는데, 양조장은 조선말을 해야지 국어로는 일을 할 수 없는 데야."
"왜?"
"막걸리라는 이름도 조선에만 있는 말이고, 공장이 커져서 사람들이 많이 와 일해도 술을 빚는 건 옛날 방식 그대로거든. 커다란 단지 안에서 술이 익을 때 젠주 염전에 소금이 오는 것처럼 술이 온다는 말을 어떻게 국어로 하나? 소금을 '시호'라고 하는 것처럼 누룩은 '고우지'라고 해. 그런 건 얼마든지 국어로 할 수 있어. 일본에도 누룩이 있으니까. 그렇지만 술을 거르는 어레미와 술을 거르고 남는 지게미는 또 뭐라고 하나? 술을 빚는 데 가장 중요한 지에밥은 또 뭐라고 하느냐고? 그걸 펼치는 멍석과 뒤집고 모으는 고무래 같은 것도 일본말이 다 있겠지만, 예전부터 일을 하며 쓰던 말이 쉽게 바뀌겠느냐고? 여기는 생산이 조선식이라 일을 할 때는 모든 걸 다 조선말로 하는 수밖에 없는 거지."

일본어를 자연스럽게 쓰려 일본식으로 사고해야 한단다. 그러나 생각하는 방식이 쉽사리 바뀔 리 없다. 일제는 딱지를 주고 벌을 내리는 방식으로 몰아붙이니 아이들은 홍역을 치른다. 모범생이 되려면 일본식으로 생각하려 애쓴다. 하지만 말을 부품 갈아 끼우듯 바꿀 수는 없는 노릇이다. "오오모리 센세이는 그러잖아도 우리가 일본말로 생각하는 폭이 좁아 질문을 하면 자기 생각을 발표하는 말도 짧고 표현도 짧다고 했다." 할 수 있는 말이 줄어드니 생각의 폭도 좁아지고 속에 있는 것을 제대로 표현하지 못하게 되는 건 당연한 노릇이다. 아이들은 집에서 하는 말과 학교에서 하는 말이 달라 갈팡질팡하고, 벌을 받을지 무서워 아예 입을 다물기도 한다.

하지만 아이들은 시대의 흐름과 전체주의의 요구에 휩쓸려가지만은 않았다. 제국주의가 전체주의로 몸을 부풀리는 동안, 아이들의 정신도 자라난다. 제도가 규칙으로 억압해도 아이들은 방법을 찾아낸다.

아이들은 비각에 모여 우리말로 우리 옛이야기를 나눈다. 할머니가 들었던 옛이야기를 일본어로 하면 도저히 맛이 살아나질 않는다. 아이들은 모여서 우리말로 이야기를 소곤소곤 나눈다. 일본어만 써야 하는 억압적인 교육 환경에서 우리말이 풀려나오며 생각의 숨통도 트인다.

할머니한테 들을 땐 오금이 저리고 손에 땀이 쥐어지던 얘기도 '무카시 무카시'하면 긴장감이 없었다. 아무리 똑같이 옮기려 해도 가슴이 두근거리다가 쫄깃해지고, 뒤를 돌아보는 것도 무서울 만큼 목덜미가 오싹해지는 떨림이 없었다. 지난해 용자가 할머니에게 들은 그대로 '옛날에 옛날에' 얘기할 때는 어떤 얘기도 원래의 긴장감이 되살아나 호랑이가 나오고 귀신이 나오는 대목에서는 누가 어깨를 살짝 건드리기만 해도 소스라치게 놀라곤 했다.

이 작품에서 알퐁스 도데의 「마지막 수업」은 중요한 모티프로 작용한다. 후득은 작은 아버지가 삼촌에게 들려준 소설 이야기를 기억한다. 불란서 국경 마을에 보로서(프로이센)군이 진격해 들어온 다음 지금까지 불란서 말을 사용하고 공부하던 마을에 내일부터 새로 독일 선생이 와서 새로운 국어로 독일어 수업을 하게 된다는 것을 알리는 마지막 수업 얘기라고 했다. 80여 년이 흐른 뒤, 후득은 자신의 학창 시절이 그 마지막 수업의 내용과 다를 바 없다고 생각한다.

「마지막 수업」이라는 짧으면서도 긴 어느 소년의 하루 얘기를 읽어 보았답니다. 책 속의 아이는 그때로부터 조금도 나이를 먹지 않은 소년으로 나의 어린 시절 얘기를 마치 자기 얘기처럼 들려주는 듯했어요. 그 아이가 겪은 어느 하루 얘기가 나에겐 성덕학교에 입학해서 졸업할 때까지 총독부의 훈령으로 조선 사람이어도 조선어 책을 펼치지 못하고 끝내는 친구끼리 딱지를 빼앗고 빼앗기며 일본어 상용을 하던 모든 날들이 바로 그날이었던 셈이지요.

하지만 학교에서 우리말은 금지되었지만, 방과 후에 펼쳐지는 이야기판으로 우리말은 이어진다. 아이들이 모여 우리말로 우리 이야기를 나누는 그 시간이 있는 한, 마지막 수업은 끝이 아니게 된다.

어린 생각에도 지금 우리가 하는 식으로 옛날얘기만 잘 전달되어도 책과 글로는 온 세상의 조선말이 다 없어지더라도 말로는 조선말이 절대로 사라지지 않고 입에서 입으로 살아남겠다는 생각이 들기도 했다. 그래봤자 고작 한두 자락 옛날얘기고 어른이면 누구나 아는 얘기지만, 우리가 무슨 대단한 일을 하고 있는 것처럼 느껴지기도 했다.

기억과 망각

이 소설 초반부에 95세 후득은 소녀상에서 용자를 떠올리고 깊은 회한에 사로잡힌다. 그런 미안함과 죄책감의 근원엔 신발 한 켤레가 놓여 있다.

> 그게 마지막 기회였는데 내가 그러지 못했다. 뜻밖의 상을 받은 다음, 그게 조선의 고무신과는 다르게 꽃과 나비가 그려진 덴노헤이카의 하사품이라고 하니 내 잔다란 욕심이 그걸 넘어서질 못했다. 학교에서는 금방 상을 받은 마음에 그런 생각을 하지 못했다고 해도 함께 다닌 5년의 마지막 날 하곳길 중이보 앞에서 누군가 지금이 바로 그때라고 알려주듯 용자의 신발 끈까지 툭, 하고 터졌는데 그 신호를 듣고도 외면한 것이었다.

후득은 용자에게 자신의 신발을 주지 못한 것을 두고두고 후회했다. 모범생으로 인정받았다는 작은 마음이 친구에게 신발을 선뜻 건네지 못하게 만들었다. 그 신발만 있었다면 친구는 학교에 다니고 일도 하게 되어 그렇게 끌려가 사라지지 않았을지도 모른다. 만약 다른 선택을 했다면 결과는 바뀌지 않았을까. 이런 죄책감은 사라지지 않았다. 발뒤꿈치를 내려놓지 못한 소녀상처럼, 후득도 긴 세월 동안 미안한 마음을 내려놓지 못한다. 이 지점에서 이 소설은 단순히, 희생자를 기억하는 것을 넘어선다. 적극적으로 나쁜 짓을 저지르지 않았음에도 불구하고, 화자는 자신이 예전에 하지 못한 일을 기억하고 부끄러워한다. 부끄러움을 나타내는 한자 '치(恥)'는 마음心에 귀耳가 붙어 만들어진다. 자신의 마음 속에서 들리는 소리에 귀를 기울이는 사람은 부끄러워할 줄 알며, 부끄러움을 아는 사람은 그런 일을 반복하지 않으려고 애쓴다.

반면, 자신이 과거에 저지른 일들을 까맣게 잊은 자는 뻔뻔한 얼굴로 돌아다닌다. 결혼식장에서 주례사를 읊어댄다. 보는 사람의 얼굴은 화끈거리지만 저쪽의 낯짝은 두껍기만 하다. 자신이 저지른 일이 어떤 결과를 낳았는지 얼마만한 아픔을 낳았는지 모른다. 그때도 몰랐고 지금도 모르며, 계속 그럴 게다.

사람다움은 염치(廉恥), 부끄러움을 아는 마음에서 비롯한다. 부끄러워할 줄 알아야 사람이다. 과거에 자신이 저지른 일을 기억하지 못하는 자는, 그 일을 반복하며 살아가고, 그런 인물의 죗값을 묻지 않는 사회는 염치없는 자들을 키워내는 텃밭이 된다. 소설은 기억을 보존하고 기록한다. 잊어서는 안 된다.

기억의 모뉴먼트

"할머니, 저 소녀의 발을 잘 보세요. (...)발끝은 땅에 대고 있는데, 뒤꿈치는 아직 땅에 대지 못하고 있어요."

"왜?"

"멀리 떠났다가 돌아와 저 자리에 앉아도 세상은 아직 불안하니까요. 세상도 불안하고, 소녀를 바라보는 사람들의 눈도 다 다르니까요."

평화의 소녀상(Peace Monument)은 역사적인 사건을 기리는 조형물, '모뉴먼트'에 속한다.

죄책감이나 미안함은 머릿속에 있고 마음속에 있어서 자칫하면 망각되기 쉽다. 황동빛 소녀상은 가방에 매달린 노란 리본처럼 기억을 눈에 보이게 형상화시킨다.

독일의 예술가 권터 뎀니히가 기획한 '걸림돌' 프로젝트는 나치에게 희생된 유대인, 동성애자, 저항했던 시민들을 기리는 황동판을 그들이 생전에 살았던 집 주변에 보도블록과 함께 박아 넣었다. '걸림돌'은 독일어로 슈톨퍼슈타인(Stolperstein)로, 걸려 넘어지다(stolpern) + 돌(stein)을 합친 말이다. 사람들이 그냥 지나치지 말고, 발을 멈추고 잠시나마 기억하란 의도로 만든 것이라고 한다.

유태인 박물관에는 '홀로코스트 타워'란 전시실이 자리 잡았다. 건물 제일 위층까지 뚫린 텅 빈 공간인데 전시물은 하나도 없다. 천장에 그어진 틈으로 들어오는 빛 한 줄기가 보이는 것의 전부다. 전시실에 들어선 사람들은 저절로 빛이 들어오는 높은 곳을 올려다보게 된다. 캄캄한 곳에서 가느다랗게 흘러드는 빛을 본다. 희미한 빛이라도 갈구하던 고통 받던 사람의 자리에 서게 된다.

 이러한 기억의 모뉴먼트는 망각을 막기 위한 만든 것이다. 이 소설의 말미에는 등장하는, 돌아오지 못한 사람들의 이름들처럼. 그 시절, 그 사람들을 잊지 말자고 형상화한 것이 소녀상, 그리고 당신 앞에 놓인 이 책도.

    용자야.
    내 친구야.
    우리 다시 경포호숫가에서 만나면 내가 예전에 양보하지 못했던 고무신을 너의 발밑에 놓고 네 옆에 놓아둔 의자에 앉아 네 손을 꼭 잡을게. 그러면 너도 내 손을 꼭 잡고 돌아와서도 못내 불안해 내려놓지 못하고 있는 뒤꿈치를 그날만이라도 살며시 내려놓으렴. 그리고 우리 그동안 다 하지 못한 옛날얘기를 밤이 깊도록 하자.
    꼭 그러자꾸나.

 친구를 떠나보낸 기억을 품고 오랜 세월 살아왔던 나이 든 소녀는 신고 다닐 신발이 없어 학교까지 그만두고 먼 길을 떠났던 친구에게 신발을 놓아준다. 신발 한 켤레는 두 짝이 모여야 제구실한다. 한 소녀의 마음이 늦게나마 다른 소녀의 마음 곁에 놓인다. 친구는 슬픔을 함께 짊어지는 사람이란 의미가 있다고 한다.

  소녀상은 더 나이 들지도, 잊혀지지도, 지워지지도 않으며 사라지지도 않는다. 이 소설 속 두 소녀의 빛나고 애틋했던 나날이 그러하듯.